로크미디어가
유혹하는
재미있는 세상

ROK
MEDIA
로크미디어

다시 사는 재벌가 망나니 3

2021년 2월 18일 초판 1쇄 인쇄
2021년 2월 23일 초판 1쇄 발행

지은이 맹물사탕
발행인 이종주

총괄 김정수
경영지원 배진경 임혜솔 송지유

기획 이기헌 왕소현 박경무 강민구
책임 편집 김홍식

발행처 (주)로크미디어
출판등록 2003년 3월 24일
주소 서울시 마포구 성암로 330 DMC첨단산업센터 3층 318호, 319호
Tel (02)3273-5135 **편집** (070)7860-2726 **Fax** (02)3273-5134
홈페이지 rokmedia.com **E-mail** rokmedia@empas.com

ⓒ 맹물사탕, 2021

값 8,000원

ISBN 979-11-354-9539-7 (3권)
ISBN 979-11-354-9456-7 04810 (세트)

다시 사는 재벌가 망나니

맹물사탕 현대 판타지 장편소설

③

ROK
MEDIA
로크미디어

Contents

1장

김민혁과 박형석, 임세영이 자리를 떠난 곳에서.

최 기자가 말을 이었다.

"생각해 보니까, 그렇더라고. 어디서 삼광전자의 이태석 사장 아들이 딱 네 나이 또래라던 걸 들은 기억도 있고······. 그래, 이름도 같았어. 그런 데다가 공교롭게도 자회사 명칭이 SJ 그룹이라······. 음, 설마 SJ가 성진의 이니셜을 따온 건 아니지?"

그건 맞는데.

그렇게 뜻이 노골적이면 멋이 없으니, 이 기회에 대강 떠오른 바를 둘러댔다.

"그럴 리가요. 그렇게 치면 SJ가 삼광(s)의 자회사(j)란 약칭이라고 해도 되겠어요."

"……하긴, 아무리 그래도 자기 이름을 따서 그룹명으로 삼을 사람이 어디 있겠어. 자의식과잉도 아니고."

여기 있습니다만.

"그런 게 아니라 SJ는 Straight Journey의 약어예요."

결국 방금 생각해 낸 약칭을 끄집어냈더니, 최 기자는 떨 떠름한 얼굴로 고개를 끄덕였다.

"아, 그랬군. Straight Journey……. 하긴 뭐 회사명이라는 건 그렇게 중요한 건 아니니까. 그런데 보통은 그런 거 잘 모 르지 않아?"

나는 어깨를 으쓱였다.

"별거 아니에요. 제가 바로 그 이성진 본인이거든요. 사명 도 제가 지었고요."

내 덤덤한 고백에 최 기자는 눈을 깜빡였다.

"……뭐?"

"제 조부님은 이 휘 자 철 자 되시는 분이고, 아버지는 이 태 자 석 자 되십니다."

시원시원하게 인정해 버리니 오히려 벙 찐 건 최 기자 쪽 이었다.

"어…… 그, 그래?"

뭐, 딱히 숨기는 일은 아니었으니까.

나는 이미 한컴의 대주주였고, 이는 한컴 측의 인원들도

인지하고 있는 사실이었다.

더군다나 윤아름을 비롯한 SJ엔터테인먼트 측과 삼광의 일부 파견 사원들까지도.

그 상황에.

"실례하겠습니다. 무슨 용건이십니까?"

잠자코 있던 마동철이 끼어들었다.

최 기자는 험상궂은 인상의 마동철이 개입하자 다소 당황했는지 저도 모르게 한 걸음 뒤로 물러서며 변명하듯 대답했다.

"아뇨, 그, 성진이…… 아니, 뭐라고 불러야 할지 모르겠군요. 이 사장님?"

"혹여 방금 나눈 대화를 기사로 내시기라도 할 겁니까?"

나는 공연히 힘주어 말하는 마동철 앞에 서며 최 기자에게 다가가려는 걸 막아섰다.

"괜찮아요. 아무런 협의도 되지 않은 내용을 구태여 기사로 내실 까닭은 없을 테니까요. 그리고."

나는 최 기자를 보며 미소를 지었다.

"굳이 그렇게 해서 얻을 게 뭐가 있겠어요? 별것 아닌 가십일 뿐이죠. 저는 제가 SJ컴퍼니의 사장인 걸 딱히 숨긴 적도 없고요."

꿀꺽.

최 기자가 애써 지어 보이는 무표정한 얼굴 아래, 마른침을 삼키는지 목울대가 꿈틀거리는 것이 선명하게 보였다.

'그렇다고 일부러 기사를 내보내게 할 생각은 없지만.'

나는 미소 띤 얼굴 그대로 말을 이었다.

"다만, 그런 게 있어요. 사람들에겐 일종의 선입견 같은 게 있기 마련이거든요. 11살짜리 어린이가 회사를 경영한다고 하면, 그것이 적법한 것이며 당사자에게 책임 능력이 있다 하더라도 고깝게 보는 사람들이 간혹 나타나곤 하죠."

"……."

"더욱이 저희는 지금 제법 중요한 프로젝트를 앞둔 상황이고, 굳이 일을 키워서 불필요한 잡음이 나오게 되면 그건 그것대로 공공의 이익에 반하는 내용이 될 테죠. 이번 일에 기부해 주신 여러 선의의 게이머들과 이번 프로젝트를 위해 힘써 주신 삼광의 관계자들에게도."

"……."

"저도 가능하다면 기자님과 원만하게 지내고 싶어요. 하지만 국민의 알 권리라는 건 음……. 굳이 몰라도 상관없는 것까지 알 과잉 정보 상태를 의미하는 것이 아니라고 생각하거든요."

"……."

"어떻게 생각하세요, 최기성 기자님?"

최 기자는 아무 대답도 하지 않고 나를 묵묵히 쳐다보고 있었다.

그건 마동철의 위협 때문도, 내가 하는 말이며 배경에 질린 것 때문도 아니었다.

"그럴 생각은 없어."

급기야 최 기자는 픽 웃어 버렸다.

"대상이 원치 않으면 기사에 내지 않는 것이 원칙이기도 하고, 또 나는 별 볼일 없는 컴퓨터 잡지 기자 나부랭이에 불과하니까."

"……."

"나는 그저……."

최 기자는 나를 물끄러미 쳐다보며 말을 이었다.

"……컴퓨터며 멀티미디어 사업에 임하는 삼광의 저의가 궁금했을 뿐이야."

"저의요?"

"그래. 돈 안 될 것 같은 사업이라 판단하고 적당히 자회사를 차려 굴리다가 치워 버릴 생각인지, 아니면 정말로 진지하게 생각해서 별도의 사업부를 분리해서 굴리는 것인지."

목소리엔 적잖게 나이가 든 마이너 잡지 기자의 비애가 냉소적으로 배어 있었다.

"지금껏 나온 내용에서는 그럴 낌새가 보이지 않았을 텐데요."

내 말에 최 기자는 다시 한번 픽하고 웃었다.

"오늘 와서야 비로소 알게 된 거야. 사실 외부에서 봤을

땐 그다지 돈이 되질 않는, 덩치만 큰 사업부를 떼어 내서 바깥에 둔 것처럼 보였으니까."

"재무제표상의 매출액은 높아 보이지만 그만큼 매출 원가도 큰 사업이니까요?"

최 기자는 눈을 동그랗게 뜨더니 소리 내서 웃었다.

"하하하하, 그래, 말 그대로. 삼광의 마이티 스테이션도 다들 비싸다고들 아우성이지만, 정작 떼고 보면 별로 남는 게 없거든. 어쨌거나 청계천이나 용산의 조립식과는 달리 철저하게 정품을 사용해야 한단 점도 있고."

최 기자가 웃음기를 머금은 채 말을 이었다.

"그래도 내 생각과 달리 제대로 하려는 것 같아서 기분은 좋아. 진심이야."

그러더니 그 웃음은 이내 쓴웃음으로 번져 갔다.

"사실 그렇게나 공을 들였던 타이컴 프로젝트가 이제 와선 사실상 실패였다는 것이 점쳐지는 상황이니까, 컴퓨터 사업에 손을 떼려는 것도 이해는 하지. 기업이란 이윤 추구가 목적이고."

명색이 컴퓨터 잡지 기자여서일까, 타이컴 프로젝트가 여기서 언급될 줄은 몰랐다.

타이컴 프로젝트.

2000년대 들어선 많은 사람들이 그 존재조차 모르는 국책 사업이었다.

80년대 중후반, 한국에서도 슈퍼컴퓨터를 만들어 보자는 취지로 발족된 이 프로젝트는 한국전자통신연구원(ETRI)을 중심으로 삼광, 한대, 금일, 대호 등 국내 굴지의 대기업이 모여 진행되었다.

하지만 결과적으로는 최 기자의 말마따나 실패로 끝났다.

일종의 서버 장치라고 할 수 있는 타이컴의 개발에는 성공했으나, 그 뒤가 문제였다.

93년도만 하더라도 정부 주도의 각종 암묵적인 혜택에 힘입어 호조를 보였지만, 94년이 되자마자 그 성장세는 한풀 꺾여 나가며 공공기관에서만 찾는 찬밥 신세가 되었다.

타이컴은 하드웨어와 소프트웨어 기술 양측을 요구하는 고난도 프로젝트였고, 지속적이며 꾸준한 연구 개발이 필요한 상황에 이해관계가 제각각인 대기업 구성원이 모였으니.

타이컴은 투자 대비 효율이 떨어질 수밖에 없었다.

그 와중 외국에서 들여오는 값싸고 품질 좋은 제품이 있으니 굳이 무에서 유를 쌓아올리는 것보단 한 대 수입해 오는 것이 편하고 안정적이었고.

타이컴 프로젝트는 들인 돈에 비해 별다른 수효를 거두지 못하고, 말 그대로 '일회성 프로젝트'에 그치고 만다.

결국 이래저래 '실패'로 끝났단 평이 지배적인 프로젝트가 타이컴이었지만.

'나름 의의는 있었어.'

어쨌건 '슈퍼컴퓨터를 우리 손으로 만든다'는 기술집약적인 프로젝트는 추후 대한민국이 IT 강국으로 자리매김할 여러 기반을 이루는 근간이 되었다.

"뭐…… 어쨌건 투자대비 실효성이 보이질 않는 산업이니까. 당장 CPU만 하더라도 수입해서 쓰는 판국이고, OS도 MS의 것을 쓰잖아? 이제 와서 뭔가를 개발한단 것도, 말 그대로 '이제 와서'란 느낌이고."

최 기자는 그렇게 투덜거리더니 나를 보며 다시 한번 씩 웃어 보였다.

"하지만 방금 전에 말한 것처럼, 제대로 하려는 것처럼 보인단 거지. 그게 좋았을 뿐이야. 나 역시 긁어 부스럼 만들 생각은 없어."

"그렇군요."

최 기자에겐 '언론인으로서의 사명' 운운하는 것보단 컴퓨터 산업의 미래가 더 흥미로운 듯했다.

그리고 나는 그런 최 기자가 제법 마음에 들었다.

'제법 고참 기자로 보이니, 역시 이런저런 연결 고리도 있겠지.'

그에겐 기자 특유의 허세나 과시가 없었고, 이 마니악한 분야를 향한 나름의 독특한 애증이 뚝뚝 묻어 있는 그런 사람이었다.

나는 명함을 꺼내 최 기자에게 건넸다.

"제대로 된 소개가 늦었죠. SJ컴퍼니의 이성진 사장입니다."

"월간 PC의 최기성 기자."

최기성은 나와 명함을 주고받으며 미소를 보였다.

"명함은 받았지만…… 앞으로도 대외적인 활동은 방금 보았던 김민혁이란 친구를 통하면 되는 건가?"

"뭐, 그렇죠. 굳이 드러낼 필요가 있지 않다면 말이지만요."

"동감이야. 오프 더 레코드로 물어보고 싶은 게 있는데."

이 사람은 오프 더 레코드란 말을 참 좋아하는구나, 싶었다.

"질문에 따라서요. 뭔가요?"

"너, 정말 11살 맞지?"

"……."

⊛

그리고 얼마 지나지 않아 다른 층으로 취재를 떠났던 세 사람이 돌아왔다.

"즉, 그러면."

임세영이 엘리베이터에서 내리며 재잘재잘 떠들어 댔다.

"조만간 일본에 있는 게임사에서도 개발 지원차 사람들이 찾아올 거란 말씀이죠?"

"예. 그들에게도 지난 작품의 애착이며 자부심이 있겠죠. 흥미로운 관심사이기도 할 겁니다. 그 과정에서 차세대 기기를 통한 창의적인 변용이 이뤄지겠죠."

"그건 만트라의 이스2 스페셜을 의식한 발언인가요?"

"하하, 그건 아닙니다만 혹여 오해가 있을 수도 있으니 구체적인 대답은 회피하겠습니다."

제법 화기애애하게 이야기를 주고받는 걸 보니, 김민혁은 대외적으로 그럴듯한 이야기를 많이 들려준 모양이었다.

'그래도 어느 정도 공신력을 갖춘 기사가 나가고 나면 반신반의하던 개발자들도 합류하고자 문의해 오겠지.'

인터뷰 요청에 응한 건 이러한 홍보 효과를 노린 것이기도 했다.

"어땠어?"

최기성이 툭 던진 말에 임세영이 웃으며 고개를 끄덕였다.

"넓고 좋았어요. 나중에 사진 인화하고 나면 몇 장 가져가세요."

"아니야, 됐어. 어차피 당초 목적이던 한컴 인터뷰는 무사히 마쳤고."

최기성은 자연스럽게 가방을 챙겼다.

"식사나 하러 가시죠. 날도 더운데 시원한 냉면이라도 드십시다."

이어서.

"마동철 실장님도 가시겠습니까?"

마동철은 최기성의 제안에 희미한 미소를 지었다.

"제안에 감사드립니다만, 일정이 있어서요. 다음에 함께 하시죠."

방금은 필요에 의해 살짝 위압을 하긴 했으나, 피차간에 개인적인 감정은 없었다는 이야기였다.

"하하, 알겠습니다. 다른 분들은요?"

윤아름과 나, 마동철을 제외한 사람들은 작별을 고했다.

"Straight Journey?"

그들이 나가자마자, 얌전히 대본을 읽는 척하던 윤아름이 피식 웃으며 고개를 들었다.

"둘러대긴. 최 기자님 말마따나 네 이름을 딴 자의식 가득한 회사명이잖아?"

"왜, 불만이야?"

"아냐, 둘러댄 것치곤 그럴듯했어."

윤아름은 가방에 대본을 쏙 집어넣었다.

"오늘 녹음하기로 했지? 그것부터 마무리하자."

"자신 있나 보네."

내 말에 윤아름은 흥, 하고 코웃음을 쳤다.

"굳이 말하자면 멍석 깔아 두면 안 하는 그런 쪽이야. 네 말마따나 꾸준히만 하면 포트폴리오에도 도움이 될 거 같고.

또, 뭐 노래도 좋았으니까."

"흠."

나는 일부러 보란 듯 미소를 지었다.

"어설프면 안 하느니만 못할 수도 있어."

"……흥."

우리도 짐을 챙겨 움직이기로 했다.

거기서 나는 또 한 번 의외의 인연을 맺게 되지만.

바른손레코드는 대한민국의 대형 음반 유통사이자 동시에 여러 기획사의 주주이며 모회사이기도 했다.

원래 역사에서는 IMF 이후 대표였던 백하윤의 은퇴와 MP3의 등장, 후계자의 무리수를 둔 사업 확장에서 기인한 경영 실패 등으로 자잘한 자회사만이 간신히 살아남고 말지만, 이때만 하더라도 명실상부한 국내 최대 음반사로 손꼽히고 있었다.

여의도에 자리 잡은 빌딩은 시대를 감안하지 않더라도 높고 웅장했으며, 기둥이 떠받들고 있는 1층 로비의 바닥재는 번쩍번쩍한 윤택으로 광을 냈다.

'하긴, 이때만 해도 누가 이곳이 망할 거라고 생각했겠어.'

우리가 로비에서 출입 허가증을 발급받으려 대기하고 있

을 때.

"저어……."

우리 앞에는 가슴에 누런 봉투를 끌어안은 여자가 우물쭈물한 목소리로 안내 데스크에 먼저 다가가 서 있었다.

"자, 작곡가인데요."

"예? 아, 네. 성함이 어떻게 되시죠?"

"공가희예요. 한자로는 옳을 가(可)에 빛날 희(熙) 자를 쓰고요."

"……잠시만 기다려 주세요."

데스크 직원은 컴퓨터를 몇 번 두드리더니 고개를 들었다.

"실례지만 명단에 이름이 없는데요. 혹시 방문 신청이 누락되었을지 모르니, 관계자분 성함을 알려 주시겠습니까?"

"저, 아는 사람도 없고 여기가 처음인데……."

"예?"

"아, 아뇨. 저, 하지만 제가 쓴 악보가 있는데. 이걸 가져왔거든요."

그녀는 허둥지둥, 가슴에 끌어안고 있던 파일을 데스크에 내려놓았다.

데스크 직원은 종이 뭉치에는 시선도 주지 않고 공가희를 쳐다보았다.

처음, 아는 사람 없음. 작곡가.

그런 여러 키워드에서 데스크 직원은 얼추 무슨 상황인지 눈치를 챈 듯, 사무적인 미소를 띠었다.

"죄송합니다. 프런트에선 작곡 접수를 받고 있지 않고 있습니다."

"그럼 어떻게……."

안내원은 공가희의 의문에 미소 낀 얼굴로 대답했다.

"작곡가 지망이신가요?"

"네…… 네."

"조만간 정식 오디션 절차 안내문이 있을 거예요. 그때 신청하시는 게 정석이고요."

"그…… 그건 언제인가요?"

"연초에 실시하는 오디션 외에 아직 구체적인 일정이 나오진 않았어요. 그 외에는 다른 아티스트의 소개를 받고 오시거나……. 혹시 저희 회사에 신원을 보증해 줄 아는 사람이 있나요?"

공가희가 고개를 저었다.

"아, 아뇨. 어, 아는 사람 없는데요……."

"……."

공가희의 그런 모습에서 어느 처연함과 절박함이 뒤섞인 것을 보았는지, 안내원의 사무적인 미소가 살짝 슬픈 빛을 머금었다가 가뭇없이 사라졌다.

뒤이어 안내원은 힐끗, 공가희의 어깨 너머로 가만히 서 있는 우리를 쳐다보곤 상냥한 말투를 이었다.

"그럼 서류는 제가 전달해 드리겠습니다. 두고 가세요."

"네, 네!"

공가희는 허둥지둥 볼펜을 꺼내 봉투 뒤편에다가 연락처를 끼적였다.

"감사합니다, 감사합니다."

공가희는 안내원에게 우물쭈물한 목소리로 거듭 고개를 숙이곤 몇 번이나 뒤돌아보며, 종종걸음으로 자리를 피했다.

"기다리셨죠."

안내원은 봉투를 데스크 구석에 치우며 다시금 사무적인 미소로 우리를 반겼고, 마동철이 앞에 나섰다.

"SJ엔터테인먼트 마동철 실장입니다."

"예, 잠시만 기다려 주세요."

안내원은 컴퓨터 자판을 두드렸고, 이내 사무적인 미소로 우리를 반겼다.

"확인되었습니다. 여기 임시 출입증 세 장을 발급해 드릴게요."

"예."

마동철은 임시 출입증을 받아 우리에게 건네고 하나를 익숙하게 패용했다.

"가시죠."

"아, 네."

그러는 동안 내 시선은 줄곧 데스크 한구석의 누런 서류

봉투에 머물러 있었다.

'흠……'

이성진의 몸에서 깨어난 이후, 나는 짧은 시간이지만 줄곧 공교로움과 인연, 운명 같은 우연의 연쇄 작용 속에서 살아 왔다.

'……공가희?'

다만, 이번엔 스치듯 지나간 그녀의 얼굴도, 이름도 그저 낯설기만 할 뿐이었다.

'하긴, 전생에 연예계를 뻔질나게 들락거리긴 했지만 업계의 모든 사람을 꿰고 있는 건 아니고. 다만 이번 인연도 공교롭다면 공교로운 느낌인데……'

우물쭈물하는 사이, 나는 로비로 걸어오는 남자를 보았다.

'천희수?'

장래 천재 프로듀서이자 대형 기획사 사장으로 거듭나게 되는 남자.

하지만 전생의 이성진은 몇 번인가 그와 자리를 함께하더니, 이내 시니컬하게 평했다

삼류 딴따라.

나로선 이성진이 그에게 왜 그런 평가를 내렸는지 알기 어려웠다.

그야 천희수 그는 천재적인 음악적 재능과 무관하게 행태는 다소 천박하고 방정맞아서, 이 바닥을 조금이라도 아는

사람들 사이에선 '신은 어떤 의미에선 공평하다'고 평하던 자이긴 했다.

「이상한 놈이야. 분명 그럴 만한 재능이 없는 새끼인데.」

당시 이성진은 천희수에 대한 소회를 그렇게 늘어놓았다.

그러나 이성진은 심성이 뒤틀려 있긴 해도 사람이 가진 능력과 재능을 알아보는 눈을 얼추 갖추고 있던 놈이었다.

더욱이 역사가 평가하는 천희수의 재능은 천재적이었다.

'알려지고 알아본바 가수로서 재능은 분명 잘 쳐줘야 2류에 불과하지만.'

다만 천희수는 그 스스로 작사 작곡을 겸하며 동시에 능력 있는 인재를 발굴해 키워 내는 실력 하나는 일품이었고, 그렇기에 그는 별 볼일 없는 무명 가수에서 출발했음에도 불구하고 장래 대형 기획사들과 어깨를 나란히 하는 프로듀서가 될 수 있었다.

천희수는 우리를 지나쳐 안내 데스크에 짝다리를 짚고 서며 선글라스를 머리 위로 올렸다.

"하이, 미스 하. 오늘도 예쁜데."

이 시기, 지금의 천희수는 이른바 '낑깡족'이었다.

오렌지족은 아니나, 오렌지족을 동경하며 압구정을 기웃거리는 부류.

안내원은 쓴웃음을 지으며 고개를 저었다.

"천희수 씨, 무슨 용건이신가요?"

"별거 아니야. 예쁜이랑 커피나 한잔할까 해서."

"그런 말씀은 하지 마세요. 용건이 없으면 돌아가 주세요."

"에이, 서운하게. 뭐, 용건이 없는 건 아니고……."

나는 바른손레코드와 계약을 맺고 얼마 지나지 않아, 당연하다는 듯 천희수를 주목했다.

「이 사람을요?」

내 이야기를 들은 백하윤은 의아해했다.

이 시기의 천희수는 별 볼일 없는 가수였다.

싱어 송 라이터를 자처하곤 있으나 아직 그 재능이 개화하지 않은 것인지 생뚱맞은 '포스트모던 록'이라는 걸 들고 오며 거들먹거리기 일쑤였고, 가창력도 내가 기억하는 대로 그저 그랬다.

하지만 그 방정맞은 성격이며 현재가 어찌 됐건, 그는 역사가 기록하는 천재였고 성공 가도가 보장된 남자였으니까.

"그러고 보니 천희수 씨……."

그때.

나는 안내원의 시선이 힐끗, 공가희가 맡기고 간 봉투에 머무는 것을 보았다.

'……잠깐만, 혹시?'

혹시, 하는 생각에서 뻗어 나간 생각의 고리는 내가 모르는 미싱 링크를 이어 붙였다.

'해 볼만 해.'

이렇게 된 이상, 지체할 필요가 없었다.

"야, 어디 가?"

윤아름이 어리둥절한 얼굴로 물었지만.

나는 데스크에 가슴을 바짝 붙이며 천진한 미소를 지었다.

"저기요."

나는 가슴께에 달린 그녀의 명찰을 읽었다.

"하선영 누나."

집적거리는 천희수를 상대하기 짜증 났던 모양인지 안내원은 마침 잘됐다는 듯 호감 어린 미소를 띤 얼굴로 내 인사를 받았다.

"왜 그러니?"

"잠시 시간 좀 내주실래요?"

내 말에 안내원과 천희수는 웬 꼬맹이가 작업을 거나 싶은 눈으로 일순 어처구니없어했지만.

"그런 게 아니라. 잠시만 기다려 주세요."

나는 핸드폰을 꺼내 백하윤에게 전화를 걸었다.

−예, 백하윤입니다.

"선생님, 이성진입니다."

-아, 성진이군요. 안 그래도 올 때가 됐다 싶었는데.

"조금 흥미로운 게 있어서요. 안내 데스크 쪽에 전화 한 통만 걸어 주시겠어요?"

-응? 음. 알았어요.

나는 핸드폰을 끊고, 어리둥절해하는 천희수와 안내원에게 미소를 보냈다.

잠시 후.

데스크의 전화벨 소리가 울리고 안내원이 받았다.

"네, 바른손레코드 안내 데스크 하선영입니다……. 아, 넵! 네, 대표님. 예? 아, 바로 앞에 계십니다. 예? 예, 알겠습니다."

안내원이 내게 수화기를 내밀었고, 나는 이를 받았다.

-성진 군, 저예요. 무슨 일인가요?

"네. 아직 데뷔하지 않은 작곡가 지망생이 맡기고 간 물건이 있는데. 허락하신다면 가지고 올라갈까 싶어서요.

-작곡……?

"넵."

수화기 너머 한동안 침묵이 이어지다가, 백하윤이 말을 이었다.

-물건은 지금 안내 데스크에 있나요?

"네, 여기 있어요."

-으음, 좋아요. 제가 말해 둘 테니 데스크를 바꿔 줘요.

회사 대표의 승인이라고 하는 약간의 번거로운 과정을 거쳐, 나는 봉투를 손에 넣을 수 있었다.

"뭘 한 거야, 대체?"

윤아름이 의아하다는 듯 물었고, 나는 대답하는 대신 엘리베이터 앞에서 서류를 꺼내 보았다.

'……이건.'

혹시나 했는데.

천희수가 히트시켰던 거의 모든 음악의 원본이 여기에 있었다.

'공교롭지만……. 이제 와서야 아귀가 들어맞는 것 같군.'

원래 역사라면.

아마도 오늘, 천희수의 눈에 이 악곡이 눈에 들어왔을 것이다.

썩어도 준치라고, 천희수는 별 볼일 없는 가수이긴 했으되 어쨌건 명색이 싱어 송 라이터를 자처하는 남자였다.

'어쨌거나 그도 재능을 알아보는 눈 정도는 갖춘 거지.'

아마 이 시기, 천희수는 안내원의 선의에서 비롯한 이 악보를 작업 목적인지 뭔지를 빌미로 마지못해 챙겨 들었을 것이고.

마지못해 챙겨 든 이 악보에서 찬란하게 빛나는 가능성을 보았으리라.

그리고 모든 것을 자신의 이름으로.

공가희라는 천재 작곡가를 자신에게 두고서.

속단은 이르지만, 아마 그는 공가희에게 콩고물을 조금 쥐여 주는 것으로 무마해 오다가.

'나중엔 어떤 식으로든 입막음을 했겠지.'

그리고 나는 역사가 변하는 과정에 끼어들었다.

사정이야 어찌 됐건 내겐 무척이나 잘된 일이었다.

'결국 좋은 작곡가를 꿰는 건 프로듀서로서 축복이고.'

나는 미소가 지어지려는 걸 꾹 눌러 참고 마동철을 보았다.

"마 실장님, 아까 전에 보았던 누나 있죠? 공가희라고 하는."

"예."

"지금 따라가면 안 늦을까요?"

"다녀오겠습니다."

마동철은 까닭을 묻는 일도 없이 빠른 걸음으로 성큼성큼 로비 입구를 지나쳐 밖으로 나갔다.

"아까 전부터 대체 뭔데 그래?"

윤아름이 내 옆에 찰싹 달라붙어 악보를 보았다.

수기로 거칠게 휘갈긴 악보 속의 악곡은 일견 엉성하고 정제되지 않아 보이는 물건이었지만.

나는 윤아름에게 씩 웃어 보이며 서류를 도로 집어넣었다.

"황금 알을 낳는 거위."
"엥?"

공가희는 빌딩 근처 여의도에서 상행선을 향하는 버스 정류장에 선 채 두근두근 방망이질 치는 놀란 가슴을 쓸어내리고 있었다.

'해, 해냈다.'

빌딩을 나오자마자 이어진, 보도블록 위로 올라오는 한여름 태양의 복사열 탓일까. 아직 당황스럽고 머리가 어지러워 분간은 잘 되지 않았지만.

지금은 왠지 모든 일이 잘 풀릴 것만 같단 예감이 들었다.

'잘만 된다면, 빚도 갚고……. 그다음엔 동생들에게 맛난 것도 사 줄 수 있어. 그리고, 그리고…….'

우유통을 머리에 이고 가며 상상의 나래를 펼치다가 우유를 쏟고 만 어느 동화 속 주인공처럼.

순간 공가희는 초점 없이 멍한 눈으로 콧노래를 흥얼거렸다.

"흥~흐응, 흠."

난데없는 콧소리에 사람들이 힐끗힐끗 쳐다보았지만, 지금 그녀는 또다시 자신의 세계에 빠져 있었다.

탁한 비음을 중얼거리며.

허공에 손가락을 얹고, 까딱, 까딱, 톡, 톡, 아무것도 없는 공기를 두드리자.

"더위를 먹었나?"

"쯧."

정류장에 선 사람들이 슬금슬금 거리를 벌렸다.

지금껏 공가희를 고독하게 만들고, 정상적인 사회생활을 하지 못하게 한 병.

공가희는 자신만의 세계에 빠져들어 그 자리에서 또 한 번, 곡을 만들어 냈다.

그리고.

'……아.'

노래를 완성한 그 직후 세계가 깨져 나갔다.

그제야 공가희는 시끄러운 매미 소리, 4차선 도로를 지나가는 자동차 소음, 빌딩 유리창에 반사되는 하얗고 딱딱한 햇빛, 도심의 번잡함이며 포플러 나무에 달라붙은 매미, 폐부 깊숙한 곳까지 밀어닥치는 더위, 땀으로 축축하게 젖어든 셔츠, 어깨와 등을 가렵게 하는 브래지어, 이마 위로 미역 줄기처럼 축축하게 엉겨 붙은 머리카락이 신경 쓰이고.

그녀 스스로는 지금 방학을 맞아 용기를 내 먼 발걸음을 한 고등학생, 버스 정류장에 서 있는 보잘것없는 무명의 작곡가 지망생이라는 현실이 자각되었다.

그리고 주위, 사람, 인파가 이 여름, 더위와 무관한 차가운 눈으로 자신을 보는, 그 속에서.

공가희는 숨을 멈췄다.

'호흡. 호흡.'

일부러 숨 쉬는 걸 의식하면서 공가희는 외부와 내면의 자신을 분리해 내려 애썼다.

"보도블록. 콘크리트. 손가락 열 개. 숫자는 세지 마. 다시, 보도블록, 콘크리트, 버스 정류소……."

그런 그녀의 의식, 애써 바닥을 보며 외부 세계에 집중하려는 그때.

얼굴 위로 그림자가 드리웠다.

"실례합니다."

"……흡."

공가희는 흠칫하며 물러서려다가 넘어질 뻔했고, 말을 걸어온 남자는 그런 공가희의 얇은 팔뚝을 얼른 잡아채 부축했다.

"힉, 때, 때리지 마세요. 때리지 마세요."

공가희가 덜덜 떨면서 머리를 웅크리고.

남자는 선글라스 너머로 그녀를 묵묵히 바라보다가.

추파춥스를 두 개 꺼냈다.

"딸기맛이랑 바닐라. 뭐로 하실래요?"

"바, 바, 바닐라."

"탁월한 선택이십니다."

공가희는 엉겁결에 사탕을 받아 들고, 그것을 양손으로 꾹 쥐었다.

그사이.

마동철이 명함을 꺼내 그녀 앞으로 내밀었다.

"수상한 사람은 아닙니다. 저는 SJ엔터테인먼트의 마동철 실장이라고 합니다."

"네, 네……."

"예. 괜찮다면 잠시, 다녀왔던 바른손레코드로 함께 가 주시지 않겠습니까? 출입 승인은 받아 두었습니다."

공가희는 불안한 눈으로 마동철과 주위의 호기심 어린 눈들을 살피다가 고개를 꾸벅 숙였다.

"가, 가, 갈게요."

바른손레코드 빌딩 내부, 나는 녹음실 옆에 딸린 자그마한 방에서 백하윤과 악보를 사이에 두고 독대 중이었다.

스륵.

백하윤은 말없이, 내가 건넨 악보의 페이지를 넘겼다.

귀갑테 안경 너머 악보를 보는 그녀의 두 눈에선 감정을 읽기 힘들었다.

내가 백하윤에게 불쑥 안겨다 준 악보는 거칠고 심지어는 해괴하기까지 할 것이다.

하지만 그 안에는 분명 희미한 천재성의 조각 같은 것이 깃들어 있다.

멜로디는 정제되지 않은 악보 속에서 꿈틀거리며 살아 숨을 쉬었고, 사고의 속도를 따라가지 못한 손이 멋대로 휘갈긴 콩나물 대가리가 최소한의 형식과 리듬만을 간직한 채 오선지 위에 걸쳐 있었다.

"흠."

마침내 백하윤이 악보를 내려놓으며 관자놀이를 주물렀다.

"요즘 시대에 테이프 가녹음도 없이 불쑥 찾아온 데다…… 상당히 난잡하군요. 이대로는 못 써먹어요."

"그렇죠?"

내가 미소 지으며 받은 말에 백하윤이 나를 흘겨보았다.

"정말이지……. 네, 맞아요, '이대로는' 못 쓰지만, 잘 가다듬기만 하면……. 잠재성이 있군요."

"저도 선생님 의견에 동의합니다."

"아뇨, 제가 성진이의 말에 동의하는 쪽이죠. 아무튼 무슨 인연으로 이런 악곡이 여기까지 온 건지, 이거 참. 이제는 놀랄 일이 남아 있지 않을 거라 생각했는데, 오래 살고 볼 일이네요."

백하윤은 물을 한 모금 들이켜 신중하게 삼켰다.

"선생님, 조만간 마동철 실장이 그 작곡가를 데리고 올 텐데, 입장을 승인해 주시면 안 될까요?"

"그럴 줄 알고 이미 이야기해 뒀어요. SJ엔터테인먼트의 마동철 실장과 동행하는 사람의 출입증을 발급해 달라고."

"감사합니다."

"뭘요, 새삼스럽게."

백하윤이 손을 내저었다.

"신인을 발굴하는 즐거움은 늙은이의 몫이라고 생각했는데. 하지만 성진 군은 제게서 그런 즐거움마저 빼앗아 가는 거 같군요."

농담조로 말한 백하윤은 이어서 악보를 다시 한번 쓱 훑어보더니 고개를 들어 다시 나를 보았다.

"이 작곡가에겐 일정 수준 이상의 기초 교육과 별도의 작사가가 필요하겠어요. 또, 이 악곡을 소화해 낼 연주자며 가수까지."

"그렇습니다. 그러니 바른손레코드 측에서 지원해 주신다면, 유통 계약은 바른손레코드와 5년간 독점하는 것으로 할게요."

"5년…… 아뇨, 그렇게 길게 잡을 필요는 없어요."

백하윤이 고개를 저었다.

"2년 내지는 3년 정도만 잡고 가세요."

"그래도 괜찮겠어요?"

"후후, 아직 그럴 만한 힘은 있어요. 말은 이렇게 하지만, 늙은이의 심술이죠."

이 시기에는 슬슬 바른손레코드 이사회의 백하윤을 향한 압박이 들어오고 있었다.

바른손레코드는 현재 신임 사장이 될 후계자를 교육하는 중이었고, 그런 상황에서 경영에 사사건건 개입하는 대표이사 백하윤의 존재는 이사진으로 하여금 다소 골치가 아프단 걸 공공연하게 드러내는 중이었다.

백하윤은 바른손레코드의 개국공신이면서 동시에 지분이 높은, 그렇기에 지금처럼 오너 경영을 위한 후계자 계승 구도에 입안의 가시 같은 존재가 되어 있었다.

원래는 가만히 있다가 자연스럽게 경영권을 내려놓고 물러나는 백하윤이지만, 지금의 백하윤은 딱히 그럴 낌새는 보이지 않고 있었다.

'이번에도 내 영향인가.'

똑똑, 노크 소리가 들려 고개를 돌리니 음향 디렉터가 열린 문틈으로 고개를 배꼼 내밀었다.

"백 대표님, 원 테이크 녹음이 끝났습니다만."

"알았어요. 가 보겠습니다."

나도 백하윤을 따라 녹음실로 자리를 옮겼다.

윤아름은 녹음이 만족스러웠는지, 녹음실 부스를 나와 미소 띤 얼굴로 나를 기다리고 있었다.

"들어 보면 깜짝 놀랄걸? 히히."

"뭐, 들어나 보고 이야기할게."

우리가 자리를 잡자 음향 디렉터가 곡을 틀었다.

동화풍의 전주가 흘러나오고.

윤아름의 목소리가 이어졌다.

– 믿을 수 있나요. 나의 꿈속에서…….

역시, 곡이 좋다.

'시대를 넘어 공전절후의 히트를 기록할 곡이니.'

음악을 받자마자 로비를 펼쳐 윤아름에게 가도록 애쓴 보람이 있었다.

윤아름의 목소리는 원체 청아해서 보컬 트레이닝만 조금 받으면 이대로 데뷔해도 손색이 없을 정도였다.

더군다나 윤아름 본인에게도 피아노를 친 경력이 있다 보니 음악에 대한 이해도도 또래의 평균 이상.

'본인이 바라질 않아서 문제지.'

윤아름은 카메라에 서고 티비에 나오는 건 반겨도, 무대에 서는 것까진 원치 않는 편이었다.

'그래서 콩쿠르 회장에선 나름대로 신경이 날카로워져 있었고.'

남들 앞에 서는 것이 싫다기보단 일종의 완벽주의가 불러온 강박이었다. 무대에 서는 건 그때마다 최선을 다해야 하는 경향이 있으므로.

윤아름이 이번 앨범 녹음에 흔쾌히 참여한 것도 '우리는 무대에 설 생각이 없다'는 원곡자의 의향에 적극 동의한 부분이 있어서였다.

―……너무나 소중해 함께라면.

곡이 끝났다.

녹음실은 조용했고, 윤아름만이 우쭐한 얼굴로 방긋방긋 웃고 있었다.

"……괜찮군요."

백하윤이 입을 떼자, 다들 저마다 한마디씩 거들기 시작했다.

"네, 정말로 좋은데요?"

"윤아름 양의 청아한 목소리가 동화풍의 곡에 잘 어울립니다."

"이거, 첫 테이크로 이 정도라니. 재녹음 갈 필요도 없겠어요."

윤아름은 에헴, 헛기침을 하더니 내 어깨를 공연히 툭 하고 쳤다.

"어때, 좋지? 응?"

"곡이 좋았네."

"내 목소리가 살린 거야."

"네, 어련하겠어요."

"너 정말……. 어휴 됐다, 말을 말자."

심통을 부리곤 있었지만 금세 배시시 웃는 걸로 보아서 윤아름 본인 스스로도 만족하는 모양이었다.

'다만……. 내가 기억하는 원곡이랑은 조금 느낌이 달라졌어. 그게 원곡에 비해 좋은지 아닌지는 확신하기 어렵고. 취향 문제인가.'

하긴, 이는 어디까지나 원곡의 완성도를 알고 있는 나이기에 내릴 수 있는 평가에 다름 아니었다.

분위기가 제법 들떠 있는 녹음실로 마동철이 돌아왔다.

"실례하겠습니다."

그리고 그 뒤에 쭈뼛쭈뼛하며 뒤따라 온, 사탕을 입에 물고 있는 여자.

"……아, 안녕하세요……."

공가희였다.

그녀는 눈을 가릴 만큼 치렁치렁한 앞머리 틈으로, 겁에 질린 초식동물처럼 힐끔힐끔 녹음실과 주위 사람을 살피는 중이었다.

먼저 나선 건 백하윤이었다.

"바른손레코드의 백하윤 대표입니다."

공가희는 멍하니 녹음실 기기를 살피다가 백하윤이 내민 손을 쳐다보았다.

"아…… 고, 공가희입니다."

백하윤이 손을 거두기 직전에야, 공가희는 퍼뜩 정신을 차리고 양손으로 백하윤의 손을 맞잡았다.

"작곡가를 지망하신다고."

"네? 아, 넵. 그, 그래요. 맞아요."

백하윤은 슬며시 공가희와 나눈 악수를 풀곤 자연스럽게 말을 이었다.

"잠시 다른 일을 하고 있어서, 잠시 기다려 줄 수 있어요?"

"네? 네, 넵!"

이어서 백하윤이 음향 디렉터를 돌아보았다.

"박 PD, 한 번 더 들어 볼 수 있겠어요?"

"아, 예. 물론이죠. 재생하겠습니다."

음향 디렉터가 자리에 앉으며 윤아름의 녹음본을 다시 틀었다.

전주가 나오자마자, 녹음실의 분위기에 어울리지 못하고 붕 떠 있던 공가희의 표정이 일변했다.

그사이 윤아름이 내 곁에 바짝 붙어 귓속말을 했다.

"저 언니, 아까 로비에서 그 언니지?"

"쉿."

윤아름은 입을 삐죽이며 입을 다물었고, 아까완 달리 기묘한 긴장감이 가득한 상황에서 음악이 흘러나왔다.

노래를 들으며, 마동철은 묵묵히 고개를 끄덕이더니 척,

엄지를 세워 윤아름에게 보여 주었고, 윤아름은 픽 웃었다.

다시 한번, 노래가 끝이 났다.

원래 바른손레코드 소속이었던 마동철의 어깨에 안면이 있는 음향 보조가 툭하고 손을 올렸다.

"좋지?"

"좋네. 잘 뽑혔어."

그러는 동안 백하윤은 줄곧 공가희를 살피는 중이었다.

공가희는 멍한 눈으로 손가락을 허공에 까딱이더니 고개를 획 돌려 백하윤을 보았다.

"끝인가요?"

"네."

"이게 다예요?"

초면에 말하기엔 제법 당돌한 발언이었음에도 백하윤은 슬쩍 미소를 지을 뿐이었다.

"아뇨. 1차 녹음이 끝났을 뿐이에요."

"그러면 수정도 가능하겠네요?"

"맞아요."

이는 더 손댈 곳이 없다는 녹음실 인원의 중론과는 다른 견해였기에 다들 공가희를 물끄러미 쳐다보았다.

그들로서는 꾀죄죄한 행색의 공가희, 기껏해야 고등학생 일까 싶은 그녀가 도대체 누구인지조차 모를 상황에서, 외부인이 제멋대로 작품의 결과를 두고 옳고 그름을 논한다는 것이 선을 넘는 행위라고 생각한 듯했으나.

그들은 그들의 상사인 백하윤의 암묵적인 승인 속에서 불만스러운 얼굴로 이를 살필 뿐이었다.

"원래는 어른, 남자가 부르는 노래 같아요."

공가희의 지적에 백하윤은 가만히 고개를 끄덕였다.

"맞아요. 원곡이 따로 있고, 방금 녹음한 건 성인 남성이 불렀던 원곡을 키즈(Kids) 버전으로 리마스터링 한 거죠."

"리메이크인가요?"

"아뇨, 같은 앨범에 담길 내용의 다른 버전일 뿐이에요. 아직 대중에 공개된 적도 없고."

음악 이야기가 나오자, 공가희는 방금 전까지 주눅 들어 있던 모습은 오간 데 없이 치렁치렁한 앞머리 사이로 반짝 눈을 빛냈다.

"다행이다. 그럼 원곡도 들어 볼 수 있을까요?"

다행?

백하윤은 눈썹을 씰룩이더니 고개를 돌렸다.

"……문제없죠. 박 PD?"

음향 디렉터는 묵묵히 기계를 조작했다.

공가희는 재생된 원곡을 끝까지 들었고.

"그렇군요."

원곡은 당연히, 내가 알고 있던 것과 차이가 없었다.

"처음 들었던 여자애 건 다소 수정을 해야겠어요."

"어떤 식으로?"

백하윤의 물음에 공가희는 대답하는 대신 음향 디렉터 옆 자리로 다가갔다.

"여자애가 부른 곡의 도입부를 다시 들려주세요."

음향 디렉터는 공가희의 말에 어떻게 해야 할지 몰라 백하윤을 쳐다보았으나, 백하윤은 그대로 해 보라는 양 고개를 끄덕였다.

곡이 재생되고, 공가희가 입을 열어 곡의 흐름을 끊었다.

"맞아요, 이 부분. 여기는 원곡이랑 다르게 가야 해요. 딴 따라라, 딴따다단. 그 무슨 악기더라, 좀 맑고, 울리는, 실로 폰 같은."

"……실로폰 소리를 입혀 보죠."

음향 디렉터는 공가희의 지시를 따라 기계를 조작했고, 공가희는 고개를 끄덕여 리듬을 타더니 재빨리 말을 이었다.

"끙, 이게 아닌데…… 좀 더 울림을 줄 수는 없나요?"

"아, 네. 그렇게. 좋아요."

"이 부분은 아래로 깔면서, 음, 찬, 찬, 찬, 찬. 이 속도로."

"드럼 비트가 여기서 들어오고."

"너무 과한데. 탁, 탁, 탁이 아니라 타닥, 탁, 탁."

"여기서 잠재웠던 소리를 서서히 고조시키는 거예요."

"음, 목소리를 없앨 수는 없나요?"

공가희는 새로운 장난감을 손에 쥔 어린애처럼 들떠서 떠들어 댔다.

그리고 처음, 불만스럽게 부당한 업무 지시를 따르던 음향 디렉터의 얼굴은 결과물이 나오고 개선이 이루어질수록 진지해져 갔다.

"이제 목소리를 없앤 상태에서 다시 들어 보죠. 음, 음, 음……. 바뀐 내용에 맞춰서 노래도 다시 녹음해 보면 좋겠어요. 그 사람 여기 있나요?"

모두의 시선이 윤아름을 향하고.

윤아름은 떨떠름한 얼굴로 어깨를 으쓱였다.

"녹음실 안으로 들어갈게요."

"가수예요?"

"배우인데요. 저 모르세요? 윤아름."

"몰라요. 그래서 그랬구나."

"……그래서, 뭔데요?"

"불필요한 호흡이 많이 들어가서요. 꺾이는 부분이 불안정하고. 좀 더 리드미컬하게 불러 주세요."

"……나 참."

윤아름은 고개를 젓더니 음향 디렉터를 보았다.

"할까요?"

"아, 응. 그래. 그럼 편곡에 맞춰 다시 불러 볼까?"

"알겠어요."

윤아름은 녹음실 안으로 쏙 들어가 헤드셋을 끼고 마이크 앞에 섰다.

"마이크 테스트, 하나 둘, 하나 둘……."

"곡 들어갑니다. 테이크, 스리, 투, 원."

어쨌거나 실시간으로 개선되고 있는 게 체감되었으니, 윤아름도 불만은 갖되 군소리는 하지 않는 것이다.

'……이 정도일 줄은 몰랐는데.'

어쩌면, 내 기억 속에 있던 원곡보다 더 굉장한 결과물이 나올지도 모른다.

나는 녹음실 내부 유리창을 뚫어져라 쳐다보는 공가희의 옆모습을 힐끗 쳐다보았다.

'인연이라…….'

그리고 나는 그런 나를 보는 백하윤의 시선을 눈치채고 고개를 돌렸다.

백하윤은 미소를 지은 채 빙긋 웃더니 검지를 입가에 가져다 댔다.

'쉿.'

당초 원 테이크로 충분하다고 생각했던 녹음이 공가희가 개입하고부터 예상 밖으로 길어지고 있었다.

음향 디렉터는 이제 아예 공가희에게 원래 자리인 마이크 앞을 내 주고 옆으로 비켜섰고, 공가희는 들뜬 목소리를 끄집어냈다.

"테이크 20, 시작."

그걸 보며, 아무래도 공가희도 정상은 아닌 듯하단 생각이 들었다.

'아마 원래 역사였다면, 천희수가 공가희를 제어했겠지.'

나는 단순히 천희수가 그녀의 재능을 이용해 먹고 말았을 뿐이라고 생각했는데, 그런 단순한 이유는 아니었던 듯하다.

'사기를 치긴 했을 테지만, 이런 사람을 어떻게든 부려서 끌고 온 건 대단하긴 해.'

공가희는 만난 지 얼마 되지 않은 내 눈에 보기에도 사회성이 일부 결여되어 있었다.

그러나 한편 음악을 대하는 공가희의 집중력은 혀를 내두를 정도였다.

거기에 더해 아마 생전 처음 들어와 본 듯한 녹음 환경에 매료되어 주위가 안 보이는 상황에 온 모습이다.

"전주 보낼게요."

방음 부스 안의 윤아름은 스무 번째 녹음에 앞서 입술을 꾹 깨물었다가 딱딱한 얼굴로 마이크 앞에 섰다.

ㅡ믿을 수 있나요. 나의 꿈속에서…….

그런 공가희를 받아 주는 윤아름도 대단하긴 마찬가지.

보통, 쉬지 않고 20차례까지 녹음에 들어가는 일은 성인 가수에게도 가혹한 일인데.

윤아름은 그런 과도한 지시에 우는 소릴 내긴 싫다는 듯

거듭된 재녹음 요청에도 굴하는 일 없이 꿋꿋했다.

오죽하면 음향 디렉터가 한 차례 쉬었다 가면 좋겠다는 눈치를 보낼 정도였지만.

「아뇨, 조금만 더 하면 될 거 같아요.」

윤아름의 요청이 그러했다.

－자유롭게 저 하늘을……

방음 부스 속의 윤아름도 기계가 아니니, 지친 기색이 역력했다.

하지만 그 덕에 불필요한 힘이 빠져서 듣는 입장은 노래가 한결 편해졌다.

'아마 이번에 오케이 사인이 나오겠군.'

모두가 숨소리 하나 내질 않으며 진지한 얼굴을 했고, 백하윤도 자세를 고쳐 앉은 채 리듬에 맞춰 고개를 주억거리고 있었다.

－너무나 소중해 함께 있다면.

노래가 끝나고.

윤아름이 눈을 지그시 감았다.

모두가 공가희를 보았다.

"오케이. 컷!"

마치 총디렉터라도 된 것 같은 공가희의 사인에 모두가 안

도했고, 윤아름은 헤드셋을 걸어 놓곤 비척거리며 방음 부스 바깥으로 나왔다.

짝짝짝.

모두가 박수를 쳤고.

"수고했어."

내 말에 윤아름은 대꾸도 없이 이마에 맺힌 땀을 닦으며 털썩, 의자에 주저앉았다.

"나, 물 좀 줘."

헤드셋을 오래 끼고 있어서였는지 윤아름의 조그만 귓바퀴가 발갰다.

"자, 여기."

윤아름이 내가 따 준 페트병 물을 벌컥벌컥 들이켜는 사이 음향 디렉터가 기계를 조작했다.

"그럼 한번 들어 보겠습니다."

첫 번째 불렀던 것과는 사뭇 다른, 그러나 취향을 넘어 누가 듣기에도 훨씬 좋아진 노래가 녹음실로 흘러나왔다.

공가희는 여전히 집중력이 흐트러지지 않은 모습으로 음악을 주의 깊게 새겨들었고.

그 와중 음향 보조가 웃으며 속닥였다.

"동철아, 나 방금 소름 돋았다."

"……그래."

마동철은 묵묵히 대답했다.

나 역시. 결과물을 접하고 나니 어차피 뜰 곡, 이라는 사전 정보만 갖고 이번 일에 임했던 스스로도 놀랄 정도였다.

'이 정도 완성도라니.'

이건 단순히 원곡과는 다른 감성이라는 정도가 아니었다.

'그래. 이 정도면 윤아름의 스타일과 음색에 딱 맞춘 곡이라고 해도 될 정도야.'

나는 공가희의 옆얼굴을 살펴보았다.

여기서 오직 그녀 홀로 지친 기색 없이 집중력을 유지하고 있었다.

'……생각 이상의 걸물을 발굴해 냈어.'

노래가 끝났다.

모두의 얼굴에 아릿한 여운이 남아 있는데, 공가희의 얼굴엔 미소가 가득했다.

"네, 좋아요! 이대로라면, 아……."

공가희는 방긋 웃으며 모두를 돌아보았다가 그제야 자신이 지금껏 뭘 해낸 건지 자각한 모양으로 어버버, 당황하기 시작했다.

"아, 그, 저, 그러니까, 저는……."

"잘 들었어요."

백하윤이 미소 띤 얼굴로 공가희에게 다가갔다.

"공가희 씨, 듣는 귀도 좋고 감도 예리하네요. 써 주신 곡이 우연이 아니었다는 것도 잘 알았습니다."

"보, 보셨……어요? 제대로 전달됐구나……."

"자세한 건 방에 들어가서 이야기하죠. 다들 고생하셨습니다. 마동철 실장, 성진 군?"

나는 고개를 끄덕였다.

"가겠습니다. 아름 누님, 잠시 다녀올게."

"잠깐."

윤아름이 내게 손바닥을 보였다.

"하이파이브."

"나 참."

짝.

나는 윤아름의 손바닥에 내 손을 부딪혀 준 뒤, 마동철을 대동하고 공가희와 백하윤을 따라 방으로 들어갔다.

주위에 신경 쓰지 않고 폭군처럼 군림하던 아까와는 딴판으로, 몰입이 깨진 공가희는 불안과 초조함에 어쩔 줄 몰라하며 자리에 앉았다.

"아, 안녕하세요……."

그러더니 옆자리에 앉은 내게 꾸벅하고 고개를 숙여서, 그제야 나 역시 공가희와 이야기를 나눠 보는 것이 처음인 것을 자각했다.

"네, 안녕하세요. 이성진이라고 합니다."

"공가희입니다."

공가희는 나와 통성명을 주고받으면서, 다소 의아해하는 얼굴이었다.

그도 그럴 것이, 웬 어린이가 높으신 분 계신 곳에 따라 들어왔으니 무슨 일인가 싶었으리라.

'아까 로비에서 스치듯 본 것도 기억하질 못하는 건가.'

백하윤은 우리가 인사를 주고받길 기다렸다가 입을 뗐다.

"일 이야기를 해 보죠."

그렇게 말하며 백하윤은 공가희가 써 온 악보를 도로 내밀었다.

"아."

공가희는 악보 뭉치를 보며 조그마한 단말마를 냈고.

이 상황에서 백하윤이 말을 이었다.

"공가희 씨."

"어, 네, 넵."

"귀하가 써 온 곡은 그 자체론 사용이 불가능하며 별도의 후작업이 필요합니다."

백하윤은 악보 뭉치에서 악보를 꺼내 탁자 위에 늘어놓았다.

"핵심이 되는 멜로디는 있으나 화음 작업도 되지 않았고, 무엇보다 이렇다 할 가사가 없더군요, 별도의 작사가 필요해 보입니다. 혹시 작사에는 뜻이 있으신가요?"

"아뇨……."

공가희가 고개를 세차게 가로저었다.

"저, 작사는 잘 못해서."

"그런 거 같더군요. 각 악곡의 제목도 곡의 전체적인 뉘앙
스만 전달하고 있을 뿐이고요."

"네……."

공가희는 우물쭈물하며 백하윤의 눈치를 살폈다.

"근데…… 할머니는 높으신 분인가요?"

할머니.

백하윤은 그 말에 어처구니가 없는지 멍한 얼굴이 되었다.

'할머니는 맞지. 나이로는.'

그러나 백하윤은 어처구니없어할 따름이긴 해도 누구(사모)
처럼 호칭 하나에 일희일비 언짢아하진 않았다.

"젊군요. 아니, 어리다고 해야 하나."

백하윤은 그렇게 말하며 나를 힐끗 살폈다.

그녀가 말한 '어리다'는 의미가 무엇인지, 공가희는 알아
차리지 못한 얼굴이었다.

그 상황에서 잠자코 있던 마동철이 끼어들었다.

"여기 계신 백하윤 대표님은 바른손레코드의 경영 전반을
관리하시는 분입니다."

"아, 사탕아저씨, 아니, 그, 이름이……."

"……SJ엔터테인먼트의 마동철 실장입니다."

사탕아저씨라니.

내가 히죽 웃으며 그를 보고 있으려니, 마동철은 애써 내색하지 않는 척 말을 이었다.

"단도직입적으로 말씀드리자면 저희 SJ엔터테인먼트는 공가희 씨와 전속 계약을 맺고자 합니다."

"네? 계약요? 으음, 하지만…… 저는 바른손레코드랑……."

공가희가 백하윤의 눈치를 힐끔 살펴서, 마동철은 녹음 사이 챙겨 온 서류를 꺼냈다.

"SJ엔터테인먼트는 바른손레코드와 업무 제휴 중인 기획사입니다. 여기 계신 바른손레코드의 백하윤 대표님이 SJ컴퍼니 측과 공동 출자하여 설립된 법인이죠."

공가희는 어리둥절한 얼굴을 했다.

"어……. 그러면, 음, SJ엔터테인먼트는 음, 바른손레코드랑 관계가 있는 건가요?"

지금껏 설명해 온 걸 어떻게 들은 걸까.

요즘 나를 비롯해 윤아름처럼 조숙한 꼬맹이만 상대해 온 마동철은 공가희의 말에 일순 당황했다.

"흠, 흠."

마동철은 헛기침과 함께 공연히 내 눈치를 살피곤 천천히 입을 뗐다.

"공가희 씨, 실례지만 나이가 어떻게 되십니까?"

"여, 열일곱 살인데요. 다림여고 1학년……."

고1이라고?

나는 그녀가 보기보다 더 어리단 사실에 조금 놀랐다.

"그러셨군요."

마동철은 고개를 끄덕였다.

그러면 이 바닥에 흥미가 없는 학생은 사업 관련한 부분은 모를 법하단 생각에 미친 듯했다.

'그렇다고 쳐도 저 정도인가, 싶을 만큼 특정 부분에선 평균 이하 느낌이지만.'

나와 별개로, 마동철은 잠시 생각하다가 말을 이었다.

"지금 공가희 씨는 바른손레코드에 악보를 넘기고, 심의 결과가 좋으면 따로 연락을 통해 작곡가로서 데뷔하는 것이라 생각하시는 것 같군요. 맞습니까?"

"……심의…… 네."

그다지 알아들은 것 같진 않지만.

마동철은 쓴웃음을 지었다.

"죄송하지만 작곡가는 그런 식으로 데뷔하는 것이 아닙니다. 하물며 요즘 시대에 녹음된 카세트테이프 정도도 준비하지 않으셨고요."

내가 살았던 시대라면 그나마 인터넷이며 이런저런 경로가 있었겠지만, 아직은 아날로그 시대였다.

"작곡가가 되는 길엔 여러 경로가 있습니다. 아는 연예인이 있다거나, 아니면 관련된 학과를 통하거나, 기획사의 오디션을 통해서 응모 후 합격하거나."

마동철이 말을 이었다.

"반면 지금 공가희 씨의 경우는 몹시 예외적인 케이스입니다."

"그런가요?"

지금껏 뭘 들은 건지.

공가희는 우물쭈물하더니 툭하고 뱉었다.

"……제 실력이 뛰어나서 그런 거죠?"

이제 와 새삼 생각하는 것이지만, 공가희의 말을 더듬는 버릇이나 우물쭈물한 태도는 수줍음이나 겸손함과는 거리가 멀었다.

그녀는 그저 사람 대하고 대화하는 것이 서툴 뿐.

우리와 사는 세계가 다르고, 세계를 받아들이는 방식이 다르다.

마동철도 그런 공가희를 얼추 파악하기 시작했는지, 선글라스 안쪽의 눈썹을 씰룩였다.

"그럼 그런 것으로 해 두죠."

그러면서 마동철이 꺼내 둔 서류를 공가희 앞으로 내밀었다.

"저희 SJ엔터테인먼트와 계약하시면 앞으로 바른손레코드와의 협업을 통해 작곡가로서 트레이닝을 비롯한 각종 지원을 해 드릴 수 있습니다. 로열티는 곡에 따라 책정하는 것으로, 그 외 선계약금으로 우선 1천만 원을 드리죠."

마동철의 말에 공가희는 멍한 얼굴로 눈을 깜빡였다.

알아듣질 못한 건지, 중간에 딴생각을 하다가 놓친 건지.

그 상황에 내가 끼어들었다.

"누나, 여기에 서명하면 작곡가가 되는 거예요."

뱉고 보니 하는 말만 들으면 사기꾼 같은데.

공가희는 나를 돌아보더니 고개를 갸웃했다.

"사기 아니죠?"

아니나 다를까, 단도직입적이다.

"그럴 리가요. 우리가 사기꾼이라면 방금 전까지 함께 작업을 했겠어요?"

그야말로 사기꾼 같은 말이지만.

그래서 덧붙였다.

"누나는 아직 미성년자니까 동의만 하시면, 추후 보호자의 서명도 받을 거예요."

공가희는 내 말을 곰곰이 생각하더니 고개를 끄덕였다.

"아, 그렇구나. 네, 알겠어요."

공가희는 별다른 망설임 없이, 약관을 읽어 보지도 않고 서류에 사인을 했다.

"그러면 이제 저는 작곡가가 된 건가요?"

그녀는 어른이 아닌, 나와 윤아름 같은 아이를 대할 때면 말을 더듬는 일이 없었다.

아마 그 판단 기준은 무력으로 제압이 가능한지 아닌지 여부일지도 모르겠다.

나는 공가희에게 미소를 지었다.

"네, 공가희 씨. 아직 추가 서류 작업이 남긴 했지만. 일단 저희 회사와 계약하게 된 걸 환영해요."

내 말에 공가희가 고개를 끄덕였다.

"네. 잘 부탁할게요, 홍차왕자님."

"……홍차왕자?"

"홍차왕자님. 친구한테서 빌린 만화책에 나오는 캐릭터랑 닮았거든요."

마이페이스도 정도가 있지.

"아, 예."

대꾸하는 내 표정이 어땠는지, 나를 보는 마동철과 백하윤이 웃음을 참고 있었다.

뭐 어쩌라고.

"그럼 저는 이제 나가서 음악 들어도 돼요?"

"아, 예. 그러세요."

공가희는 벌떡 일어서서 방을 나가려다가 문 앞에 멈춰 서더니 우릴 향해 고개를 꾸벅 숙였다.

"아, 안녕히 계세요."

그리고 나갔다.

그녀가 나가고 방에는 기묘한 정적이 흐르는 가운데.

백하윤이 나직이 입을 뗐다.

"일종의 아스퍼거 증후군 같군요."

"아스퍼거 증후군 말씀입니까……?"

마동철의 물음에 백하윤이 고개를 끄덕였다.

"발달 장애의 일종이죠. 유형이나 케이스가 다양해서 이렇다 할 정의를 내리긴 힘들지만, 대개 사회생활이 어렵고 관심 분야에는 과도할 정도의 집착을 보이죠. 그러는 가운데 드물게 특정 분야에서 천재성을 보이기도 하고. 이쪽 업계에 선 아주 드물진 않거든요."

백하윤은 그렇게 중얼거리며 탁자 위에 놓인 악보를 가만히 쳐다보았다가 시선을 돌려 나를 향했다.

"중증은 아닌 거 같지만. 그럼, 성진 군은 이번 만남을 통해 뭘 하고 싶은 건가요?"

그 말에 나는 어깨를 으쓱였다.

"많은 걸 할 수 있죠."

천희수가 했듯이 아이돌을 만들 수도 있고. 물론 그에 따른 투자는 좀 더 치밀하게 접근할 필요가 있지만.

"이러나저러나 곡은 좋잖아요? 실력은 확실해 보이고요. 다만 그 전에 곡을 다듬을 이런저런 트레이닝은 필요하겠지만요."

"흠, 하긴. 작곡은 어느 정도 천재들의 영역이고, 어차피 그 바닥은 원체 기인들도 많으니까요."

그 뒤 백하윤이 의미심장한 미소로 마동철을 보았다.

"그럼 마동철 실장, 수고해 주세요."

마동철은 떨떠름한 얼굴로 고개를 끄덕였다.

"……민혁 씨며 유상훈 변호사가 왜 매번 인력 충당을 요구하는지 알 것도 같습니다."

흠, 생각해 보니 공가희 전용 매니저를 뽑을 필요도 있겠다.

나중에.

2장

"그래도 어쨌건 결과물은 잘 나왔네."

녹음 곡을 다시 한 차례 반복해 들은 음향 보조는 마동철에게 자신의 감상을 소회하더니 손가락 두 개를 펼쳐 보였다.

"담배가 간절한데, 갈까?"

"끊었잖아, 나."

"아, 그랬댔지. 오래도 간다."

그러잖아도 마동철과 첫 만남 당시 웬 뜬금없는 사탕인가 싶었더니, 그런 속사정이 있었다는 건 나중에야 알았다.

'하긴, 백하윤이 붙여 준 사람인데.'

마동철은 윤아름의 매니저가 되면서부터 담배를 끊기로 한 모양이었다.

'어린이들 앞에서는 담배를 끊어야지, 암.'

결과가 기대 이상으로 나와서 그런지, 녹음실의 분위기는 들떠 있었다.

그사이 윤아름도 휴식을 마치고 피식피식 웃으며 마동철의 주머니에서 나온 사탕을 입에 물고 있었다.

"다 끝났어?"

"응. 오늘 수고했어."

"그러게 말이야. 악덕 사장 아래서 웬 고생인지."

윤아름은 내게 들으라는 듯 일부러 투덜거리곤 있었지만 겉보기만큼 기분은 나빠 보이질 않았다.

외려 안에 있던 무언가 부정적인 걸 토해 내기라도 한 양, 어조에선 상쾌함마저 느껴졌다.

"그런데."

윤아름이 구석에 앉아 무언가를 끼적이고 있는 공가희를 힐끔 쳐다보곤 목소리를 낮췄다.

"그래서 저 언니, 대체 누구야?"

"나도 잘 몰라."

"……엥?"

"오늘 로비에서 처음 만난 사이잖아? 누님도 같이 있었으면서."

내 말에 윤아름이 얼떨떨한 얼굴을 했다.

"아는 사람 아니었어? 뭔가 소문을 들었다거나 어디 먼발치에서 봤다거나 하는 것도 아니고?"

"전혀 아닌데. 왜?"

윤아름은 눈을 깜빡이더니 고개를 저었다.

"대체 뭐가 뭔지 모르겠네. 그럼 넌 저 언니가 누군지도 모른 채 다짜고짜 대표님한테 전화 걸어서 출입 허가를 받고 작업에 합류시킨 거야?"

"결과적으론 그렇게 되겠네."

"너 정말……."

자리에서 일어서 톡 쏘아붙이려던 윤아름은 무슨 생각인지 도로 풀썩 자리에 앉았다.

"흐음, 뭐 결과적으론 녹음도 잘 풀렸고 그렇긴 한데."

윤아름이 손에 든 막대사탕을 까딱거렸다.

"으으으음, 생각해 보면 나도 이런 식으로 너네 소속사에 들어갔잖아. 아, 혹시. 너."

윤아름은 눈을 동그랗게 떴다.

"신내림 같은 거라도 받은 거야?"

"……뭔 소리야."

"있잖아, 뭔가 다른 사람의 재능 같은 게 보이고. 막 그래. 어때, 내 생각이?"

"방금 발언으로 말미암아, 누님은 스스로 재능이 충만하다 여기시는 모양인데."

"당연하지."

윤아름이 어깨를 으쓱였다.

"나 정도면 봐 봐, 예쁘지, 연기도 잘하지, 피아노도 잘 쳐. 심지어 노래까지 하고. 이게 바로 탤런트 아니겠어?"

윤아름의 미래가 어떤지, 어떤 배우로 성장하게 될지 알고 있는 나로선 딱히 반박할 생각이 떠오르질 않았다.

하는 말이 고깝긴 해도 사실이긴 하니까.

"그래, 그런 걸로 치자."

"흐흥."

윤아름은 콧소리를 내며 사탕을 입안에 쏙 집어넣었다.

"궁데, 그렁 걸로 치명 나도 재능이 이따능 거 아닝가? 기붕응 종네.(해석 : 근데, 그런 걸로 치면 나도 재능이 있다는 거 아닌가? 기분은 좋네.)"

"구슬이 서 말이어도 꿰어야 보배란 말이 있지. 누님은 아직 성장 가능성도 잠재성도 개화하지 않았으니까, 자만하지 말고 진지하게 임해."

"얘능 하능 말 드러 보명 아허히 가탄 마리야.(해석 : 얘는 하는 말 들어 보면 아저씨 같단 말이야.)"

"……사탕을 먹든가 말을 하든가 둘 중 하나만 하고."

그러는 사이 공가희가 자리에서 벌떡 일어서더니 내 곁으로 왔다.

"홍차왕자님, 곡을 써 왔어요."

"엥, 홍차왕자님?"

입에서 사탕을 뺀 윤아름이 뜨악한 얼굴로 물어서 공가희가 고개를 끄덕였다.

"네, 홍차왕자님, 닮지 않았어요?"

"뭐, 뭔데요, 그게. 몰라요."

"홍차왕자님과 다즐링, 만화책 몰라요?"

"몰라요. 안 읽어 봤어요."

"읽어 보세요. 똑같이 생겼어요."

윤아름은 눈을 깜빡이며 나를 물끄러미 쳐다보다가 고개를 저었다.

"그런데 언니, 왜 계속 존댓말을 하세요? 제가 훨씬 연하인 거 같은데. 말씀 놓으세요."

"예? 아뇨, 그게. 미안해요. 이게 편해요."

아마, 백하윤의 짐작대로 아스퍼거 증후군이라고 하면.

누구에게 존대를 하고 누구에게 반말을 할지 고민해야 할 사회적 구분조차 번거로운 일일 터.

그러니 그냥 모두에게 존대를 하는 것으로 그녀 나름의 대처를 해 왔을 것이다.

'일종의 방어기제겠지.'

하지만 그런 것까지 오지랖을 부리고 싶진 않았으므로 윤아름에게 대강 넘어가란 언질을 주었다.

"그게 편하다니 누님도 그냥 그렇게 해 둬."

"그런가. 흠, 뭐 언니도 그게 편하다고 한다면야. 아, 그러고 보니 아직 제대로 된 소개를 안 했네요."

윤아름이 일어서며 공가희에게 손을 내밀었다.

"윤아름입니다. 12살이고요. 여기 있는 '홍차왕자님'이 운영하는 SJ엔터테인먼트에 소속되어 있어요."

공가희는 윤아름이 내민 손을 물끄러미 쳐다보다가 악수를 나누는 대신 입만 벙긋거렸다.

"우리 서로 소개, 안 했어요?"

"……이름만 주고받았죠, 아마?"

"그러면 이제 와서 굳이 또 할 필요는 없잖아요?"

윤아름이 고개를 홱 돌려 나를 보았다.

"대체 뭐가 맞는 거야?"

"……글쎄다. 사회생활에 관한 건 누님이 맞을걸."

공가희가 참지 못하고 끼어들었다.

"그보단 곡을 봐 주세요. 홍차왕자님의 이미지에 맞는 곡이라고 생각하는데요. 아, 이참에 한번 불러 보시는 건 어때요?"

"……일단 보죠."

나는 공가희가 써 내린 곡을 살폈다.

"음."

"어때요? 좋죠?"

"이런 말을 해도 될지 모르겠는데요."

"네."

"무언가, 자의식에 가득 찬, 오만하고 재수 없는 느낌의

곡인데요."

"맞아요. 딱 맞혔어요."

재능은 있는데.

저걸 어떻게 제어한담.

"키키킥. 제목은 악덕 사장님 오셨네 정도가 좋겠다, 그치?"

윤아름, 너에겐 아동 착취가 아슬아슬할 지경의 스케줄을 준비해 주마.

공가희는 기본적으로 무표정했다.

아니, 자세히 보면 옅게 웃는 인상인 것을 알 수 있겠지만, 근본적으론 이것이 그녀의 무표정한 평소의 얼굴이며 여간해선 바뀔 일 없는 얼굴이었다.

상황에 맞는 표정을 짓는다는 것이 어렵다는 것을 알게 된 이후부터, 그녀는 차라리 무표정한 얼굴로 지내는 것이 편하다는 걸 깨달았다.

그녀 역시도 그녀가 흥미 있어 하는 분야에 관한 일이 아니라면 그 외의 일에는 대체로 무관심했다.

세계는 그녀가 이해할 수 없는 불합리한 일로 가득했다.

언제, 누군가가 농담을 건네면 웃어야 하는 건지.

언제, 누군가가 슬퍼하면 함께 울어 줘야 하는 건지.

언제, 누군가가.

결국 공가희는 관련해 생각하길 관뒀다.

발달 장애며 정신의학 관련 편견이 만연한 시대였다.

처음엔 달랐던 그녀의 부모 또한 공가희를 이해하는 일을 포기해 버렸고, 공가희 또한 차라리 그런 부모의 무관심이 기꺼웠다.

그리고 임대 아파트 단지에서 분식집을 운영하고 있던 공가희의 부모는 조폭 같은 생김새의 남자를 대동하고 온 딸을 보고 지레 겁을 먹었다.

예측 불가한 딸이 무언가 사고를 친 것이 분명했다.

텅 빈 테이블 위, 물컵을 하나 놓았을 뿐인 분식집에서.

"처음 뵙겠습니다. SJ엔터테인먼트의 마동철 실장입니다."

마동철이 명함을 꺼냈다.

"SJ엔……? 뭔가요, 그게?"

아내는 남편을 보았고, 남편은 어리둥절한 얼굴로 딸과 마동철을 번갈아 보았다.

마동철이 대답했다.

"SJ엔터테인먼트는 연예 기획사입니다."

"기획사가 뭔데……요?"

아직 기획사가 대중화된 시기는 아니었다.

CBS 방송국의 출범 이후 방송국과 연예인이 전속 계약을 맺던 행태가 기획사 위주의 그것으로 서서히 변하는 시점이었다.

그렇다곤 해도, 이들은 그조차도 잘 알지 못했고, 마동철은 짧은 설명으로 이를 대체했다.

"쉽게 말씀드리자면 연예인들의 스케줄을 대신 도맡아 관리해 주는 곳이라고 할 수 있겠습니다."

연예인?

공가희의 부친은 의아하다는 듯, 동시에 경계하는 눈초리로 마동철의 안색을 힐끔 살폈다.

"애가 박색해서 연예인 할 팔자는 아닌데."

마동철은 공가희가 그 부친의 말처럼 박색한 정도는 아니라고 생각했지만.

"정확히는 공가희 양의 작곡가로서 가진 재능과 능력을 높이 사고 있습니다."

작곡.

그러잖아도 공가희가 일을 도울 생각은 않고 방구석에 틀어박혀 콩나물 대가리를 끼적이고 있단 건 알고 있었다.

하지만 동시에.

그들은 또한 자신의 딸이 '평범'하지 않다는 것도 잘 알고 있었다.

그러나 지나치게 좋은 제안은 언제나 수상쩍기 마련이었다.

그들이 보증을 잘못 서서 여기까지 흘러 들어온 것도, 곗돈을 떼여 빚이 늘어났다는 것도, 이 황금 같은 시대에 남들 다 성공하는 투자란 것에 실패한 것도.

모두 이 수상쩍음을 미연에 눈치채지 못했기 때문이라고 공가희의 아버지는 생각하였다.

"우리 애가 어떻든 간에, 나는 딴따라를 시킬 생각은 없소."

그는 고집스럽고 단호했다. 아니, 실패로 쌓아 올린 세월이 그를 고집스럽게 만들었을지도 모른다.

"작곡을 하는 일입니다. 방송과는 간접적으로만······."

"아 글쎄, 그런 거 안 시킨다니까. 우리 딸은 적당히 학교 다니다가 어디 경리로 취직해서 시집이나 보내면 그만인데."

"······."

이때 어째서인지, 마동철은 이성진의 얼굴이 생각났다.

「이럴 땐 보여 주는 게 최고거든요.」

이성진은 그렇게 말하며, 오는 길에 구태여 문을 닫은 은행에 VIP의 권한을 앞세워 가며 들르더니 공가희의 이름으로 통장을 하나 만들었다.

굳이 그런 번거로운 일을 처리해 둔 뒤 여기까지 온 건.

마동철은 안주머니에서 통장과 인감을 꺼내 그들에게 내

밀었다.

"계약금입니다."

부부는 마동철이 내민 통장을 펼쳐 보더니, 거기에 찍힌 동그라미의 개수를 보곤 눈이 동그래졌다.

"어, 어어, 이건……."

"추후 따님의 곡에 라이센스가 붙으면 별도의 저작권료가 추가로 지급될 것이고, 이외에도 별도의 활동비 등은 모두 회사에서 처리됩니다. 또한……."

통장을 보니, 조금씩 마음이 기울었다.

그들은 이번 달 공과금도 납부해야 했고, 가게 월세며 재료비 따위도 한참 밀려 있었다.

그런 상황에 당장 쓸 수 있는 돈 1천만 원이 툭하고.

그것도 아무 쓸 데도 없는 멍청한 딸이 벌어 왔다고 하니.

단번에 눈빛이며 마동철을 대하는 호칭이 달라졌다.

"선생님, 아니 사장님."

공가희의 아버지가 고개를 꾸벅 숙였다.

"제 딸내미를 잘 부탁드리겠습니다."

"……앞서 말씀드렸듯 저는 실장이지 사장이 아닙니다만, 그 부분은 염려하지 않으셔도 됩니다. 따님은 저희가 책임지고 관리하겠습니다."

"어휴, 여부가 있겠습니까요. 아, 서명은 여기다 하면 됩니까?"

사실 과정은 달랐을지라도 소속 배우인 윤아름의 어머니도 결과적으론 이들과 다르지 않았기에, 마동철은 속으로 쓴웃음만 지을 뿐이었다.

잡지사 인터뷰는 큰 반향을 불러일으켰고, 예상했던 바대로 게임 개발자들의 참여 문의가 쇄도했다.

또, 윤아름은 어렵지 않게 〈딸 부잣집 첫째사위〉의 막내딸 배역을 타냈다.

그와 비슷한 시기, 그녀가 참가했던 앨범은 예의 키즈 버전이 입소문을 타며 선풍적인 인기를 불러일으켰고, 라디오에서 윤아름의 목소리가 흘러나오지 않을 때가 드물 지경이되었다.

자연스럽게 윤아름에게 앨범 작업 문의가 쏟아져 들어왔으나, 우리는 현재 활동에 집중하겠다며 이를 고사했다.

다만 〈딸 부잣집 첫째사위〉 드라마의 OST 제작 문의에는 임했고, 여기서 공가희의 공식적인 데뷔가 이루어졌다.

윤아름은 곡의 성공에 힘입어 청순파 아역 배우의 이미지까지 획득하고, 여성 잡지며 연예 잡지, 의류 광고 모델 발탁에 CF가 여럿 들어오는 등 바쁜 나날을 보내야 했다.

윤아름은 짐짓 '바빠 죽겠다'며 우는 소릴 해 댔지만, 나는 뒤끝이 있는 인간이었다.

'홍차왕자님 곡이 어쩌고 저째? 흥이다.'

그렇게 시간이 흘러 기록적인 폭염이 한풀 꺾일 무렵.

여름방학도 끝이 나고 내가 다니는 국민학교 역시 개학을 맞이했다.

나에게만큼은 공사다망했던 여름방학이 끝나고 2학기가 시작되었다.

천화국민학교가 끼고 있는 학군인 S동이 부촌이어서 그랬는지, 아니면 역대 최고의 호황기라 불리는 바캉스 시즌이어서 그랬는지.

아이들은 저마다 여름방학 때 어딜 다녀왔다느니 하며 제각각 떠들어 댔다.

이 시기 각 여행사는 IMF 도산 전의 호황기를 누리는 때였고, 패키지여행 상품이 불티나게 팔려 나갔다.

김민정은 옆자리의 한성진에게 재잘재잘 떠들어 댔다.

"한군은 여름방학 때 어디 다녀왔어?"

한군.

한때는 사모만의 별칭이던 것이 이제는 어느덧 학교에마저 정착되고 만 한성진의 별명이었다.

"나는 호주 다녀왔는데, 그거 아니? 호주는 우리랑 계절이 정반대라는 거."

"남반구. 책에서 읽긴 했는데. 어땠어?"

"응, 좋았어. 동물원에서 코알라랑 캥거루도 봤고. 그래서 한군은?"

2학기를 맞아 자리 배정이 새로이 이루어졌는데, 공교롭게도 김민정과 한성진은 짝꿍이 되어 내 바로 앞자리에 앉았다.

김민정은 한성진에게 무척 살갑게 대해 주며 친하게 지냈다.

아니, 그녀는 나만 빼곤 모두에게 대체로 살가운 편이긴 했다.

"나는 계속 서울에 있었어."

"설마 덥다고 집에만 있었던 거야?"

"아니, 성아랑 아버지랑 서울랜드도 다녀왔는데."

생각해 보니, 경기도 과천에 있는데 왜 '서울'랜드일까.

미스터리다.

"아, 자. 여기 기념품. 성아 것도 챙겼어."

"안 그래도 되는데. 고마워."

내 건?

없나 보다.

그런 생각을 하며 묵묵히 가방을 챙기고 있으려니 내 옆자리에 앉은 여자애가 말을 건네 왔다.

"반장은…… 방학 동안 뭐 했어?"

"일."

"……일? 아, 공부했구나."

정서연.

조용조용하고 내성적인 편이어서, 전생에도 딱히 엮일 리는 없는 여자애였다.

그런데 그런 그녀가 필요 이상의 사교성을 발휘하며 말을 이었다.

"나도 다른 곳에 놀러 가질 않았거든. 그래서 물어본 거야."

"아, 그래."

나도 동창회에 얼굴을 비친 적이 없으니, 나중에 성장해서도 뭘 했는지 모르고.

그래서 적당히 선을 긋고 마려 했는데, 정서연이 재차 말을 건네 왔다.

"어, 음, 그리고 나, 있지."

정서연이 우물쭈물하며 말을 이었다.

"얼마 전에 마이티 스테이션 샀는데."

"응?"

고객님이셨군.

그렇다면 이야기가 달라진다.

"어땠어? 괜찮지? 제법 심혈을 기울였거든."

"……응? 아, 응."

내가 삼광 그룹 사람인 건 모두가 아는 사실이었다.

다만 애들 수준에선 그게 얼마나 영향력을 발휘하는지 실감하는 정도까진 아닌, 그저 부잣집 도련님이라고 하는 모종의 일반론 안에 싸잡아 포함되곤 하는 이야기였다.

"바, 반장은 컴퓨터 잘하지? 저번에 들으니까 그렇다고 해서."

"자랑은 아니지만 제법 잘 다루지."

불과 몇 달 전까지만 해도 컴맹이었지만.

이젠 과외 선생인 최소정이 '가르칠 게 없는걸' 하고 난감해할 지경에 이르러 있었다.

내 대답에 정서연은 허둥지둥하며 딱히 묻지도 않은 것까지 대답했다.

"으응, 그래서 말인데. 어떻게 컴퓨터를 다루면 좋을지 잘 모르겠어. 아빠가 방학 중에 사 오시긴 했는데."

"흠. 분명 매뉴얼이 있을 텐데, 별 도움이 안 됐어?"

"매뉴얼?"

"설명서 말이야."

"잘 모르겠어."

"어라, 없었어? 제법 두꺼운 책자야."

나는 여름방학을 맞아 출시한 신형 마이티 스테이션 모델에 일산출판사와 연계해 만든 설명서를 동봉하도록 했다.

아직은 책자형 설명서가 통용될 시기니까.

이 책자의 완성도는 제법 대단해서, 약간의 수정을 가한 뒤 별도로 출판을 고려해 볼 수준도 되었다.

그런데 정서연은 우물쭈물하며 고개를 저었다.

"아니. 그런 거 없었어⋯⋯."

"아, 그럼 예전 버전을 산 건가. 혹시 CPU 버전이 어떻게 돼?"

"씨피유?"

질문을 잘못했다.

"음. 그러면 번들로 제공된 한글 94랑 일산대백과사전, 없었어?"

"응, 없었어."

"그럼 역시 예전 버전을 산 모양이군."

흠, 이건 생각지 못한 불찰이다.

구형 마이티 스테이션의 1차 유통은 여전히 삼광전자에서 담당하고 있다 보니, 그 부분은 소홀하고 말았던 모양이었다.

'하긴, 각 유통사별로 할인 행사를 벌여 구형 PC를 처분하기도 했을 테니.'

관련해서 애프터서비스의 일환을 생각해 볼 필요가 있었다.

어쨌거나 나는 SJ컴퍼니의 사장이기 이전에 삼광 그룹의 인간이기도 했으니까.

나는 노트를 꺼내 펼쳤다.

"주소가 어떻게 돼?"

"응? 왜?"

"주소를 알려 주면 나중에 자택으로 설명서를 보내 줄게."

"아, 아니, 그렇게 해 줄 필요는……."

"괜찮아, 일부러 넉넉하게 인쇄를 찍어 뒀거든. 흠, 이 기회에 정말로 초보자용 컴퓨터 서적을 하나 출간해 볼까……."

아니지, 내년에 윈도우95가 나오면 사실상 휴지 조각이 될 텐데.

그러고 있으려니 앞자리의 한성진이 몸을 돌려 나를 보았다.

"에이, 성진아. 그렇게까지 할 필요 있어?"

"너야말로 무슨 소리야? 설령 구버전 모델이라 할지라도 고객을 향한 사후 지원 서비스는 중요한 거야."

"……넌 되게 똑똑하긴 한데, 가끔 나사가 빠진 것처럼 보인다니까."

내가 뭘?

한성진은 이어서 싱글싱글 웃는 얼굴로 정서연을 보았다.

"그럼 내가 도와줄까?"

"응?"

당황하는 정서연에게 한성진이 화사한 미소를 지었다.

"성진이만큼은 아니지만, 나도 컴퓨터는 조금 할 줄 알거든."

"아……."

정서연이 얼떨떨한 얼굴로 한성진과 나를 번갈아 보았다.

그 와중, 가만히 있던 김민정이 픽 웃으며 몸을 돌려 끼어들었다.

"맞아. 어차피 이성진보단 한군이 더 잘 가르칠걸."

"너는 왜 시비냐."

"왜, 내가 틀린 말 했어?"

잠시 생각해 봤다.

「이성진 오빠, 그래서 바이올린을 어떻게 하라고? 느낌대로? 그게 뭔데?」

한성아의 증언.

「음, 미안. 성진이 네가 하는 말은 왠지 잘 모르겠어. 선희언니, 이것 좀 가르쳐 줄래요?」

채선아의 증언.

「아니, 그래서 공기 반 소리 반이 대체 뭔데?」

윤아름의 증언.

「옥타브? 반계? 스타카토? 어려운데요. 작곡이란 건 느낌 대로 하는 거 아닌가요?」

공가희의 증언.

「오빠, 증여가 모야?」

이희진의 증언까지.
……생각해 보니 김민정의 말이 틀린 말은 아닌 듯도 했다.

결국 정서연도 조그맣게 고개를 끄덕였다.

"으, 응. 그렇게 해 주면 고맙겠어."

"……."

그러게.

그냥 집에 가서 도와줘도 될 일이긴 했다.

어차피 피차 애들인데.

정서연의 대답에 한성진이 씩 웃었다.

"그러면 방과 후에 너네 집에 가자. 그래도 괜찮지?"

정서연은 수줍게 끄덕였다.

"……."

한성진에 대해서는 누구보다도 잘 안다고 확신하고 있었는데.

이렇게 오지랖이 넓은 성격이었나?

아니지.

맙소사.

나는 나를 향해 씩 웃는 한성진을 보며 한 가지, 깨달았다.

이성진이라는 그늘이 사라진 한성진은 사실 카사노바의 기질이 다분한 녀석이었던 건가.

최소정 누나는 어쩌고.

녀석에게 또래를 향한 흑심이 있는 건지, 단순히 오지랖 넓은 호의였던 건지는 모르겠지만.

한성진이 정서연을 쫄래쫄래 따라간 사이, 나는 막바지에 이른 방과 후 교실 임무를 진행 중이었다.

1학기 막바지, 부분 운영에 들어갔던 급식과 방과 후 교실은 2학기에 이르러 완전히 궤도에 올랐고, 이제는 천화국민학교 특설 TF에서 감당하기 힘든 수준에 이르렀다.

"성진 군, 한번 볼래요?"

"네."

윤선희 대리 역시 삼광장학재단으로 업무 인수인계를 준비 중이었다.

그래도 이번 TF를 통해 내 재종 이남진과 이태석이 붙여준 삼광 그룹의 윤선희 대리는 적잖은 일을 해 왔고, 이젠 이를 시스템화하여 전국 규모로 일을 꾸려 나갈 예정이다.

"잘 정리하셨네요."

"그렇죠?"

그리고 윤선희 대리의 경우, 다소 융통성은 떨어지지만 서류 정리 등의 일에선 아주 높은 업무적 능력을 갖추고 있음이 판명되었다.

'비서로 들이면 딱 좋겠는데. 아무려면 국민학생보단 믿음 직하지.'

그렇게 생각하며 나는 채선아와 김민정을 번갈아 보았다.

"응, 왜?"

누나인 양 미소 짓는 채선아와.

"뭐."

싸가지 없는 김민정.

상반된 두 사람의 반응을 보며 나는 고개를 저었다.

"아니, 그냥."

채선아는 내게 제법 호의적이었고, 김민정은 내게 제법 공격적이었다.

이것도 여전했다.

달라진 점이라고 하면.

"흠, 흠. 선희 씨. 이것 좀 봐 주시겠어요?"

내 재종인 이남진의 태도였다.

처음엔 견제 목적으로 합류한 것이 뻔해 보이는 윤선희를 떨떠름하게 보던 이남진이었지만.

시간이 지나며 멍하니, 윤선희를 눈으로 좇는 일이 많아졌고 이제는 그 호의가 제법 노골적이었다.

어느 정도인가 하면.

"성진아."

"네, 선배."

"이남진 오빠, 혹시 윤선희 대리님을 좋아하는 거 아닐까?"

이렇듯, 채선아가 사춘기 초입의 호기심이 잔뜩 묻어나는 말투를 내게 속삭일 지경이었다.

'거 애도 아니고.'

나는 이남진을 가만히 쳐다보았다.

'그러고 보니 저 인간, 결혼은 언제 했더라.'

그때도 아마 20대 후반인가 그랬을 거다.

이 시대엔 제법 늦은 편이었다.

그 아버지인 이태준을 비롯해 이남진은 가문 내에서도 내 다 버리는 패 취급이었으므로, 그들에 관한 내 기억이 정확하지 않다는 것이 패착이었다.

지금 와서는 능구렁이 같던 이태준의 존재를 떠올리는 것만으로도 그 뒤가 찜찜하긴 하지만.

'생각해 보니 전생의 이태준은 여간해선 밖으로 나서지 않는 인물이었어. 이번 생은 좀 다르군.'

그 변화의 원인은 아마도 변수인 나일 것이다만.

어쩌면, 이태준은 삼광의 후계자인 이성진의 싹수가 누런 걸 보고서 진즉 손절을 했던 것이 아닐까.

'그가 말한 관상이라는 것이 실재한다면 말이지만…….'

그리고 이태준의 관상안은 의외로 적중률이 높은 걸지도 모른다.

'어째서인지는 모르지만 그는 마치 내 변화를 꿰뚫어 본 것 같았어.'

그런 기인이 이남진을 내게 '맡겼다'는 건.

'내 아래에 들어오겠단 걸까, 아니면 나를 경계하는 동시에 방심하게 하겠단 걸까.'

고작해야 11살에 불과한 나를 상대로 과한 억측일 수도 있겠으나.

저 부자(父子)를 다루는 일은 신중하게 접근할 필요가 있었다.

'일단 찔러는 보자.'

나는 자리에서 일어나 이남진과 윤선희가 서류를 보고 있는 책상 곁으로 갔다.

"형, 궁금한 게 있는데요."

이남진이 고개를 돌렸다.

"응? 뭔데."

"삼광장학재단은 주관하는 학교가 아닌 다른 학교에 장학 혜택을 제공하기도 하나요?"

이남진은 곰곰이 생각하다가 고개를 끄덕였다.

"개개인에게 개별 장학금을 제공하는 체계는 갖춰져 있지. 왜?"

"아, 네. 방과 후 교실을 전국구 규모로 확대하는 과정에서 알게 된 건데. 천화국민학교가 아닌 다른 학교의 경우, 과외 선생 개별로 수당을 지급하는 시스템을 구축 중이잖아요?"

즉, 재단이 아닌 학교의 재량으로 봉급이 결정될 판이었다.

"응. 그러잖아도 그 문제로 재단 내에서도 이야기가 오가고 있어. 내년부터는 정부에서 보조금 명목으로 제법 큰 지원금이 나오게 될 거고, 일각에선 삼광장학재단에서만 할 일은 아니란 말도 있으니까."

또, 그렇게 되면 이번 업무에서 삼광장학재단이 취할 수 있는 건 줄어들게 된다.

다른 한편, 이 일에 정부의 돈이 들어오게 될 경우 정부며 각 지자체 부처, 각각의 학교에서는 그 자금의 유통을 감독할 권리가 생겨나고, 그런 상황은 삼광 입장에서 조금 껄끄럽다.

국정감사는 여러모로 귀찮은 일이니까.

그런 상황이니 우리는 지금 삼광장학재단의 일거리를 줄여 나가려는 시도를 행하고 있었다.

그즈음 나는 준비해 온 이야기를 꺼냈다.

"그럼 방과 후 교실을 별도의 비영리 사단법인으로 꾸려 운영하는 건 어떨까요?"

"별도의 비영리 사단법인?"

"네. 어차피 정부에서도 이번 일에 흥미를 보이고 있는 데다가 결국엔 사람이 모여 꾸려지는 일이니까요. 이 기회에 사단법인을 만들어 형이 이사장으로 등극하는 건 어때요?"

이렇게 해서, 이남진을 이태준과 떼어 놓는 건 어떨까.

"흠. 그렇게 되면 삼광장학재단이 할 수 있는 일이랑은 분리가 될 텐데?"

"네. 하지만 어차피 이젠 삼광 그룹만의 일이 아니게 되잖아요? 그러니 사단법인으로 등록하게 되면 타 그룹이나 저희 재단과 무관한 학교와의 연계도 훨씬 수월해질 거라고 생각해서요."

이남진은 내 말에 곰곰이 생각하더니 고개를 끄덕였다.

"그것도 한 가지 방법이긴 해. 다만 그렇게 되면 삼광장학재단의 일이 아니게 될 거야."

그걸 노린 거다만.

만일 이남진이 이태준의 꼭두각시가 아니라고 하면, 내 제안은 분명 솔깃할 것이다.

"저는 괜찮다고 봐요."

윤선희 대리가 동의하고 나섰다.

"방과 후 교실 목적의 비영리 사단법인을 설립하게 되면 저희가 하는 일의 인수인계와 노하우 제공에도 훨씬 수월해질 테니까요."

"그 말씀도 맞습니다만……."

그렇게 되면 윤선희와의 연결 고리가 끊어지게 된다.

이남진의 걱정거리가 그것이라면, 그건 그것대로 해결해 줄 용의가 있었다.

"윤선희 대리님."

"네, 성진 군."

"대리님은 현재 삼광 그룹에 소속되어 계시죠?"

"그렇죠."

윤선희의 소속은 삼광의 계열사도, 삼광전자도 아닌 모기업인 삼광 그 자체인 곳.

이는 그런 인재를 턱 하고 내게 맡긴 이태석의 영향력을 보여 주는 인사 처리였지만, 한편으론 동시에 합리적이고 타당한 업무 배분이기도 한 일이었다.

나는 미소 띤 얼굴로 말을 이었다.

"그럼 혹시 SJ컴퍼니로 전출 오실 생각은 없나요?"

윤선희 대리를 내 편으로 만들 수 있다면, 그리고 그런 윤선희를 통해 이남진을 내 영향권에 둘 수 있다면?

'가능하겠어.'

윤선희는 그런 나를 물끄러미 쳐다보았다.

윤선희는 잠시 고민하다가 입을 열었다.

"그럼, 성진 군. SJ컴퍼니 측에서…… 아직 설립되지 않은 방과 후 교실 사단법인의 출자자가 되겠단 건가요?"

"네. 많은 자금을 댈 수는 없지만 근간이 되는 프로그램인 맺음이는 SJ컴퍼니의 재산이잖아요. 또, 재단법인이 아닌 사단법인의 형태로 운영하게 되면 충당 가능한 인력의 범위도 확장되고요."

내 제안이 그럴듯했음에도 불구하고 윤선희는 떨떠름한 얼굴이었다.

현재 하고 있는 일에 그녀가 보람을 느끼고 있단 건 알고 있다.

윤선희는 그녀가 맡은 업무 외적인 일—이를테면 채선아의 아버지인 채 기자의 일처럼—까지 솔선수범하며 열정을 보여 왔고, 이번 일에 애착도 있을 것이다.

현시점에서 윤선희의 업은 삼광 본사의 소속원으로서 재단에 들어간 법인 자금의 관리 감독이었다.

그 와중 SJ컴퍼니로의 전출을 제안받은 건, 사실상 안정적인 대기업인 삼광 본사에서 그 미래가 불확실한 손자 회사인 SJ컴퍼니로 이전을 뜻하는 것이었으니.

하지만 만일 사단법인이 설립되고 나면, 윤선희가 이번 일에 다시 개입할 수 있을지 없을지 불확실해진다.

회사의 일이란 영리 추구이고, 사원이 회사에 몸담는 일도 결국엔 먹고사는 일을 모색하는 과정에서 나오는 것인데.

언제나 하고 싶은 일, 보람 있는 일만을 할 수는 없다.

그리고 윤선희는 이번 일에 모처럼 보람을 보이던 차였다.

다만 이번 일을 마치고 삼광으로 돌아가게 되면 윤선희가 쌓아 올린 이번 프로젝트는 고스란히 다른 사람의 일이 될 터.

그녀가 갈등하는 까닭엔 고과의 문제만 있는 것이 아니었다.

윤선희가 내게 물었다.

"성진 군. 만일 제가 SJ컴퍼니로 전출을 결심한다면, 제게 이번 일을 맡겨 주실 건가요?"

나는 그 물음에 미소를 보냈다.

"제가 하려는 일에 윤선희 대리님만큼 적합한 인재도 없지 않나요? 다방면에 다재하시고요."

윤선희가 소리 없이 웃었다.

"이제 와선 새삼스러운 일이지만, 성진 군은 참 그 나이대 아이 같질 않네요."

그야말로 새삼스러운 말이었다.

가만히 생각에 잠겨 있던 이남진도 내 말을 거들고 나섰다.

"저도 괜찮을 거 같습니다. 그렇지 않아도 저 역시 이번 일을 인수인계하는 과정에서 여러모로 아쉽다는 생각을 하고 있었거든요."

윤선희가 이남진을 물끄러미 쳐다보자, 이남진이 헛기침을 했다.

"흠, 흠. 그러니까 제 말은 저희가 아직 할 수 있는 일이 더 있음에도 불구하고 다른 사람들에게 이번 일을 맡기고 물러나는 게 내키질 않았다는 겁니다. 그 왜, 저희가 밑바닥부터 반석을 깔아 차례차례 쌓아 올린 일이 아닙니까."

"그 말씀도 맞죠."

"그러니 저로서도 윤선희 대리님이 계속 함께해 주시면 좋겠단 생각입니다."

이거, 어찌 보면 고백이나 마찬가지인데.

물론 해석하기에 따라선 업무 관련한 이야기이기도 하지만.

윤선희도 비슷한 생각을 했는지, 어색한 얼굴로 고개를 돌렸다.

그녀 역시 자신을 향한 이남진의 은근한 호감을 신경 쓰고 있었을 것이다. 그걸 깨닫지 못할 만큼 눈치 없는 사람은 아니다.

하지만 남녀 간의 감정이라는 건 결국 당사자들의 문제고, 내가 할 수 있는 건 여기까지.

판을 깔아 줬으니 나머진 알아서 하란 의미였다.

'살다 살다 뚜쟁이 역할도 다 해 보네.'

윤선희는 괜스레 옷깃을 매만지더니 나직한 목소리를 끄집어냈다.

"생각……해 볼게요."

그리고 윤선희는 사무적인 어조로 다시 고개를 돌렸다.

"그럼 자리로 돌아가 보겠습니다."

윤선희가 돌아가고, 이남진은 한숨을 푹 내쉬며 책상에 엎드렸다.

"……너무 들이댔나."

그러더니 이남진이 엎드린 채 나를 보았다.

"아, 네가 말한 사단법인 설립은 추진해 볼게."

"네."

어쨌건 이태준과 이남진을 떨어트려 놓는 건 성공적이었다.

자리로 돌아왔더니 채선아가 슬쩍 들러붙었다.

"무슨 일이야? 응?"

그녀는 연애 관련한 건가 싶어 눈을 초롱초롱 빛내고 있었지만.

애들은 가라.

"별거 아니에요, 선배. 사단법인 설립 과정에 논쟁이 있었거든요."

"……사단법인?"

"재단법인의 상대적인 개념이에요."

"…….''

거기까지 말하고 보니, 오전에 김민정이 했던 모함—설명 못 해—이 생각나서 설명을 덧붙였다.

"음, 쉽게 말씀드리면 우선 법인의 개념부터. 법인이라 함은 법인격을 뜻하는데…….''

"…….''

"……여기서 비영리재단이라 함은…….''

"…….''

"……해서, 이해되셨죠?"

"……이제 집에 갈래."

채선아는 멍한 얼굴로 비틀거리며 일어섰고, 어째서인지 김민정이 픽, 웃고 있었다.

"그거야, 그거. 내가 오전에 말했던 거."

"……흠."

교과서적으로 잘 설명한 거 같았는데?

이성진이 방과 후 교실 업무를 보고 있을 때, 한성진은 정서연과 둘이서 나란히, 그녀의 방에 있는 컴퓨터를 들여다보는 중이었다.

"흠, 이건 성진이한테 물어봐야겠는데."

한성진은 한눈에 정서연의 집에 있는 컴퓨터가 심상치 않다는 걸 알았지만.

일단은 그렇게만 둘러댔다.

"정서연, 성진이 여기로 불러도 돼?"

"웅? 으, 웅."

정서연은 고개를 끄덕이곤 우물쭈물 물었다.

"저기, 한군은 반장이랑 친해?"

정서연의 말에 한성진은 곰곰이 생각해 보았다.

한 지붕 아래 살며 교류하고 있으면서 친절하고 사려 깊게 자신을 대하는 이성진.

그런 이성진이지만, 그에게 과연 '친구'라 부를 만한 사람이 있을까.

그는 분명 자신에겐 더없이 살갑게 대해 주곤 있었으나, 그 시선에 묻어나는 인상이란 동갑내기 친구를 바라보는 눈은 아니었다.

구태여 꼽아 보자면 혈육을 대하는 것에 가까웠다고, 그렇게 생각할 수도 있겠지만.

이성진이 자신과 한성아 그리고 아버지인 한익태를 대하는 눈은 어딘지 사장 일가를 대하는 것과도 달랐다.

그건 동정일까.

한때는 그렇게 생각한 적도 있었지만, 그런 건 아니었다.

착각일지도 모르지만, 그가 보기엔 오히려 한씨 일가가 혈육이고, 사장 일가를 대하는 것이 남 보듯 하는 눈이었다고 할까.

그렇기에, 이성진을 대하는 한성진의 입장도 기묘했다.

그는 동갑내기이면서도 한편으론 형 같았고, 한편으론 아버지 같았다.

그건 자신의 열화된 분신을 바라보는 듯한 시선이라고 봐도 좋을 지경이었다.

친구라는 단어의 정의내림 나름이지만, 이성진과 자신 사이에는 '동등한 입장'이라는 것이 없었다고, 한성진은 생각하고 있었다.

이성진은 그 비범한 출신을 제외하더라도 잘생기고 똑똑한 데다가 재능이 넘치며 누구에게나 사려 깊은 친절함을 발휘하고 있었지만.

이성진의 그런 태도에는 일견 남들과 스스로의 사이에 선을 긋는 듯한 모습도 언뜻 느껴졌다.

'신중하다고 해야 할까. 대체 무엇에 대해 그렇게나 신중해야 하는 건지는 모르겠지만.'

그는 항상 먼 곳을 보는 눈을 하고 있었다.

그 시선이 향한 곳을 가만히 좇다 보면, 그 끝에는 불확실한 미래의 장막을 조심스레 들춰 보려는 희미한 두려움이 묻어 있는 듯도 했다.

그나마 자신에게만큼은 그런 선이, 그가 그어 둔 금의 경계선이 퍽 희미한 듯도 했다.

그래서일까, 이성진에게는 항상 감사함과 열등감이 뒤엉킨 복잡한 기분이 있었다.

그래도 그에겐 분명, 은혜를 입고 있었다.

객식구여서인지 아니면 다른 이유에서인지는 모르겠으나 결과적으론 그러했다.

하지만 그것을 '우정'이라는 포장지에 감쌀 수 있는 것이라고 한다면, 그러겠다고.

한성진은 고개를 끄덕였다.

"친하지. 왜, 성진이한테 관심 있어?"

한성진의 짓궂은 농담에 정서연이 허둥지둥 고개를 저었다.

"아, 아, 아니, 그런 거 아닌데……."

아니긴 무슨.

아무튼 인기 많은 녀석이라니까.

집에 돌아가는 길에 핸드폰으로 전화가 걸려 왔다.

"여보세요?"

―아, 성진아. 나야, 한성진. 정서연네 집인데 일은 다 마쳤어?

"집에 돌아가는 길인데."

―마침 잘됐다. 조금 도와주지 않을래?

"왜, 모르는 거 있어?"

―으응, 괜찮다면 너도 와서 봐 주면 좋겠어.

나에게 도움을 요청할 정도라니.

한성진도 최소정을 향한 사랑의 힘으로 열심히 컴퓨터 공부를 했으니, 어지간한 수준은 될 텐데.

옆에 있던 김민정이 발걸음을 멈추고 나를 돌아보았다.

"한군이야?"

나는 고개를 끄덕이곤 통화를 이어 갔다.

"알았어, 거기로 갈게. 주소가 어떻게 돼?"

―잠깐만.

한성진은 정서연에게 주소를 묻는 듯 잠시 말이 없다가 내게 주소를 알려 주었다.

"알았어. 바로 갈게."

―땡큐. 그럼 이만 끊을게.

나는 전화를 끊었고, 김민정이 물었다.

"왜?"

"정서연 집에 와서 조금 도와달래."

"그래?"

잠시 생각하던 김민정은 무슨 생각인지 반대편으로 발걸

음을 옮겼다.

"나도 가 줄게."

"왜?"

"······왜긴, 너 길치잖아."

이성진이 길치인 거지, 내가 길치인 건 아닌데.

아무래도 김민정은 아직 이성진으로서의 나를 보고 있는
모양이었다.

"······그러면 그러든가."

우리 집도 아니고, 딱히 거절할 명분도 없으니.

"아, 그리고."

김민정이 주머니를 뒤적이더니, 내게 확 하고 뭔가를 건넸
다.

"자, 받아."

"뭔데?"

"······기념품."

양모로 만들어진 조그만 양 모양 열쇠고리였다.

"뉴질랜드도 갔나 보네."

"어떻게 알았어?"

"뭐, 뉴질랜드 양모 산업은 제법 유명하니까. 더욱이 네가
갔다던 호주 바로 옆에 붙어 있기도 하고."

김민정은 고개를 돌린 채 퉁명스레 말을 뱉었다.

"아무튼 빨리 받아. 애들 나눠 주고 남는 거니까, 착각하

진 말고."

"……아, 그래."

받아 들어 가지고 있던 열쇠에 고리를 끼우고 보니, 김민정의 귓바퀴가 빨갰다.

"원래는 안 사려고 했는데, 오빠가 뭐라고 그래서."

……방금은 남는 거라더니?

나는 구태여 지적하지 않고 어깨를 으쓱였다.

우리는 주택단지에 발을 들였다.

부촌으로 알려진 S동이지만, 모든 가정이 그러한 건 아니었다.

천화국민학교의 학군에 아슬아슬하게 걸친 주택단지에서 통학하는 중산층 가정도 제법 되었고, 정서연의 집은 그러한 중산층 중 하나였다.

'정서연이 약간 겉도는 것처럼 보이는 것도 그런 연유였나?'

내가 상관할 일은 아니지만.

갓길 주차된 차들이 즐비한 동네는 단독주택이 다닥다닥 붙어 있어서, 집을 찾는 일이 쉽지 않았다.

"저쪽이야."

이 상황이니 김민정이 잘 따라와 주었구나 싶었다.

아직도 내비만 찍으면 턱턱 주소가 뜨는 현대인(상대적으로)의 감각이 남아 있는 탓인지, 아날로그 방식의 길 찾기는 여간 쉽지 않았다.

'아니면 내게 기념품 줄 타이밍을 찾은 건가?'

주소지의 집을 찾아 어슬렁거리는 사이 우리는 어느 집 앞에 멈춰 섰다.

그리고 우리 옆에는 수염이 꺼슬꺼슬하고 피로에 찌든 남자가 서 있었다.

"음?"

남자는 우리를 물끄러미 쳐다보았고, 김민정은 움찔하며 내 곁에 바짝 붙었다.

그도 그럴 것이, 이 남자는 딱 봐도 '조폭'처럼 생겼으니까.

우리 마동철 실장과는 달랐다.

마동철이 이른바 생계형 조폭, 은근히 순둥순둥한 맛이 있는 행동대장형이라면.

눈앞의 남자는 눈가의 주름이며 연륜이 더해져 왠지 한자리 제대로 차지하고 있을 법한 인상이었다.

"니들 혹시 우리 집에 볼일 있는 거냐?"

남자가 툭 던진 말에 나는 주소를 대조해 보았다.

"혹시 여기가 정서연 양 집 아닌가요?"

"서연이 친구였나 보군."

남자는 머리를 긁적이더니 내게 악수를 청했다.

"정진건, 서연이 아빠다."

멘델의 기적이다.

"반갑습니다. 저는 이성진이고요, 이쪽은 김민정이라고 해요."

"아, 안녕하세요."

그는 우리와 차례차례 악수를 주고받은 뒤 휘적휘적 현관문을 열고 들어섰다.

"아빠 왔다."

"다녀오셨어요! 아."

좁은 주택 복도로 한성진을 대동하고 온 정서연은 정진건과 함께 들어온 우리를 보더니 조금 어색한 웃음을 지었다.

"일찍 오셨네요."

"으응, 당직이었거든. 그런데 거기 넌 누구냐?"

"안녕하세요! 저는 서연이와 같은 학급에 다니는 한성진이라고 합니다! 컴퓨터를 가르쳐 주러 왔어요."

정진건은 고개를 끄덕이더니 늘어져라 하품을 하곤 어슬렁어슬렁 구석방으로 들어갔다.

"아빠 좀 씻을게."

"네. 아 맞다, 친구들 있는데 팬티만 입고 다니지 마요."

"……거참."

어른이 퇴장하고, 정서연은 혹여 우리가 불편해하진 않을까 쓴웃음을 지으며 안내했다.

"미안, 아빠가 일찍 오실 수 있다는 걸 깜빡했어."

그 상황이어서인지, 김민정도 좀처럼 묻기 어려운 걸 물어 볼 수 있었다.

"아버지 무슨 일 하셔?"

"경찰. 형사셔."

"아."

김민정의 표정이 한순간에 풀어졌다.

하긴, 이해는 됐다.

나도 조폭인 줄 알았거든.

이번 생에는 부디 그런 뒷세계와 연루되는 일이 없었으면
한다.

말이 나와서 하는 이야기지만, 내가 겪어 본 바론 강력계
형사쯤 되면 외형에서 조폭과 별 차이가 없었다.

"그보단 컴퓨터 좀 볼 수 있을까?"

"아, 응."

30평대 단독 주택의 정서연 방에는 대망의 컴퓨터가 놓여
있었다.

있었는데.

"엥."

나는 정서연의 '마이티 스테이션'을 보곤 그런 얼빵한 반응
밖에 할 수 없었다.

"왜 그래?"

김민정의 물음에.

"이거……."

나는 가짜. 짝퉁이라는 말을 무심결에 꺼내려다가 말을 삼켰다.

또래들 앞이니, 그 경위야 어찌 되었건 정서연이라는 아이의 자존심에 공연한 스크래치를 낼 필요는 없단 생각이었다.

"프로토 타입 머신이야."

"프, 프로토 타입? 그게 뭔데?"

내 말에 놀란 건 정서연뿐만 아니었다.

"프로토 타입? 이게?"

나는 의아해하는 한성진에게 슬쩍 눈치를 줬다.

"응, 그 왜, 있잖아. 출시 전에 사용하곤 하는 시험 모델."

내 말에 한성진도 재빨리 눈치를 채곤 고개를 끄덕였다.

"아, 아아. 그랬구나. 왠지."

눈치는 제법 빠릿하군.

하긴, 나를 호출한 것부터가 그런 낌새이긴 했다.

대기업 완성형 제품이긴 하지만 마이티 스테이션은 고급품이다. 더욱이 이 시대에는 혁신의 과도기에 나온 최신형 디스크 리딩기인 CD-ROM을 탑재하고 있으며, 작년에 나온 마이티 스테이션이라도 옵션에 따라선 그 정도 부가 기능은 있었다.

하지만 여기엔 딸랑 5.1인치 디스켓 삽입구만 있을 뿐인데다가 패키지로 함께 딸려 오는 모니터도 조악한 녀석으로 어디 제품인지도 모를 지경.

더군다나, 부팅을 해도 먹통이다.

"Config 파일이 없는 모양인데. 흠, 이러니 작동을 안 하지."

그러니 또래에선 제법 컴퓨터를 잘 다루는 편일 터인 한성진이 내게 SOS 요청을 한 까닭을 알 듯도 하다.

"어, 음, 그게 무슨 뜻이야?"

"정서연, 이거 어디서 샀어?"

내 은근한 추궁에 정서연은 우물쭈물하더니 대답했다.

"얼마 전에 아빠가 가지고 오셨어……."

"그랬구나. 유통 과정에 실수가 있었나 봐."

말은 그렇게 했지만, 그쯤 되니 출처가 대강 예상이 됐다.

아마도 증거품 중 하나를 슬쩍한 모양이지.

'그걸 가지고 부패 경찰이니 뭐니 할 생각은 없고.'

그나저나.

나는 짝퉁 마이티 스테이션을 살폈다.

누군가가 쓰던 중고 짝퉁이긴 하지만, 만듦새가 나쁘지 않았다.

'삼광전자 로고도 제대로 붙여 뒀네.'

그런 걸 보니, 제법 흐뭇한 기분이 드는 것도 사실.

왜, 그런 말이 있지 않은가.

짝퉁이 나온다는 건 원본이 흥하는 증거라고.

'흠, 그건 그렇다 치고.'

나는 몸을 일으켰다.

"일단 버전이 버전이다 보니, 이대론 쓰기 힘들어."

"으, 으응. 미안해. 괜히 여기까지 오게 해서. 그러면 환불해야 하나?"

정서연은 민망함이 가득한 얼굴로 내게 사과했지만, 구태여 사과할 것까지야.

게다가 이걸 환불하려고 했다간 내가 모른 척해 준 게 말짱 황이 되잖아.

"괜찮아. 마침 공교롭게도 부팅 디스켓이 있으니까 한번 살펴보지 뭐."

방과 후 교실 업무를 정리하는 과정에 몇 가지 백업 디스켓을 가지고 다니던 것이 도움이 됐다.

"성진이는 컴퓨터 도사였구나."

"별거 아니야. 한군도 도구만 있으면 이 정도는 해."

그 와중 한성진은 내 말에 동의하는 건지 아닌지 모를 웃음을 픽 터뜨렸다.

그리고 재부팅을 하는 과정에 나는 파일을 살피다가 느껴진 이질감에 흠칫했다.

'어라, 이건…….'

그저 그런 중고 짝퉁이라고 생각했더니, 이건 그런 것이 아니었다.

그 사이.

"아, 그렇지. 너희들 저녁 먹고 갈래?"

시계를 힐끗 쳐다본 정서연이 허둥지둥 말을 붙였다.

정서연의 말에 한성진과 김민정은 마치 내가 그 일의 의사 결정권자인 양 나를 물끄러미 쳐다보았다.

딱히 예정은 없다.

오히려 나는 이번 기회에 정서연의 아버지, 정진건을 통해 이 짝퉁 PC의 입수 경로를 묻고 싶었던 참이어서 고개를 끄덕였다.

"나는 괜찮아."

제안에 응하자, 한성진도 마주 고개를 끄덕였다.

"나도. 민정이는?"

김민정은 잠시 생각하더니 짧게 고개를 끄덕였다.

"나는 집에 전화해 보고."

우리 셋이 그러겠다고 하자 정서연은 얼굴에 드리웠던 불안한 기색을 지우고 슬며시 웃었다.

"응, 그러면 그렇게 하자."

잘하면, 이 짝퉁 PC에 관해 이야기를 할 수 있을지도 모른다.

컴퓨터를 앞에 두고 자연스럽게 이야기를 나누는 과정에

정서연의 가정 편력을 알게 됐다.

맞벌이를 하는 부모 아래, 정서연은 아래 국민학교 3학년 인 연년생 동생을 두고 있었고, 동생은 저학년생을 대상으로 먼저 시행 중인 방과 후 교실에 참석 중이었다.

"방과 후 교실, 성진이가 제안한 거라면서?"

정서연의 말에 김민정이 고개를 끄덕였다.

"응, 1학기 전교 회의 시간에 다짜고짜 건의했어."

"그래도 우리 부모님은 되게 좋아하시더라. 사실, 서희도 오전 수업만 하니까 시간 맞추기가 힘들었거든. 아, 방금 말 한 건 정서희라고, 내 동생이야."

그 말을 한성진이 고개를 끄덕이며 받았다.

"나도 그래. 동생이 일찍 마치는 바람에 애 혼자 시간 때 우기가 애매했거든."

"맞아. 저번에 우리 교실 와서 함께 도시락 먹던 애지? 이 름이 성아랬나?"

"응, 맞아, 한성아. 이제는 급식이라 올 일이 없긴 해. 그 런데 먹어 보니까 급식도 제법 맛있더라?"

"응. 이제 도시락 쌀 필요가 없어졌다고 엄마가 좋아하셨 어. 아빠는 반찬 가짓수가 줄었다고 싫어하셨지만."

그사이 나는 정서연의 컴퓨터에 들어가 있는 파일을 살피 고 있었다.

'이거, 리눅스 커널을 바탕으로 OS부터 싹 다 뜯어고친 거

잖아?'

이 시대, 아니 미래에도 마찬가지지만 보통 IBM-PC 계통은 MS사의 OS를 사용하는 것이 대중적인 보편 인식이었다.

비록 그 형식적인 측면에서는 MS의 DOS를 흉내 낸 짝퉁이긴 했으나, 어느 부분에선 호환성이 더 뛰어난 면모도 있었다.

"정서연."

내 부름에 정서연은 어째선지 화들짝 놀라며 반응했다.

"으, 응. 왜? 뭔가 잘 안 돼?"

"아니, 그런 것보단……."

놀랄 것까지야.

"너희 아버지랑 이야기를 좀 하고 싶은데, 괜찮을까?"

"왜?"

"아니, 그냥. 아직 제대로 된 인사를 드리지 않은 거 같아서. 저녁까지 신세지게 됐는데, 말씀은 드려야 하지 않겠어?"

정서연은 내 형식적인 사유에 조금 의아해하는 표정이긴 했지만, 깊이 캐묻는 일 없이 고개를 끄덕였다.

"응. 주무시는 거 아니면 한번 여쭤보고 올게."

"그래, 나도 거실에서 기다리고 있을게."

거실에 나가 기다리고 있으려니, 안방 문이 열리며 정진건이 나왔다.

그는 뾰로통한 정서연 옆에서 어기적거리며 나와 주섬주

섬, 바지를 챙겨 입고 있었다.

"인사라니, 요즘 애 답지 않네."

정진건은 그렇게 중얼거리며 하품을 쩍쩍 하더니 내가 있는 소파 근처로 왔다.

"아까 통성명, 그러니까 이름은 들었지? 이성진이랬나."

"네, 이성진입니다."

"앉자."

그리고 정서연이 냉장고에서 보리차가 담긴 델몬트 유리병을 내려놓고 물러나자, 정진건이 나를 물끄러미 쳐다보았다.

"거 멀끔하게 생겼네."

"……예?"

뭔 소리야, 이 양반이.

내 반응에 정진건은 고개를 저으며 내 몫의 보리차를 한 잔 가득 따라 주었다.

"아니다, 흠, 잠을 잘 못 자서 헤까닥 한 건가. 그래, 무슨 일이니?"

"실은 저, 삼광 그룹의 관계자거든요."

정진건이 움찔하며 나를 보았다.

"삼광 그룹?"

"네, 조부님이 이 휘 자 철 자 되시고 아버지는 이 태 자 석 자 되십니다."

멍한 얼굴의 정진건에게 나는 추가로 덧붙여 이야기했다.

"조부님은 삼광의 회장이고, 또 아버지는 삼광전자의 사장이세요."

"아, 아아. 이거 참. 그랬군. 맞아, 안사람에게 그런 이야길 듣긴 했지."

정진건은 얼떨떨한 표정으로 잠시 생각에 잠겼다가 다시 고개를 들었다.

"그런데 왜 그걸 굳이? ……설마, 따님을 제게 주십시오, 그런 거냐?"

"……예?"

"아닌가."

"아닌데요. 저는 그저, 서연이 방에 있는 컴퓨터 관련해서 여쭙고 싶은 게 있어서요."

내 말에 정진건은 아아, 하더니 머리를 긁적였다.

"그래서 삼광 어쩌고 한 거였구먼."

내 신분 여하가 어찌 되었건 아랑곳하지 않는 표정을 보니, 짝퉁 PC의 입수 과정에도 떳떳한 모양이었다.

"사실 나, 컴퓨터는 젬병이라서. 뭐가 뭔지 잘 몰라."

"괜찮아요, 개인적인 흥미가 있어서 그러는 거거든요."

삼광 그룹의 직계라고 해 놓고, 이제 와선 '개인적'인 이야기를 들먹이니.

정진건이 눈썹을 씰룩였다.

분명, 사정은 몰라도 모종의 협상을 위해 그런 이야기를 꺼냈다는 걸 어림짐작하는 모양이었다.

형사는 형사로군.

나는 빙긋, 미소를 지었다.

"혹시 정당한 절차를 통해 '구매'를 하신 건가요?"

"흠......."

정진건은 닫힌 방문을 힐끗 쳐다보곤 입을 열었다.

"솔직하게 말해 어디 번듯한 컴퓨터 상가에서 제값을 주고 샀느냐 묻는 거라면, 그건 아니야. 청계천 쪽에 중고 제품이 싸게 풀리는 곳이 있대서 하나 업어왔지."

그 나름의 협상 기술일까, 정진건은 입수 경로에 관해서 어린애 앞이라곤 믿기지 않을 만큼 감상적인 사견을 덧붙였다.

"뭐, 말이 나와서 하는 거다만, 컴퓨터가 오죽 비싸냐."

"그렇긴 하죠."

말마따나 이 시대의 컴퓨터 가격은 어지간한 중고 승용차 한 대 값에 맞먹었다.

'이 시대 형사 나으리의 박봉으론 쉽게 구하기 힘든 물건이겠지.'

그럼에도 대한민국의 PC 보급율이 나쁘지 않았던 건 예의 유대인 저리 가라 하는 교육열 영향이기도 했다.

어쨌거나 마케팅은 '교육에 좋다'거나 '두뇌 개발'이라는 말을 잔뜩 가져다 붙여 광고하고 있었으므로.

실상은 '비싼 게임기' 이상이 되기 어렵지만.

보리차를 한 모금 마신 정진건이 변명처럼 말을 이었다.

"뭐어, 그런 이야기를 좀 했더니 아는 동생이 구해다 주더라고."

"수사 과정에서 나온 물건인가요?"

내 물음이 다소 단도직입적이었던지, 정진건은 인상을 딱딱하게 굳혔다가 슬며시 굳은 표정을 풀었다.

"경찰과는 관계없어. 아무리 그래도 증거품을 빼돌릴 수는 없지. 생각보다 가감 없는 녀석이군. 아무리 그래도 값을 치르긴 했다."

정진건은 그 스스로도 다소 언짢은 기색을 드러내며 증거품을 슬쩍했으리란 내 생각을 에둘러 차단했다.

"그런데 뭔가, 물건에 문제가 있었던가 본데."

"예. 정품이 아니더군요."

내 말에 정진건은 인상을 딱딱하게 굳혔다.

"……그랬군."

정진건은 정말로 관련해선 젬병이었는지, 그 스스로 언짢은 기색을 가감 없이 드러냈다.

내가 평범한 어린애였다면 그 험악한 인상과 맞물려 찔끔 지리고 말았을 것 같다.

그래서 나는 위로차 슬쩍 덧붙였다.

"다만, 서연이한테는 유통 과정에서 나온 프로토 타입이라고 말해 뒀어요."

"흠."

정진건의 표정이 조금 부드럽게 풀어졌다.

"배려해 준 모양이구나. 고맙다."

"아녜요. 말씀드렸다시피 회사와는 무관하게 개인적인 흥미가 있어서 그런 거여서요."

"개인적인 흥미……."

정진건은 내가 던진 말의 저의를 캐 보는 듯한 눈치였지만, 오히려 바라는 바였다.

나는 패를 꺼내 들었다.

"그럼 혹시 관련자를 만나 볼 수 있을까요?"

"이걸 가져다준 사람 말이냐?"

"아뇨, 저 컴퓨터를 만든 사람요."

내 말에 정진건은 의아하단 얼굴을 했고, 나는 그 표정에 묻어난 의아함에 대답했다.

"이렇게 하시는 건 어때요?"

"뭘?"

"저 컴퓨터와 자사의 신형 마이티 스테이션과 교환하는 조건으로, 괜찮죠?"

"음."

정진건의 표정이 변했다.

그건 신형 마이티 스테이션을 향한 물욕이라기보단, 다른 의미의 감정이 깃든 얼굴이었다.

"서연이한테는 관련해서 이미 자사의 신형 컴퓨터와 교환해 두겠단 이야기를 마쳐 두었어요."

"……나야 거절할 까닭이 없는 제안이긴 한데. 이후부턴 경찰이 움직일 곳이라서."

그러면서도 슬쩍 거리를 두는 게 느껴져서, 나는 말하는 의도를 보다 명확히 해 주었다.

"솔직히 말씀드리면 유통 과정보다 저 물건의 제조 과정에 흥미가 있어요."

"……그래도."

"음, 그게 아니라면…… 관할 구역이 어디시죠? 어쩌면 제가 인맥을 끌어다 쓸 수 있을 거 같은데요."

정진건은 내 말에 눈썹을 씰룩이더니 고개를 저었다.

"재벌가 도련님이다, 이거냐?"

"어쩌면 건너 건너 아는 사람이 있을지도 모른단 이야기예요."

정진건은 잠시 생각할 시간을 버는 양 보리차를 한 모금 마신 뒤 내 제안에 동의하는 듯한 의견을 표했다.

"네가 관심 있어 하는 건 속 알맹이겠지?"

"네, 맞아요."

정진건이 면도한 지 얼마 되지 않은 턱을 긁적였다.

"내 딸과 동갑내기라는 게 믿기질 않네."

"제가 좀 똑똑하죠?"

"똑똑, 으로 왈가왈부 넘어갈 수준은 아니다만……."

그리고 정진건이 자리에서 일어섰다.

"내 선에서 어떻게든 해 보지. 그럼 빠른 시일 내에 자리를 마련해 보마."

거래가 성립되었다.

그로부터 얼마 뒤, 내 방.

이제는 컴퓨터 선생보단 이런저런 과외수업에 특화되고 있는 최소정에게 흥미로운 이야기를 전해 들었다.

"조사해 보니까, 놀라울 정도야."

"어느 정도인데요?"

최소정은 깔끔하게 정리한 리포트 용지를 내게 건넸다.

"OS의 근간은 다른데, 어지간한 프로그램은 거의 다 호환이 되게 만들었어. 뭐 성진이 네가 사랑하는 윈도우와 호환은 다소 힘들지만."

내가 리포트를 읽는 사이 최소정은 반쯤 농담까지 곁들였고, 나는 픽 웃으며 두꺼운 종이 뭉치를 책상에 내려놓았다.

"흥미는 있죠?"

"응. 그런데, 그 하드디스크는 대체 어디서 구한 거야?"

"경찰요."

"……엑?"

그러는 사이, 한성진이 쟁반 위에 과자며 주스를 가지고 방으로 돌아왔다.

"미안. 요즘 성아가 과자 만들기에 재미를 붙였지 뭐야.
나 참."

"……소금이랑 설탕 구분은 했고?"

"이번엔 다르대. 하나 먹어 봤는데 나쁘진 않더라. 그나저
나 무슨 이야기 중이었어?"

"별거 아니야. 저번에 그거."

내 대답을 들은 한성진은 고개를 끄덕이곤 의자를 끌어와
리포트 뭉치를 물끄러미 쳐다보았다.

"또 뭔가 하려고?"

"응, 해야지."

이어서 최소정은 여전히 어리둥절한 얼굴로 한성진을 보
았다.

"한군아, 무슨 이야기야?"

"아, 누나. 그게 말이죠."

한성진에게 대략적인 입수 경로를 들은 최소정은 가만히
고개를 끄덕였다.

"그거 참 아이러니하네."

"그러게요. 게다가 형사에게 그런 물건을 팔아 치운 건 더
아이러니하죠?"

최소정은 쓴웃음을 지었다.

"한편으론 그만큼 컴퓨터가 비싸단 의미이기도 한 거야."

"으음."

나는 슬쩍 끼어들었다.

"한편으론 그만큼 이번 마이티 스테이션의 평이 좋단 의미이기도 하죠. 뭐 이대로 방치해 두면 저희 브랜드 가치가 떨어지게 되겠지만요."

"그것도 그래."

한성진이 문득 생각났다는 듯 최소정에게 물었다.

"누나는 어떤 컴퓨터를 써요?"

"나? 나는 조립형을 쓰고 있어."

"조립?"

최소정은 공연히 나를 슬쩍 살폈다.

"으응, 뭐……. 사실상 컴퓨터도 CPU에 RAM, 메인 보드, 하드디스크 등등 부품과 부품의 조합으로 이루어진 물건이니까. 잘 찾아보면 싸게 나온 것들이 있거든."

컴퓨터 공학도다운 발언이었다.

최소정이 쿠키를 작게 한 조각 떼어 내 입에 넣었다.

"그러니 필요나 용도에 따라 그에 맞춰 부품을 바꿔 낄 수 있는 게 장점이지. 음, 맛있네."

그러면서도 내 앞이니 괜히 '대기업 완성형 PC는 비싸다'는 걸 직접적으로 말하기 어려웠던 모양이라서, 나는 줄곧 생각해 오던 바를 털어놓았다.

"저도 컴퓨터가 비싸단 것엔 동의해요."

그 컴퓨터를 취급하는 사람이 할 법한 이야기는 아니지만, 이 시대의 컴퓨터 가격은 지나치게 비싼 감이 없지 않았다.

대당 200~300만 원은 호가하는 사치품이었으니, 실상 PC는 이 시대 샐러리맨의 평균 월급보다도 비싼 물건이었다.

'더군다나 해마다 성능이 껑충 뛰니 감가상각비도 높은 제품이고.'

그러니 컴퓨터의 진입 장벽이 높을 수밖에.

나는 관련해 개인적인 의견을 덧붙였다.

"사실, 삼광을 비롯한 대기업에서 내놓는 PC는 조립형에 비해 터무니없이 비싸죠. 물론 기업은 이윤을 추구해야 하지만…… 그 탓에 컴퓨터에 관한 진입 장벽이 높은 것도 사실이니까요."

최소정은 쓴웃음을 지었다.

"그래도 대기업 제품은 정품 OS를 사용한다는 장점도 있잖아?"

애써 변호해 주곤 있었지만, 왠지 내겐 공허하게 느껴지는 대답이었다.

'정품 사용이 장점이라.'

나는 어깨를 으쓱였다.

"A/S를 잘해 준다는 거 하나는 장점이죠. 그 덕에 초보자들의 진입 장벽을 낮추는 효과는 있지만, 결국은 또 가격이 발목을 붙잡기도 하고요."

"……음."

한성진이 고개를 돌려 나를 보았다.

"가격을 낮출 순 없는 거야?"

"어려워."

나는 고개를 저었다.

"이런저런 사정이 있거든. 크게 잡아서 일단, 우리 회사만 완성형 PC를 취급하지 않는다는 게 첫째고, 유통 구조가 다소 복잡하게 얽혀 있다는 게 두 번째야. 뭐, 아직은 공급에 비해 수요가 낮은 전문 제품 취급이라는 것도 한몫하겠지."

나는 덧붙였다.

"또, 그 가격에는 과도한 마케팅 비용까지 포함해 고객에게 청구하고 있어. 은근슬쩍 번들 소프트웨어를 끼워 파는 것도 문제고."

"……네가 할 말이야?"

"나니까 당당히 할 수 있는 말이기도 하지. 뭐, 방금은 그나마 A/S의 용이성이 강점이라고 했지만, 결국엔 우리보단 가까운 컴퓨터 수리 업체를 찾게 되기도 하고."

한성진의 말마따나 자기 디스가 된 꼴이지만, 나 역시 하드웨어 시장을 오랫동안 붙들고 있을 생각은 없었다.

지금은 가격에 거품이 끼어 있어서 이럭저럭 이득을 보고 있긴 했지만, 마이티 스테이션만 붙잡고 있기엔 무리가 있다.

'더군다나 여기저기 떼이는 게 많으니 실질적으로 내 손에

들어오는 건 적어.'

이 시기 대부분의 하드웨어 제품은 외산에 기댔고, 또 그에 따라 떼이는 라이센스 비용도 만만치 않은 데다 마이티 스테이션은 삼광전자와 나눠 먹는 파이였다.

'계륵.'

그렇다고 곧 레드 오션에 선점 기술 회사들이 판치는 부품 공장을 돌리는 건 자살행위나 마찬가지.

"어쨌건 나도 이 상황을 좋게 보진 않아. 결국엔 혁신이 필요하겠지."

최소정이 나를 물끄러미 보았다.

"그러면 성진이는 향후 컴퓨터 시장이 어떻게 될 거라고 생각하니?"

"나중엔 컴퓨터가 필수품이 될 시대가 오겠지만, 아직은 아니에요. 또, 그 시대가 오면 대부분은 누나가 말한 조립형을 쓰게 되겠죠."

그러니 지금은.

"지금은 두 가지 방법이 있어요."

"두 가지?"

"네. 하나는 완성형 PC의 완성도를 디자인이며 디테일까지 살려 대체 불가능한 것으로 만드는 것이고."

이는 사장되다시피 했던 맥을 애플이 부활시킨 방법이지만, IBM-PC를 취급하는 우리가 할 일은 아니다.

"다른 하나는 유통망을 개선해 전체적인 컴퓨터 가격을 내려 진입 장벽을 낮추는 거죠."

이는 내가 아는 미래의 방법이나, 대기업이 주도해서 나선 것은 아니다.

최소정이 미소를 지었다.

"그중 성진이의 선택은?"

"후자예요."

나는 담담히 대꾸했다.

"결국 전자의 방법으로 간다고 한들, 거기서 얻을 이익은 프리미엄 정책에 따른 부수적인 것에 불과하죠. 사실, 현재 마이티 스테이션의 사업적 지향점이기도 하고요. 잘만 하면 다른 기업보다 경쟁 우위에 설 수는 있겠지만 한계는 있어요."

이어서 덧붙였다.

"이번 짝퉁 마이티 스테이션 건도 그런 과정에 나온 결과예요. 신형 마이티 스테이션이 호평을 받곤 있지만, 사실 그 이면엔 번들로 제공한 한글 94와 일산대백과사전이 한몫한 거죠. 하지만 그런 것들이 제공되지 않는 마이티 스테이션은 경쟁 업체 제품에서 우위를 찾기 어려운 건 마찬가지고, 그마저도 이번 짝퉁 PC를 방치해 두면 그나마 프리미엄화를 추구하며 쌓아 올린 브랜드 가치에도 악영향을 미치게 될 겁니다."

나는 턱을 긁적였다.

"설령 이번에 짝퉁 업자들을 잡아들인다 한들, 두더지 잡기나 마찬가지죠. 다른 짝퉁 업자들도 얼마든지 나올 수 있어요. 결국엔 사업의 방향을 바꿀 필요가 있어요."

"음, 차라리 모든 컴퓨터 가격을 낮춰 보급률을 늘리겠단 거니?"

"네. 그러니 결국엔 소프트웨어 경쟁력을 갖추는 것이 해답이라고 생각해요. 마이티 스테이션도 사용자 편의성을 위해 윈도우3.1 버전으로 직행하는 방법을 쓰곤 있지만, 그런 건 근본적인 해결책은 되지 않죠."

내 말을 듣고 잠시 생각하던 최소정이 책상 위에 놓인 서류를 보곤 고개를 들었다.

"그래서 이번 짝퉁에서 나온 OS를?"

자사의 자체적인 독립 OS라.

"주목하곤 있지만…… 해답은 아니에요. 거기에 기대긴 도박성이 짙으니까요."

실제로 MS와 Mac OS로 양분되다시피 하는 바닥이긴 하나, 보급률이며 편의성 측면에서 내년에 나올 윈도우95를 이길 수 있으리란 생각은 하지 않는다.

내가 그 제작자에게 기대하는 건 좀 더 이후의 것이다.

이를테면 모바일용 OS.

'너무 먼 이야기……는 아니야.'

스마트폰이 아닌 피처폰에도 구동용 OS는 필요하니까.

그 외에도 이것저것, 여기저기 쓰일 일이 있다.

"그러니 현재로선 차라리 당장 조금 손해를 보더라도 프리미엄 완성형 PC보단 조립형 PC의 보급을 늘려 자사의 영향력 안에 있는 소프트웨어 판매율을 높이는 게 장기적인 관점에서 더 높은 이득을 얻을 거라고 봐요."

내 말에 최소정은 고개를 갸웃했다.

"하지만 성진아, 조립형 PC는 이미 그 자체가 숙련자를 기준으로 하고 있지 않니?"

그녀의 말마따나, 아직 제대로 된 인터넷도, 또 그런 인터넷이며 통신 연결에 필요한 기초적인 컴퓨터 보급도 제대로 이루어지지 않은 시대였다.

"그렇죠."

나는 순순히 시인했다.

"게다가 삼광의 이름을 내건 대기업에서 할 만한 사업도 아니고요. 그건 일종의 카니발라이제이션, 즉 제 살 깎아먹기이기도 하고요."

"그럼 어떻게 할 생각이니?"

나는 빙긋 웃으며 한성진이 들고 온 접시 위의 쿠키를 쪼개 여러 조각으로 흩어서, 다시 접시 위에 늘어놓았다.

"이렇게요."

한성진과 최소정은 어리둥절한 얼굴을 했고, 나는 개중 한 조각을 집어 입에 털어 넣었다.

"일단은 조각난 쿠키 조각을 모아 봐야겠죠."

"흐으으음."

최소정은 다시 생각에 잠겼다가 리포트를 보았다.

"저것과 관련 있는 거니?"

"네. 그러잖아도 작금의 유통 구조로는 컴퓨터 보급률을 높일 수 없으니까요. 마침 좋은 기회다 싶어요."

나는 이어서 개략적인 계획을 짧게 이야기했고, 잠자코 이야기를 들은 최소정은 미소를 지었다.

"성진이는 똑똑해서 신중한 편일 거라고 생각했는데, 의외로 과감한 면도 있구나?"

글쎄.

어느 쪽이냐고 하면 나는 신중한 편이다.

그저.

"확신이 있으니 과감할 수 있는 거죠."

나는 그렇게 대꾸하며 쿠키 조각을 입에 마저 털어 넣었다.

'제법 맛있네.'

정진건으로부터 연락이 온 건 그로부터 얼마 지나지 않아서였다.

짝퉁 마이티 스테이션 유통 일당의 추적 과정은 어렵지 않았고, 그는 청계천 일대를 중심으로 활동하던 유통업자 대여섯 명과 '비공식적으로' 접선할 수 있었다.

뭐, 실상 죄질이 심한 것도 아니어서—사기에 관대한 대한민국다웠다—아마 재판에 회부된다 하더라도 기소유예로 끝날 가능성이 높다고, 정진건은 담담하게 전했다.

개중 놀라운 건.

「그중 한 명은 미성년자던데.」

새파란 어린놈이 끼어 있었다는 점이었다.

나는 그 대목에서, 문제의 OS를 제작한 것이 그 새파란 어린놈임을 직감했다.

직감뿐만이 아니라, 실제 조사 과정에서 알아낸 각자의 역할군에서도 녀석은 예의 짝퉁 OS를 제작한 장본인임을 알게 되었다.

「만나 볼 수 있을까요?」
「네가? 흐음. 하지만…….」

잠시 주저하던 정진건에게.

「그럼, 제가 서장님께 직접 말씀드려 볼까요?」

슬쩍 재벌가의 인맥을 들먹였더니 결국 두 손을 들었다.

「알았다, 조만간 시간을 내 볼게. 이거 참.」

그리고 정진건은 생각보다 일찍 당사자를 만날 수 있도록 자리를 주선해 주었다.

들으니, 그 녀석은 짝퉁 마이티 스테이션을 유통한 일당이었던 탓에 검거 후 다니던 고등학교에서 정학을 당했고, 그 바람에 나와 시간을 맞추기 용이할 거라고, 정진건은 전했다.

나는 어느 동네 인근 배달 전문 중국집에서 정진건을 만났다.

"그 녀석, 여기서 일하거든."

이미 뒷조사를 마쳐 알고 있던 내용을 정진건은 담담히 전했고, 나는 고개를 끄덕였다.

"또, 여기 짜장면 괜찮더라고."

"그렇군요."

그건 몰랐는데.

"짜장면 먹어 본 적은 있고?"

"……제가 매일 저녁 스테이크만 썬다고 생각하시는 거죠?"

"아닌가?"

"말씀드렸다시피 천화국민학교에 급식 시스템을 제안한 건 저였습니다만."

"아, 그랬지."

정진건은 덤덤하게 말하며 앞장섰다.

"들어갈까."

중국집 입구에 걸린 차양을 걷으며, 정진건이 먼저 발을 들였다.

"어서 오슈."

자리에 앉아 신문을 뒤적이던 사장은 사무적으로 응대했다가 정진건을 알아보곤 자리에서 벌떡 일어섰다.

"어이쿠, 형사님. 여까진 또 어쩐 일로……."

그러다가 사장은 불쑥 따라 들어온 나를 힐끗 쳐다보더니 의아한 듯 고개를 갸우뚱했다.

"아드님……은 아니신 것 같구."

정진건은 눈인사를 하며 적당한 자리에 앉았다.

"인영이는요?"

"아, 예. 배달 갔는데유."

"흠. 식사는 아직이시죠?"

"저희야 뭐 이럭저럭 먹었쥬."

"그러면 짜장 둘. 아, 짬뽕으로?"

그제야 나에게 의사를 물은 정진건에게 나는 고개를 저었다.

"아뇨, 그냥 짜장면으로 할게요."

"사장님, 짜장 둘."

사장은 신문을 내려놓곤 어기적거리며 주방으로 들어갔고, 정진건은 스테인리스 물 컵 두 잔에 물을 가득 따랐다.

"조인영은 여기서 숙식을 해결한다더군."

나는 기름때가 낀 탁자를 손가락 끝으로 한 번 쓸었다가 고개를 들었다.

"아, 네."

"······흠."

정진건은 내 대답에서, 이미 내가 뒷조사를 마쳤다는 걸 짐작했는지 더 이상 말하지 않고 그저 물을 한 모금 마셨다.

"그나저나."

정진건이 말을 이었다.

"뭔가 사업을 한다고?"

"예. 아, 합법적인 거니까 염려하지 않으셔도 돼요."

"······그게 아니라, 혹시나 조인영 그 녀석을 데리고 뭘 하려는 건가 싶어서."

은근슬쩍 경계의 투로 말을 꺼낸 정진건에게 나는 태연히 대꾸했다.

"형사님 댁에서 본 컴퓨터가 조인영 씨의 작품이라고 하면, 키워 볼 만하다고 생각했을 뿐이에요."

"키워 볼 만하다?"

국민학생 입에서 고등학생을 대상으로 '키워 볼 만하다'는 말이 나온 게 퍽 아이러니했는지, 정진건의 표정이 요상했다.

"그렇게나 난 물건이었나? 그때 서현이 말로는 전원도 안 들어왔다던데."

"간단히 고칠 수 있는 거였어요. 뭐…… 관련해선 저도 당사자와 이야기를 나눠 보려고요."

짜장면이 나오기 전에, 문 바깥으로 털털거리는 오토바이 엔진 소리가 들렸다.

"다녀왔습니다."

철가방을 들고 들어오던 남자는 자리에 앉아 있는 정진건을 보곤 움찔했다.

"……뭡니까?"

조인영.

그는 깡마른 체구의 더벅머리 소년이었다.

"왔냐. 밥은 먹었고?"

"…….."

"그냥 밥 먹으러 온 거야, 너도 적당히 정리하고 앉아라."

"……바쁜데."

때마침 사장이 짜장면 두 그릇을 탁, 하고 가져다 놓으며 조인영을 보았다.

"왔어? 왔으면 형사님 귀찮게 하지 말고 말씀 들어."

"아, 진짜. 저 바쁘잖아요."

"뭘 바쁜 척하구 있어. 나중에 빈 그릇만 걷어 오면 되는데."

사장까지 그렇게 나서자 조인영은 투덜거리며 정진건의 곁에 앉더니, 동석한 나를 힐끔 쳐다보았다.

"정 형사님 아들이에요? 왠지 아닌 거 같은데."

"이성진입니다."

나는 손을 내밀었다.

"……조인영. 설마, 경찰은 아니겠지?"

그러나 내 말을 받은 조인영은 내 악수까진 받아 줄 생각이 없어 보였다.

"그럴 리가 있겠어요? 국민학생인데. 만화를 너무 읽으셨네."

나는 빈손을 거둔 뒤, 치덕치덕 짜장면을 비비고 한 입 먹었다.

'맛있네.'

새삼스러운 깨달음이지만 대중식당 짜장면엔 호텔 중식당에는 없는 기름진 감칠맛이 있었다.

정진건은 일찌감치 두세 젓가락 만에 짜장면 한 그릇을 비우곤 가게 밖으로 나가 담배를 입에 물었고, 나는 그쯤 해서 젓가락을 내려놓았다.

"형이 마이티 스테이션에 설치된 OS를 만드셨죠?"

형사 조사 결과, 눈앞의 더벅머리 소년이 짝퉁 마이티 스테이션에 들어간 짝퉁 도스를 만든 장본인이었다.

가만히 앉아 내가 말 꺼내길 기다렸던 조인영은 의자에 삐딱하게 기대고 앉아 대꾸했다.

"나도 몰랐는데, 그랬어?"

"흠."

이거, 협조적으로 나올 자세가 아니었다.

'고삐리 주제에.'

잃을 것도, 그렇다고 지켜야 할 것도 없는 인생이 내세울 수 있는 유일한 치기였다.

'……전생의 나도, 성인이 되고 가족과 연을 끊은 뒤엔 저렇게 되었을까.'

나는 왠지 옛날 생각이 나서 픽 웃고 말았다.

"왜 웃어?"

내 말에 반응을 하긴 했으나, 겁을 먹은 눈치는 아니었다.

도리어 조인영은 이 상황에 도발적으로 나오며, 나는 역으로 그가 나를 떠보려는 느낌마저 받았다.

'내가 그를 시험하듯 그도 나를 시험해 보는 건가?'

나는 미소를 거두고 조인영을 물끄러미 쳐다보았다.

"아뇨. 형은 세상을 아직도 쉽게 생각하시는 거 같아서요."

조인영의 눈가가 씰룩였다.

"뭐 인마?"

하지만 기세등등한 말씨와는 달리 나는 조인영의 눈가가
희미하게 떨리는 것을 보았다.

'……이 새끼 뭐지?'

조인영은 당황하고 있었다.

오늘 처음으로 본, 자신을 이성진이라고 소개한 국민학생
이 미소를 거두고 자신을 보는 순간, 알 수 없는 소름이 돋
았다.

그건 눈앞의 소년이 동행한 경찰과 관계가 있어서가 아니
었다.

본능적인 무언가가, 조인영을 자극하고 있었다.

그건 비유하자면, 고아원을 나오기 직전, 같은 고아원 출
신의 형이 모르는 떡대들을 데리고 와서 '가입' 여부를 물었
을 때.

그리고 그 주먹이 날아오기 직전, 그것을 보고 있었을 때
의…….

'아니, 그딴 게 아니야.'

어릴 적 말벌이 콧잔등 위에 앉았을 때…….

또는 한 치 앞도 보이지 않는 어두운 밤, 정체 모를 무언가
를 물컹, 하고 밟았을 때.

그런, 자신의 안위에 위협이 될지도 모를 미지에 관한, 좀 더 본질적인 혐오와 공포였다.

이성진이 미소를 거두고 자신을 주시하는 순간부터.

인정하고 싶지 않았지만, 조인영은 눈앞의 소년에게 지레 겁을 먹고 있었다.

'뭔데?'

상식적으로는 말이 되지 않는 이야기였다.

하지만 어째서인지, 느꼈다.

눈앞의 소년은 단순한 꼬맹이가 아닌, 그 속에 위험한 것을 키우고, 이를 부릴 줄 아는 자라는 것.

그건 유전자 깊숙이 각인된 생존 본능이라고 할 수도 있고, 이는.

이성진이라고 하는 소년이 직접적이든 간접적이든 간에 '사람을 죽여 보았을'지도 모른다는 직감이 퍼뜩 척수반사적으로 느껴진 것이다.

꿀꺽.

조인영은 입안이 바짝 말라서 저도 모르게 마른침을 삼켰다.

그리고 스테인리스 컵을 만지작거리는 이성진의 손길이 마치 조인영의 갈증을 통제하는 것처럼 느껴지기도 하는.

조인영은 즉시 이성진의 미간에 주먹을 꽂아 넣고 이 자리를 뛰쳐나가고 싶다는 충동을 느꼈다.

물론, 죽겠지만.

이는 뇌간에 자리 잡은 일차원적이고 원시적인 충동이었다.

"아직 사정을 잘 모르시나 본데."

그 충동도 이성진이 입을 떼는 순간 가뭇없이 증발하고, 조인영은 그제야 현실로 돌아온 듯한 기분을 느꼈다.

이어서 이성진이 미소를 지었다.

그 미소 한 번에 방금 전까지 느낀 기묘한 감각은 씻긴 듯 사라지고 없었다.

나는 말을 이었다.

"혹시 형사 구속을 피했다고 안일하게 생각하시는 건 아니죠?"

"……엉?"

왠지 조인영이 멍청한 얼굴로 되물어서, 나는 사정을 상세히 밝혀 주었다.

"그건 아직 확정 요소도 아니고, 또 소년법으로 운 좋게 선처를 받는다고 쳐도…… 세상에는 민사법이라는 것이 있거든요."

"……."

“만일 형이 마이티 스테이션의 브랜드 가치를 절하시킨 당사자라면, 저에겐 그 훼손된 브랜드 가치를 따져 책임을 물을 용의도 있어요.”

“…….”

영 멍청이는 아닌지, 조인영은 여전히 지레 반항적인 눈빛과 표정을 보이면서도 괜한 가시벽을 슬그머니 거둬들였다.

“네가 무슨 상관인데?”

“마이티 스테이션을 취급하는 게 저희 회사거든요.”

내 대답을 들은 조인영은 잠시 멍한 얼굴이 되었다가 일부러 그러는 듯이 입가를 비틀었다.

“네가 삼광전자 사장님이라도 되냐?”

미래엔 높은 확률로 그렇게 될 예정이지만.

“제 질문에 먼저 답해 주시면 좋겠는데요. 뭐, 대답 여하에 따라 제 대처도 달라질지 모르니까요. 상황에 따라선 결과가 좋게 흘러갈 수도 있고요.”

결국 조인영은 한풀 꺾인 기색으로, 그러면서도 여전히 삐딱한 방어기제는 유지한 채 내 말에 대답했다.

“별거 아니잖아. 그쯤은.”

조인영은 떨떠름한 얼굴로, 내 협박이 먹혔는지 좀 더 협조적으로 변해 말을 이었다.

“자세히 뜯어보면 허점투성이고. 엉성한걸.”

“그러면 config 파일은 왜 빼 두셨어요?”

"……."

"음, 한번 맞혀 보죠. 일부러 핵심 구동 파일을 빼놓은 건, 유통 이후 AS를 통해 완성품으로 만들고자 하는 생각이었겠죠? 아마 경찰도 그 정도는 알고 있을걸요."

"……."

"제가 묻고 싶은 건 다른 거예요. 굳이 자작 OS를 제작해서 배포할 까닭이 있었을까. MS-DOS는 복제가 불가능할 만큼 보안이 철저한 OS는 아닌데 말이죠."

조인영이 짝퉁 마이티 스테이션에 짝퉁 MS-DOS를 설치해 둔 까닭은 무엇일까.

쉽게 생각하면 지금 조인영의 대처처럼 발뺌용으로 만든 것이라 생각하고 말 수도 있겠지만, 대한민국의 저작권법은 아직 그렇게까지 철저하지 않다.

더욱이 나중에도, '윈도우를 살 필요가 있나?' 하고 생각하는 이들이 적지 않음을 감안한다면 더더욱.

그래서 나는 더욱 간단한, 그의 행동 동기를 내 입으로 답해 주었다.

"과시욕."

"……."

개발자들이란 어쨌건, 순수하다.

"청계천에서 짝퉁을 만들어 파는 일당에 소속되어 있긴 하지만, 자신은 그들과 다르다는 자만심과 한편으론 자작 OS

를 사용하는 사람들을 보며 느낄 우월감, 동시에 그걸 통해 인정받고 싶은 거죠?"

그렇다고 해서 그 '순수함'이 선악의 관계도에서 선함을 도맡는단 의미는 물론 아니지만.

그런데.

"······큭."

조인영이 웃었다.

"······하하하."

······미쳤나?

조인영은 성마른 웃음을 나직이 터뜨리곤 고개를 저었다.

"나는 또 뭔가 했네."

"······?"

날씨가 더웠나, 조인영이 이마에 맺힌 땀을 훔치며 말을 이었다.

"······원래는 팔려고 만든 게 아니야."

"어라, 그래요?"

"뭐든 다 안다는 식으로 말하긴."

조인영이 투덜거렸다.

"진상은 정 형사님께 말씀드린 그대로야. 과시욕은 개뿔. 원랜 팔 물건이 아니었던 게 우연히 섞여 들어간 것뿐이지."

"정말이에요?"

"······왜, 못 믿겠나?"

거짓말을 하는 눈치는 아니었다.

흠.

명탐정 소년인 양 해 보려고 했는데, 아니었던 모양이네.

'헛다리를 짚었군.'

결국 사건은—사건 운운할 만큼 대단한 것도 아니지만—생각 이상으로 단순했던 모양이다.

'그 우연의 연쇄가 나에게 닿은 건 아이러니한 일이긴 하지만.'

조인영은 나를 물끄러미 쳐다보더니 툭하고 말을 꺼냈다.

"……그래서, 나한테 뭘 원하는 건데?"

"별건 아니고."

나는 그제야 품에서 명함을 하나 꺼내 탁자 위로 슥 밀었다.

"저랑 일 좀 하시죠."

"……일?"

조인영이 어처구니없어하며 도로 나를 향해 고개를 홱 쳐들었다.

"뭔 뚱딴지같은 소리야?"

"싫어요?"

조인영은 그제야 계기가 생긴 것처럼 탁자 위의 명함을 자세히 살폈다.

"……SJ컴퍼니. 사장?"

멍하니 중얼거리던 조인영에게, 나는 미소를 보였다.

"아세요?"

"알다마다. 그야 이 바닥에선…… 아니, 잠깐만, 사장이라니."

조인영은 혼란스러워하고 있었다.

"네가? 국민학생이면서?"

"엄연히 합법입니다. 어디 가서 괜히 떠들고 다닐 이야기는 아니지만요."

그러고 있으려니, 적당히 시간을 비워 줬다고 생각했는지 정진건이 담배 냄새를 풀풀 풍기며 돌아왔다.

"이야기는 끝났냐?"

"정 형사님."

조인영은 구세주를 만나기라도 한 양 의자에서 벌떡 일어섰다.

"얘 대체 뭐예요?"

"글쎄다?"

정진건은 조인영의 손에 들린 명함을 보고 대강의 상황을 어렵지 않게 짐작했으면서, 일부러 선을 긋듯 무뚝뚝한 어조로 대꾸했다.

"나는 말했다시피 그냥 밥만 먹으러 온 것뿐이야. 아, 사장님. 계산해 주십쇼."

그러고 정진건은 지폐 몇 장을 꺼내 사장에게 내밀었다.

"어이쿠, 그냥 가셔도 되는데."

"에이, 진짜."

정진건은 한사코 돈을 안 받겠단 사장에게 억지로 돈을 쥐여 주었다.

이어서 계산을 마친 정진건이 나를 돌아보았다.

"다 먹었으면 갈까?"

너무 당기기만 해도 좋지 않다. 나도 그쯤에서 자리에서 일어섰다.

"잘 먹었습니다. 그럼, 천천히 생각해 보세요. 나쁜 이야기는 아닐 겁니다."

"⋯⋯."

조인영은 선 채로 묵묵히 있더니 입가를 비틀었다.

"민사 소송은?"

"하하, 뭐, 사실 변호사 선임비가 더 비싸죠. 제 변호사 몸값이 좀 비싸거든요."

"⋯⋯흥."

여러 의미가 담긴 말이었는데, 조인영은 나이에 걸맞지 않게 내 말뜻을 얼추 알아들은 얼굴이었다.

정진건과 나는 조인영을 덩그러니 남겨 두고 중국집을 나섰다.

중국집을 나와서, 휘적휘적 말없이 걷던 정진건이 불쑥 입을 열었다.

"대체 뭘 한 거냐?"

"뭐가요?"

"……피차 순진한 소린 관두자. 네가 나이상으론 내 딸과 동갑내기긴 해도, 이미 그런 생각은 치운 지 오래됐으니까."

"그냥 제안을 했을 뿐이에요. 아시겠지만요."

정진건이 고개를 돌리지 않은 채로 말을 받았다.

"사실상 '거절할 수 없는 제안'을 한 건 아니고?"

이성진이 방긋 미소 지었다.

"그럴 리가요. 그래도 좋은 조건의 일을 제안한 건 사실이죠. 거절해도 무방하겠지만, 굴러 들어온 복을 발로 찰 필욘 없잖아요?"

정진건은 고개를 돌려 나를 보았다.

"내가 궁금한 건……. 아니, 됐다."

그렇게 말한 정진건은 떨떠름한 얼굴로 덧붙였다.

"어쨌거나 이제 용무는 끝난 거지?"

"네. 도와주셔서 감사합니다."

"뭘."

정진건은 고개를 끄덕이곤, 앞장서 걸으며 생각에 잠겼다.

'대체 뭘 한 거지?'

뭔가 협박이라도 하는 건 아닐까 슬쩍 엿들으니, 별로 대단한 이야길 나눈 것도 아니었다.

하지만 이성진을 눈앞에 둔 조인영의 반응은 마치 눈앞에 칼을 들이밀기라도 한 양으로 보였다.

'……이상한 녀석.'

자신의 맏딸과 동갑이지만, 그 속에는 왠지 능구렁이가 한 마리 떡하고 자리 잡고 있는 듯한 녀석이었다.

'재벌가 도련님이라서 그런가?'

조인영을 끌어들인 건, 비단 실력 좋은 프로그래머를 섭외하려고 한 것만은 아니었다.

마음만 먹으면 그보다 경력도 실력도 뛰어난 인재는 얼마든지 있었으므로.

내가 구태여 조인영을 구실로 삼은 건.

'슬슬 움직여 볼까.'

국내 PC 산업을 근본적으로 개선해 보고자 하는 목적에서였다.

관련한 사업의 대략적인 준비 작업이 끝나 갈 무렵, 나는 조인영과 다시 만나기로 했다.

'마침 잘됐어.'

이번엔 정진건을 대동하지 않고, 나는 하굣길에 먼 걸음을 해 청계천 근처의 어느 허름한 상가 건물에서 조인영을 만났다.

"혼자냐?"

조인영은 인사 대신 그런 말을 하며 주위를 휘휘 둘러보았고, 나는 어깨를 으쓱였다.

"정진건 형사님은 안 계세요."

"……네가 여기서 보자고 해서 오긴 했는데, 함정수사라든지 그런 건 아니겠지?"

"만화뿐만 아니라 영화도 너무 보셨네. 그렇게 해서 저에게 무슨 이득이 있겠어요?"

"…….."

"걱정 마세요. 어디까지나 비즈니스적인 이야기를 하려는 것뿐이니까."

"비즈니스?"

"왜, 제가 여기 놀러 온 거라고 생각했어요?"

내 말에 조인영은 청바지 주머니에 손을 찔러 넣곤 코를 찡그렸다.

"됐고. 무슨 이야기인데?"

"일단 아지트로 안내나 해 주시죠."

"……아지트는 무슨."

조인영은 괜히 앞잡이가 된 기분이 내키지 않는다는 듯, 앞장서서 상가 건물로 걸어 들어갔다.

예의 상가 지하 건물, 각종 전자 제품이며 부품 일체가 난

잡하게 늘어선 곳을 지난 조인영은 창고인지 공장인지 모를
곳으로 나를 안내했다.

"어, 인영아."

정진건의 방문을 받은 지 얼마 되지 않아서인지, 거기서
우울한 얼굴로 앉아 있던 털보가 약간 반색하며 조인영을 반
겼다.

"저 왔어요, 형."

"아, 그래. 그런데 그쪽은⋯⋯."

털보는 뒤따라 들어온 나를 괜히 힐끔거렸다. 아무리 조인
영을 대동하고 왔다곤 하나, 그 눈에 나는 이런 곳에 발을 들
일 만한 사람으론 보이지 않은 모양이었다.

"아니, 뭐⋯⋯."

나를 무어라 소개할지 몰라 얼버무리는 조인영을 지나쳐,
먼저 선수를 쳤다.

"이성진이라고 합니다."

"응? 응. 나는 박철곤."

박철곤은 얼떨떨한 얼굴로 내 인사를 받았고, 나는 미소
띤 얼굴로 덧붙였다.

"삼광전자 관계자이기도 하고요."

"삼광전자? 아."

내 말에 박철곤은 움찔하더니 금세 경계의 낯빛을 띠기 시
작했다.

그나마 스스로 뭘 했는지는 아는 모양이라, 적의의 기색이 없었다는 건 마음에 들었다.

한편으론 동시에 그 경계의 낯빛 속에서 의혹, 호기심 따위의 색을 읽을 수 있었다.

'뭐, 아무리 조인영에게 언질을 받았다곤 하지만. 상식적으로 생각해서 누가 봐도 국민학생으로 보이는 꼬맹이가 다짜고짜 삼광전자의 관계자입네 뭡네 하는 걸 곧이곧대로 받아들이긴 어렵겠지.'

나는 그 어안이 벙벙한 얼굴을 보는 와중, 드르륵 근처에 있던 의자를 끌어와 근처에 앉았다.

"만드셨던 마이티 스테이션은 잘 봤습니다. 생각보다 만듦새가 나쁘진 않던데요."

가타부타 내 신상이 어쩌고 저렇다는 걸 늘어놓을 필요는 없었다.

그 또한 조인영의 어색해하는 태도와 내 말에서 상황이 어떻게 돌아가고 있는지, 상대가 어린애라고 하는 선입견을 벗어던지고 대꾸하기 시작했으니까.

"이미 수사는 끝났다고 생각했는데."

"비공식적인 수사, 말씀이시겠죠?"

나는 상황을 보다 명확히 정정하며 미소를 지었다.

"저도 알아요. 다만 그 과정에서 '선처를 바란' 피해자가 누구인지는 똑똑히 인지해 주셨으면 합니다."

"……."

"그리고 저는 비즈니스 이야기를 하려고 온 것뿐이거든요."

"비즈니스?"

박철곤은 의아해하며 조인영을 보았고, 조인영은 곤혹스러운 얼굴로 고개를 저었다.

그사이, 나는 책가방을 열어 준비해 온 서류를 꺼내 책상 위로 들이밀었다.

"읽어 보시죠."

"……."

박철곤은 여전히 혼란스러운 얼굴을 한 채, 반사적으로 내 말을 따랐다.

"'조립식 컴퓨터 유통 기획서?' 대체……."

"천천히 읽어 보세요. 아, 저는 숙제 좀 하고 있어도 되겠죠?"

"어? 어, 으응. 인영아, 책상 좀 치워라."

조인영은 투덜거리면서 책상 위에 놓인 집기를 쓸어 아무 곳에나 가져다 날랐고, 동시에 박철곤이 읽고 있는 서류를 그 어깨너머로 힐끔거리며 쳐다보았다.

프린트된 수학 문제를 모조리 풀고, 독후감을 끼적이고 있으려니 박철곤이 입을 열었다.

"다 읽었는데."

나도 그쯤에서 자리를 정리했다.

"어때요?"

"아니, 어떠냐고 물은들……."

박철곤은 괜히 서류를 다시 한번 뒤적이더니 얼떨떨한 얼굴로 나를 보았다.

"네가 정말로 삼광전자 관계자라고 하면, 우리는 사실 상……."

적? 경쟁자? 눈엣가시? 피고?

나는 이를 어떤 어휘로 수사해야 할지 몰라 곤혹스러워하는 박철곤의 말 틈 사이로 비집고 들어갔다.

"말씀대로라면, 마이티 스테이션 건은 이미 지나간 일이지 않나요? 그다음은 사업의 영역으로 넘어가 생각할 뿐이죠."

박철곤은 내 말에 잠시 묵묵하게 입을 다문 채로 있다가 머리를 긁적였다.

"끙, 조건이 너무 좋아서 수상한데……."

박철곤은 혼잣말에 이어 조인영을 쳐다보았다.

"인영아, 쟤 뭐냐?"

"……저도 몰라요."

이어서 흠, 하고 나직한 한숨을 내쉰 박철곤은 고개를 가로저은 뒤 진지한 눈으로 나를 보았다.

"나는 너를 잘 모르지만……. 들으니 나이에 어울리지 않다는 건 알겠어."

나는 그 말에 일부러 미소를 지어 보였다.

"칭찬인가요?"

"듣기에 따라선. 뭐, 사실 좀."

얼버무리는 박철곤의 말을 조인영이 퉁명스레 가로챘다.

"재수 없죠."

"너는 말을 해도……. 뭐, 그렇기는 하다만."

딱히 부정은 않네.

박철곤은 팔짱을 낀 채, 책상 너머로 나를 물끄러미 쳐다보았다.

"그래서, 너에겐 무슨 이득이 있지? 보아하니 서류에 삼광이라는 단어는 하나도 안 보이던데."

말마따나 나 역시 선의에서 비롯한 행동은 아니었다.

그래서 나는 박철곤을 비롯한 조인영에게 내가 계획하고 있던 구상 일부를 들려줄 필요를 느꼈다.

"맞아요, 대기업이 나서서 할 만한 일은 아니죠. 하지만."

나는 박철곤을 어떻게 불러야 할지 잠시 생각하다가 호칭을 정했다.

"사장님. 사장님도 아시겠지만 저희라고 해서 마이티 스테이션 자체가 큰 마진이 남는 사업은 아닙니다. 라이센스 비용도 지불해야 하고, 또 OS도 정품을 사용해야 하니까요."

내 말에 박철곤은 오묘한 얼굴로 덥수룩한 수염을 매만졌다.

"솔직하네."

"다 아는 이야기, 괜히 에둘러 표현할 필욘 없죠. 저는 그저 이번 사업을 계기로 생태계를 변화시키려는 것뿐입니다."

생태계를 변화시킨다.

'그저'라고 표현해 버리고 말기엔 다소 어폐가 있지만.

박철곤도 그런 생각이었는지 은연중에 깔린 경계의 그림자를 걷어치우며 다소나마 흥미를 보였다.

"생태계 변화?"

"예. 저렴한 가격으로 조립형 PC를 보급해 전체적인 PC 이용률을 높이는 거죠."

원래 역사대로 흘러가게 된다면, 스타크래프트의 흥행, PC방의 대거 입점, 더욱이 정부 주도하에 이루어진 '국민 PC' 사업을 통해 PC 보급률이 가파르게 올라가게 되지만.

그때 가서 뭘 건져 먹으려 해도 내가 먹을 게 있을 리 없다.

'그러니 한동안은 민간 주도의 국민 PC 프로젝트를 발족해 보잔 거지.'

나는 덧붙였다.

"또, 여기에만 이 제안이 나간 게 아니거든요. 좀 더 스케일이 크다고 생각해 주세요."

내 말을 들은 박철곤은 조인영을 돌아보며 서로 눈을 맞췄다.

뜬구름 잡는 소리라 여겼는지, 얼떨떨해하는 모습이었다.

나는 아랑곳하지 않고 말을 이었다.

"그리고 뭐, 대한민국의 PC 이용률이 증가하고 나면, 저는 소프트웨어 판매 마진으로 이득을 볼 생각입니다. 다소 비약을 심하게 하긴 했지만, 어때요, 이쯤 하면 윈윈이죠?"

박철곤은 생각에 잠겼고, 조인영은 무심한 듯 벽에 기댄 채 눈을 반짝 빛냈다.

그저 말뿐이라면 신흥 종교를 권유하는 것보다 신빙성이 떨어졌겠지만, 이들은 이미 내가 준비해 온 기획서를 읽은 뒤였다.

한참 동안 생각에 잠겨 있던 박철곤은 흥미가 동한 모양으로, 의자에 기대고 있던 등을 앞으로 살짝 기울였다.

"그럼, 네 계획 속에서 나는 어떻게 하면 될까?"

이쯤 하면 사실상 넘어온 것이나 진배없다고 본 나는 다음 주제로 넘어가기로 했다.

"우선은."

나는 책가방을 들쳐 메며 말을 이었다.

"용산으로 자리를 옮기시죠."

"……용산?"

사실 용산이 대한민국에서 차지하는 위상은 썩 긍정적이라곤 볼 수 없다.

1987년에 준공된 용산 전자상가와 용산버스터미널을 중심으로, 이 시대부터도 벌써 용산은 국내 컴퓨터 관련 제품의 메카로 자리 잡고 있었으나.

결국 용산은 지자체의 노력에도 불구하고 찾는 사람만 찾는 그저 그런 곳으로 전락해 버리고 말았다.

용산의 몰락에 관해선 PC를 대체하는 스마트폰으로의 이전, 온라인 쇼핑몰의 대두 등으로 인한 소매점의 쇠퇴 등 여러 분석이 있으나, 용팔이로 대표되는, 그 유명한 '손님, 맞을래요?'가 공공연히 자행되는 곳이어서 그렇단 분석이 지배적이었다.

'그에 관해선 여러 이야기가 있지만, 어찌 됐건 섣불리 발 들이기가 꺼려지는 곳인 것도 다름없지. 설령 스마트폰이니 온라인 쇼핑몰 탓으로 돌린다 하더라도, 교통망이 잘 뚫려 있던 용산이 변화하지 못하고 몰락하고 만 건 그런 이미지 때문도 있어.'

이는 이미 지금, 94년에도 여전했던 전통이었던 모양이라 종종 용산을 찾아오는 어린 학생들을 상대로 공갈, 삥 뜯기, 협박, 폭리 따위가 심심찮게 자행되고 있단 뉴스가 심심찮게 들려오는 곳이기도 했다.

'여길 뜯어고치는 것부터가 시작인데.'

나는 정진건이 움직이는 빈 시간 동안 이곳 용산 전자상가 일대의 부지를 알아보고 있었다.

용산 전자상가는 그 내부로 크게 몇 개 상가를 나누고, 또 해당 상가에 몇 개씩의 동을 나누는 식으로 운영되었는데, 나는 이 중 조립형 컴퓨터를 주로 취급하는 신인상가에 주목했다.

'뭐, 암만 나라도 한 번에 전체를 먹긴 무리가 있고…….
게다가 전자월드는 아예 다른 업체가 차지하고 있으니까.'

한편 청계천에 터를 잡고 있던 조인영과 박철곤은 정작 용산까지 와서 여전히 어리둥절한 얼굴이었다.

"뭐, 용산이 큰 건 알겠는데."

결국 조인영이 먼저 이야기를 꺼내 들었다.

"왜 굳이? 네 계획이라는 건 청계천에서도 가능하지 않아?"

그야, 2000년대 초에 들어서 청계천 복원 사업이 발족하고 나면 꼼짝없이 쫓겨나게 되니까 그러지.

하지만 그런 미래의 일을 언급할 수는 없어서, 나는 담담히 사정을 둘러댔다.

"아까도 말씀드렸다시피, 형네 가게에만 건넨 제안이 아니어서요."

"……그렇다면, 뭐."

미리 어느 정도는 숙지하고 있었음에도 불구하고, 전생의 이성진이라면 눈길도 던진 적 없으리만치 용산은 복잡하고 번잡했다.

아직은 역 근처 사창가도 버젓했으며, 양아치, 깡패, 노숙

자 등이 저마다의 암묵적인 구역을 점거한 상태이기도 했다.

'조만간 정리를 싹 하긴 해야 해.'

그리고 마침내 우리는 신인상가 인근, 어느 장소에 도착할 수 있었다.

"아, 사장님. 오셨습니까."

그곳엔 마동철이 서서 나를 기다리고 있었다.

누가 봐도 본래 직업인 매니저보단 타인의 소유물을 무단으로 갈취하는 것을 업으로 삼는 사람처럼 보이는 마동철이다 보니, 조인영과 박철곤은 그를 보자마자 흠칫했다.

나는 그러거나 말거나 마동철에게 물었다.

"유상훈 변호사님은요?"

"아, 예."

조인영과 박철곤에게 인사를 건넬까 싶었던 마동철은 선글라스를 슬쩍 내려 길 건너편을 살폈다.

"저쪽에 계십니다."

유상훈은 길 건너편 슈퍼에서 산 군것질거리를 봉투 한가득 담아 들고 어슬렁거리며 다가오는 중이었다.

"하하, 사장님 오셨습니까. 이거 참, 마동철 실장님의 추파춥스를 보고 있으려니 저도 시동이 걸려서요."

유상훈을 마동철 곁에 세워 두니, 둘의 듬직한 체구가 시야에 가득 찰 지경이었다.

변호사와 매니저.

그리고 오늘은 잠시 그 직함을 내려놓을 때였다.

"움직이시죠."

척척척.

유상훈은 불룩 튀어나온 배를 앞으로 들이밀며 마치 개선장군처럼 당당히 발걸음을 내디뎠고, 그 뒤를 험상궂은 인상의 마동철이 뒤따랐다.

그리고 우리는 그런 두 사람의 뒤를 졸래졸래 따라 신인상가 21동에 발을 들였다.

그 당당한 보무에 놀라기라도 한 걸까, 이곳에 자리 잡은 이른바 '용팔이'라 불리는 이들도 호객 행위 없이 물끄러미, 이 기묘한 조합의 행차를 지켜보며 저들끼리 수군거릴 뿐이었다.

다소 어두침침한 불빛 아래 복도 양옆으로 이렇다 할 구분 없이 각종 부품이며 집기로 난잡하게 경계를 나눈 신인상가 개인사업자들을 지나, 우리는 교차로 중앙에 자리 잡은 널찍한 부지에 발을 디뎠다.

"아이고, 오셨습니까."

그리고 거기엔 깡마른 체구의, 품이 넓은 아메리칸 스타일 양장을 입은 상가협동조합장이 우리를 기다리고 있었다.

조합장은 슬쩍 일행의 면면을 살펴 개중 가장 비싸고 좋은 옷을 차려입은 유상훈에게 다가가 손을 내밀었다.

"이곳의 조합장을 맡고 있는 최기철입니다."

"유상훈이오."

유상훈은 투실투실한 볼살을 밀어내는 미소로 그 인사에 답했다.

"그리고……."

조합장은 슬쩍 유상훈의 뒤편에 말없이 기립해 있는 마동철의 안색을 살폈다가 다소 비굴한 일면도 엿보이는 미소로 말을 이었다.

"요청하신 1차 부지는 빈틈없이 마련해 두었습니다. 장소는 마음에 드십니까?"

유상훈을 시켜 마련한 장소는 신인상가 중앙의 널찍한 교차로를 중심으로 몇 개 호를 틔워 마련했는데, 개중 우리만큼 넓은 자리를 선점한 업체는 없다시피 했다.

'그나저나, 1차 부지?'

나는 속으로 미소를 지었다.

'생각대로 장난질을 치려 하는군.'

한편, 유상훈은 장소의 호오를 묻는 조합장의 물음에 과잉된 표현으로 답했다.

"아주 훌륭합니다! 마음에 쏙 들었어요. 하하, 그나저나. 흠, 1차 부지?"

유상훈 역시 조합장의 말에서 나온 표현을 지적하며 주위를 휘휘 둘러보더니 마동철에게 한쪽 손바닥을 내밀었다.

"서류."

"예."

마동철은 당초 계획했던 대로, 유상훈의 따까리 역할을 충실히 해냈다.

마동철에게 약식 서류와 약도를 물려받은 유상훈은 조합장에게 들으란 듯 혼잣말을 중얼거렸다.

"흐으음, 원래는 입구 쪽으로 몇 개의 호를 더 구해 달란 것으로 아는데요."

그건 마치 자연스러운 하대처럼 들렸으나 조합장은 움찔하며 그 말을 받았다.

"아, 거긴 아직 자리가 나질 않아서요. 하지만 빠른 시일 내에⋯⋯."

"어허."

유상훈이 인상을 찌푸렸다.

"이것 보세요, 조합장님. 계약대로 이행하셔야지요. 계약은 상호 간의 약속 아닙니까. 저는 분명 입구 방향으로 몇 개 호실을 더 임대했을 텐데요."

"아, 예. 맞습니다. 하지만 현재로서도 아직 사장님 측의 집기가 들어오지 않은 상황이고, 말씀하신 장소는 보행 통로 건너편인 데다 또 현재로선 보증금도 남아 있는 상태라서⋯⋯."

"그게 아니죠."

두 번째.

유상훈은 일부러 조합장의 말을 끊어 냈다.

"설령 장소를 공실로 두더라도, 제가 거기에서 뭘 하건 계약서에 명시한 이상 해당 부지는 엄연히 제 소유물입니다. 아니면, 설마 관례라는 명목하에 일을 흐지부지 처리하시겠단 겁니까?"

조합장이 진땀을 빼며 주위를 살폈다.

"그런 게 아니라……."

"아니면 뭡니까. 아, 혹시 그쪽이 생떼를 부리고 있기라도?"

유상훈의 말에 마동철이 한 걸음 움직이자 조합장은 저도 모르게 한 걸음 물러섰다.

"그, 그렇다고 말씀드리기보단 해당 부지에 당사자의 권리를 약조해 두고 있는 게……."

"아, 그랬습니까? 그건 몇 조 몇 항이죠?"

말하면서 유상훈은 보란 듯 마동철이 내민 서류를 뒤적였다.

"제 눈엔 안 보이는데요."

"아 일종의 구두 약속이라……."

"법적 효용성이 있는 보증인이 있습니까? 그게 아니면 조합장님이 보증을 서고 계시다거나?"

"그, 그건……."

"이래서야, 원. 조합장님보단 상가 주인 어르신과 이야기를 나눠 봐야 할 것 같군요."

유상훈은 신인상가의 소유주까지 슬쩍 언급하기 시작했다.

그러자 조합장은 진땀을 빼더니 휘휘 주위를 둘러보았다가 근처에 멀뚱히 서 있던 나와 눈이 마주치니 얼른 유상훈을 보았다.

"어휴, 여기서 이럴 게 아니라 잠시 자리를 옮기시죠. 애들도 있고."

나는 픽 웃었다.

"삼촌, 저는 잠시 나가 있을게요."

"그래? 아, 그러렴."

삼촌?

방금은 사장님 어쩌고 하더니?

조인영과 박철곤은 어리둥절한 기색이긴 해도, 구태여 이를 캐묻는 어리석음을 범하진 않았다.

말하면서 유상훈은 보란 듯 지갑을 열어 1만 원짜리 지폐 뭉치를 내게 건넸다.

"이야기가 길어질 거 같으니 구경이라도 하고 오려무나."

그걸 본 조합장은 다시 한번 움찔했지만.

"네, 그럴게요."

나는 활짝 웃으며 발길을 돌렸고.

조인영과 박철곤은 어리둥절해하는 얼굴이었지만, 내가 적당히 눈치를 주니 알아서 내 뒤를 따라 자리를 옮겨 나왔다.

"대체 뭘 하는 건데?"

입구로 나오자마자 조인영이 물어서, 나는 담담하게 대꾸했다.

"뭐긴요. 물갈이 중이죠."

"……물갈이?"

인근 카페—인지 다방인지—로 자리를 옮긴 뒤, 나는 조인영과 박철곤에게 계획하던 일 일부를 이야기했다.

"보신 대로, 여러분은 저희가 매입한 신인상가를 중심으로 조립형 PC 사업을 운영하게 될 겁니다."

박철곤은 떨떠름한 얼굴로 나를 보았다.

"그게 조건이냐?"

"관련해선 '조건' 운운할 필요 없어요. 이미 갑을 관계는 청산했다고 생각했는데, 그게 아니었나 보죠?"

그렇게 말하며 조인영을 살피니, 그는 묵묵한 얼굴로 커피잔을 내려놓았다.

"몇 가지, 이해가 안 가는 부분이 있는데."

"말씀하시죠."

"너는 방금 그 일을 물갈이라고 했지. 대체 뭘 위한 물갈이고, 뭘 어떻게 하자는 건지 모르겠어."

나는 어깨를 으쓱였다.

"별거 아니에요. 현재 아는 사람만 갈 수 있는 용산의 환경을 좀 더 소비자 친화적으로 개선하고자 할 뿐이니까요."

"소비자 친화적?"

"예. 현재 조립형 PC 시장은 그 생태계가 기묘하게 뒤틀려 있어요."

나는 담담하게 우리 모두가 아는 이야기를 술회했다.

"이른바 초보자들에게 바가지를 씌우는 건 예사고, 또 버젓이 불량품을 팔아 치우기도 하죠."

"……."

"장사의 원칙이라는 것이 '싸게 구한 물건을 비싸게 판다'고는 하지만, 그건 지나치게 원론적인 이야기고, 물건을 팖에 불친절할 뿐만 아니라 소위 바가지를 씌운다. 또 거기에 들어가는 요소는 정보의 비대칭성에서 기인한 것이라면."

나는 빙긋 미소를 지었다.

"결국 소비자들은 다른 대체제를 찾아 움직이게 될 겁니다."

내 말을 들은 조인영은 떨떠름한 얼굴로 대꾸했다.

"잘됐네. 그 대체제라는 게 네가 취급하는 완성형 PC잖아?"

"말씀드렸잖아요. 대기업의 완성형 PC는 그 가격에서 이미 진입 장벽을 높이고 있어요. 저는 어디까지나 대한민국의

PC 보급률을 높이겠단 것에 그 목적을 두고 있다니까요."

"……."

조인영은 무어라 더 따지고 들려고 입을 벙긋거리려다가 이내 그 입을 꾹 다물어 버렸다.

그사이, 생각에 잠겨 있던 박철곤이 대신 바통을 넘겨받았다.

"뭐, 네가 가진 안목과 견해는 그렇다 치고."

박철곤이 말을 이었다.

"우리는 사실상 청계천을 중심으로 움직이던 사람들이야. 그에 비해 여긴 용산이고, 우리처럼 굴러 들어온 돌이 청계천 일대에 자리를 비집고 들어가는 건 다소 힘들지 않을까?"

박철곤은 방금 전 보았던 신인상가를 떠올린 모양인지 떨떠름한 얼굴을 했다.

"보아하니 다들 알음알음인 모양이던데. 그 왜, 상가 조합장이라는 사람도 그렇고."

생태계 자체가 크게 다른 건 아닌 모양인지, 박철곤은 어렵지 않게 용산의 상황을 짚어 냈다.

나는 오렌지 주스를 한 모금 마셨다.

"알아보니 신인상가 조합장은 선출 방식이더군요. 상가 내부의 지분율에 맞춰 그중 대표를 뽑고, 조합장은 그 상가의 얼굴마담이 되어 입찰을 주관하거나 합니다."

"음."

"언뜻 자치적인 면을 강조하는 모양이지만 거기엔 말씀대로 관행처럼 내려오는 연고 주의가 있고, 그건 상가 전체의 담합을 조장하며 동시에 그들만의 리그 행태로 굳어지고 있습니다. 배후엔 또 그걸 묵인하는 배경과 뒷돈을 받아 챙기는 조합장은…… 뭐, 그 일부분이죠."

그렇긴 하지만.

용산이 전자 유통 중심 상가로 자리 잡은 지는 이 시대에서 고작해야 몇 년 전. 아직 그 전통(?)은 오래된 것이 아니었다.

"그래. 너도 조사를 좀 했네."

박철곤은 벌써 적응을 한 건지, 아니면 그냥 생각하길 관둔 건지, 이런 대화를 주고받는 당사자가 국민학생이라는 건 고려하지 않는 투로 말을 이었다.

"그런데, 그러려면 뭔가 준비할 게 많았을 텐데. 어떻게 한 거지?"

"간단해요."

나는 미소를 지었다.

"상가 부지의 6할을 매입했거든요."

"……뭐?"

박철곤은 놀란 얼굴로 눈을 껌뻑이더니 고개를 홰홰 저었다.

"아니, 6할? 어? 그게 가능해?"

이런 말이 있다.

세상에 돈으로 안 되는 일은 없다.

만약 그렇지 않으면, 돈이 부족한 건 아니었는지 생각해 보라.

내게는 마침, 동화건설을 공격할 당시 이휘철이 '부동산에 투자해 보라'며 맡긴 목돈이 있었다.

그렇다고 해서 신인상가 전체를 매입하는 건 불필요한 낭비였고, 소유주 측에서 가격을 높여 버릴 여지도 있었으므로 공동 소유의 형태로 차명을 통해 부지를 매입, 다시금 이를 임대 입찰하는 방식으로 신인상가 21동 내부에 터를 구해 두었다.

그렇기에 방금 유상훈 변호사도 매입이 아닌 '임대' 운운하며 권리를 주장했던 터였다.

「하긴, 큼지막한 걸 한 번에 삼키려면 목구멍이 늑대 아가리만 하더라도 체하기 마련이죠.」

유상훈은 그런 감상을 늘어놓으며 퍽 흥미로워했다.

나는 박철곤을 보며 미소를 지었다.

"앞서 조합장은 상가 부지의 지분율에 따라 권리가 생긴다고 말씀드렸죠? 그런 식으로 용산 신인상가의 상가 조합장이 선출된다고 하면, 일단 중간관리자를 바꾸는 것도 어렵진 않을 겁니다. 우리에겐 6할의 지분이 있으니까요."

박철곤은 잠시 내 이야기를 따라가기 벅찼는지 여전히 멍한 얼굴이었고, 그 사이로 조인영이 끼어들었다.

"말인 즉, 우리가 저 신인상가를 집어삼켜 버리란 거냐?"

"맞아요. 이해가 빠르시군요."

"……뭐, 그 정도야."

조금 추켜 줬더니 우쭐해했다.

아직 애는 애네.

"자, 그럼."

나는 미소 띤 얼굴로 짝, 손뼉을 쳤다.

"여러분은 신인상가를 어떤 방식으로든 접수해 주세요. 이 정도 해 드렸으면, 어떻게 해야 할지 잘 아시겠죠?"

"……."

박철곤과 조인영은 할 말을 잊은 얼굴로 서로를 보았고.

나는 어깨를 으쓱였다.

"그 외에 운영 자금이 필요하다면 제게 요청하세요. 또, 나중에 필요하다면 언론을 통해 홍보도 해 드릴 테니까, 어디 한번 추진해 보시고요. 그다음엔……."

이어서, 조인영을 보았다.

"어느 정도 궤도에 올랐다고 판단되면 다음 일정을 말씀드리죠."

당초 목적은 조인영을 키워 내는 것이었으니, 이번 일은 그 역량을 시험하는 것도 겸하는 일이었다.

'또, 내가 매입해 둔 건 부동산이기도 하니 설령 이들의 역량이 부족해 실패한다 해도 나로선 손해 볼 건 없지.'

뒤이어.

"이거야 원."

박철곤이 고개를 저었다.

"네 목적은 생태계 변화라고 했지? 이거 왠지 우리가 황소개구리가 된 기분인데."

"그거 좋네요. 이참에 회사 이름도 개구리컴퓨터 같은 걸로 하죠."

내 딴엔 농담 삼아 받아친 거였는데.

박철곤 일당은 정말로 '개구리컴퓨터전문점'이라는 이름으로 상호명을 등록해 버렸다는 걸, 얼마 뒤 전해 듣게 되었다.

3장

　용산에서의 일이 일단락된 뒤, 이성진은 시간이 늦었으니 집으로 돌아가겠다며 알아서 돌아갔고, 그제야 마동철은 그가 아직 국민학생에 불과하단 걸 새삼스레 깨달을 수 있었다.

　기묘한 이야기지만, 이성진을 대할 때면 이따금 그가 국민학생이라는 걸 깜빡 잊곤 했다.

　'조숙하긴 하지. 하지만 조숙하단 말로 표현하긴 어려운 것도 사실이고.'

　이어서 마동철은 유상훈의 권유를 이기지 못하고 그가 개발했다는 일식집으로 왔다.

「사장님과는 종종 중국집에서 함께하곤 합니다만, 국민학생을 데리고 일식집까지 가긴 뭣하니까요. 이 기회에 저희끼리 마셔 봅시다. 하하핫.」

겸상한 유상훈은 물수건으로 얼굴을 닦았다.
"이 집 숙회가 제법 괜찮습니다."
"그렇습니까……. 아, 오늘 하루 고생하셨습니다."
마동철의 공치사에 유상훈은 너스레를 떨며 손을 저었다.
"하핫, 뭘요. 제법 재밌었습니다. 팔자에도 없던 사장님 소릴 들으니까 어깨가 으쓱하던데요."
반면 정작 말을 꺼낸 마동철은 떨떠름한 얼굴이었다.
"……저는 이런 일, 두 번은 없었으면 싶군요."
"마동철 실장님도 아주 잘하시던 걸요, 뭘."
유상훈이 술을 따라 주며 웃음을 터뜨렸지만, 마동철은 쓴 웃음만 지었다.
"그런데, 유상훈 변호사님."
"말씀하시죠."
"왜 굳이 그런 번거로운 일을 행하셨는지, 여쭤봐도 되겠습니까?"
"번거로운 일요?"
"예. 사실 말이 나와서 드리는 말씀인데, '그들'에게 지나치게 큰 권한을 준 건 아닌가 싶어서요."
말이 나와서 하는 것이지만, 마동철은 애초부터 그가 '그들'이라 부르는 조인영 일당을 탐탁지 않게 여겼다.

"그 왜, 사실상 그들은 불량 짝퉁 PC나 만들어 팔아넘기던 치들이 아닙니까."

"무죄 추정의 원칙은 어디로 가고요?"

유상훈은 그 스스로 생각하기엔 변호사다운 농담이라며 생각해 던졌지만, 마동철은 그 농담을 받아 주는 대신 본인의 용건만 전했다.

"뭐, 저도 사장님의 영향으로 이제 막 컴퓨터의 세계에 발을 들인 터라 잘 아는 건 아닙니다만……. 굳이 그런 사람들을 끌어들일 필요 없이 사장님께선 따로 사람을 구해도 됐을 거라는 생각이 듭니다."

마동철의 지적은 일견 타당했다.

"맞습니다. 좀 더 건실하고 신뢰가 가는 파트너를 그 자리에 앉히는 게 사업상으로는 더 옳겠죠."

"변호사님도 그렇게 생각하시는군요."

마동철은 유상훈의 맞장구에 슬며시 미소를 지었으나, 동시에 이성진이며 유상훈이 그걸 알고서 감행했다는 사실이 못내 마음에 걸리는지 일말의 의혹을 미소 뒤에 감췄다.

그런 마동철을 꿰뚫어 보기라도 한 양, 유상훈은 웃음기가 희미해진 얼굴로 건배를 나눈 뒤 나직이 말을 받았다.

"하지만 마동철 실장님. 사장님께선 그걸로 돈을 벌 생각은 없어 보입니다."

"······예?"

"정확히는 직접적인 이득을 거둘 생각이 없다는 것에 가깝겠군요. 또 한 가지는."

드르륵.

미닫이문이 열리고, 종업원이 상을 내오는 사이, 두 사람은 묵묵히 있었다.

세팅을 마친 종업원이 방을 나가자마자 유상훈이 말을 이었다.

"잠시 이야기가 끊겼군요. 아무튼, 제가 보기엔 이 사업이 합법적으론 마진을 맞추기 어려운 장사로 보였습니다."

"······흠?"

"삼광, 아니 SJ 측이 취급하는 제품인 완성형 PC의 가격은 상당한 고가품인 것도 사실입니다. 하지만 거기에서 나오는 마진은 크지 않다고 하시더군요. 거기엔 각종 부품이며 OS의 라이센스 비용이 포함되어 있으니까요. 이는 정품이기에 지불해야 하는 값어치입니다."

유상훈은 이성진에게 들은 바 있는 이야기를 담담히 털어놓았다.

"하지만 딱히 거품은 아닙니다. 정품이기에 제공할 수 있는 서비스가 있고, 또 조립형 시장에선 내놓을 수 없는 저희만 납품 가능한 물건도 있습니다. 이를테면, 뭐 모니터처럼 말이죠."

"즉……."

마동철은 그 스스로 유상훈의 말을 이해하고 있는지 확신이 없는 어조로 말을 받았다.

"삼광에서 만든 거품이 아닌, 부품 자체에 거품이 끼어 있는 거란 말씀입니까?"

"얼추 그렇죠. 거품이라고 딱 잘라 말하기보단 그 자체의 단가가 높은 거라고 들었지만요."

유상훈은 회를 안주 삼아 술을 한 모금 마셨고, 마동철도 이를 따랐다.

유상훈이 말을 이었다.

"또, 컴퓨터 부품의 가격은 시장의 흐름에 따라 유동적으로 변합니다. 반면 대기업 제품은 어느 정도 정가 정책을 고수해야 하니 융통성 측면에서는 기민한 대처가 힘들죠. 하지만……."

유상훈은 젓가락을 내려놓았다.

"개개의 부품을 취급하고 이를 유통하는 조립형 PC 시장에선 상황에 맞춰 대처가 가능하기도 하고요. 뭐 그런 이유뿐만은 아닌 것 같습니다만."

마동철은 곰곰이 생각에 잠겼다가 이내 고개를 주억거렸다.

"그러셨군요. 하면, 사장님께서 목표로 하신 '대한민국 PC 보급 증진 사업'은 조립형 PC라는 시장을 통해서 이룩할 수 있는 사업이란 의미입니까?"

"지금으로선 그렇죠. 또, 사장님께선 나중에는 조립형 PC가 좀 더 보편적인 물건이 될 거라고 말씀하시더군요."

그렇게 말한 유상훈은 그 스스로 이성진의 말을 그대로 인용한 자신이 신기하다는 듯 킬킬거리며 웃었다.

"차치하고 저로선 뭐, 그 뒤야 어찌 되었건 용산의 부동산 가격이 오르는 추세니 나쁘지 않은 투자라고 보고 있긴 합니다."

투자.

그 말에 문득 공가희며 자신이 담당하고 있는 윤아름을 떠올린 마동철은 복잡한 머릿속을 한 잔 술로 털어 냈다.

몇 순배인가 술이 돌고, 둘은 이성진과 관계 없는 이런저런 이야기를 늘어놓은 끝에.

유상훈이 불콰해진 낯빛을 띤 채 불쑥 입을 열었다.

"가끔 사장님이 하시는 걸 보면 왠지 미래를 예견하고 있단 생각이 듭니다."

"그럴 리가요."

마동철은 피식 웃으며 그 말을 반사적으로 부정했다가 문득 떠오른 생각이 있어 표정을 굳혔다.

"……아니, 어쩌면 그럴지도 모르겠군요."

"흐음, 마동철 실장님도 동의하시는 겁니까?"

"제 생각은 그것과는 조금 다릅니다만."

마동철이 손에 든 조그만 술잔을 빙글 돌렸다.

"사장님은 간혹 사람을 보고 투자하신다는 느낌이 있지요."

"사람을 본다?"

"예. 억측일 수도 있습니다만……."

술기운을 빌려 말문을 열었던 마동철은 잠시 그 스스로도 무슨 말을 하려는 건지 모르겠단 생각에 입을 다물었다.

이성진은 사람을 보는 눈이 남다른, 그런 부류일까? 공가희를 섭외했던 당시를 생각하면, 이성진의 안목은 논리적인 수준에서 귀결할 수 있는 그런 것이 아니었다.

마동철은 자신을 빤히 쳐다보는 유상훈을 의식하며 서둘러 말을 이었다.

"……사장님은 어떤 일을 계획하심에 사람이 중심이 되죠. 저는 이번에도 그런 건 아닐까, 생각했습니다."

말을 뱉고 보니 괜한 이야길 한 것 같다는 생각이 들었다.

"죄송합니다. 취했나 보군요."

그러나 유상훈은 아랑곳하지 않으며, 오히려 흥미로워하는 얼굴을 보였다.

"아뇨, 듣고 보니 사장님의 행동을 촉발하는 것엔 그도 한 가지 요인일 수 있겠단 생각이 들었습니다. 아무래도 마동철 실장님께선 저보다 좀 더 직접적으로 사람을 대하는 업이어서 저와 관점이 다른 것 같습니다, 하하."

"변호사는 사람을 대하는 일이 아닙니까?"

"변호사 나름이긴 합니다만 제 경우는 서류를 더 많이, 자주 보고 있죠."

뜬구름 잡는 소리로 들릴 수도 있었던 마동철의 이야기를 유상훈은 넉살 좋게 받아 주었다.

"하긴, 사장님은 주위에 범상치 않은 인맥이 많으시죠. 때론 그런 사람들이 찾아오는 사장님의 운인지, 아니면 사장님께서 그런 사람들을 찾아 일을 발굴해 내시는 건지 의아할 때도 많습니다만, 대체로는 신뢰할 만한 사람을 가까이 두시는 것 같아요."

유상훈이 미소 띤 얼굴로 말을 이었다.

"뭐, 이번 경우도 '사람'을 중심으로 벌인 일이라면 그 신뢰의 판단 척도가 무척 궁금해지긴 합니다. 그래도 다들 한가락 실력은 하지요?"

유상훈의 말을 듣고, 마동철은 잠시 그간 겪어 온 이성진의 태도를 생각해 보았다.

유상훈의 말마따나.

이성진은 필요에 의해 사람을 구분하고 있긴 했지만, 그가 신뢰하는 사람과 아닌 사람이 어떠한지는 구분하기가 힘들었다.

이성진은 대체적으로 모두에게 친절했고, 그 가면의 이면에선 무슨 생각을 하고 있는지 간파하기 힘든 인물이었다.

'정말이지, 애 같질 않아.'

마동철은 고개를 저었다.

"끅, 이거 좀 취하는군요."

유상훈이 딸꾹질을 하더니 실실 웃으며 말을 이었다.

"그러고 보니까 저번에 사장님이 대리운전의 대중화를 언급하셨는데."

"대리운전요?"

"뭐, 나중에 핸드폰이 보편적인 물건이 되고 나면 할 만한 사업이라고 말씀하셨다가, 한편으론 대기업이 할 만한 일이 아니라고 정정하셨죠. 하하하."

정말이지.

애 같질 않은 사람이었다.

'누가 내 이야길 하나.'

나는 공연히 귀를 후볐다.

"도련님?"

"……응? 아, 예."

안동댁은 걱정스레 나를 보았다.

"괜찮으세요?"

"아, 그냥 귀가 좀 간지러웠을 뿐이에요."

"귀 파 드려요?"

"아뇨, 됐어요. 애도 아니고."

내 대구에 안동댁이 웃었다.

"식사는요?"

"안 먹었어요."

"어쩐다, 사모님도 친정에 가셨고 어르신들은 약속이 있다고 하셔서 오늘은 도련님 혼자 드셔야겠는데."

모처럼 밥상머리에서 투자금 좀 끌어오려 했더니.

이럴 줄 알았으면 밥이나 먹고 올걸.

'빨리 단톡방이 있는 세계로 만들어야겠어.'

나는 적당히 고개를 끄덕였다.

"괜찮아요. 애들은요?"

"오늘은 애들이랑 드실래요?"

"네, 그럴게요. 시중은 필요 없으니까 적당히 차려 주세요."

"네, 알겠습니다."

안성댁은 자연스럽게 주방으로 들어가려다가 발걸음을 멈춰 나를 돌아보았다.

"아, 그리고 도련님, 택배 왔던데요. 영어로 쓰여 있던데…… 한군 말로는 도련님 앞으로 온 거라고 했거든요."

"택배……. 아, 네. 제가 챙겨 볼게요."

이제야 왔군.

이 시대엔 아직 국내에선 구하기 힘들어 해외 직거래로 구
한 물건이었다.

"그럼 저는 애들 내려오라고 할게요."

식탁에 앉아 소포를 뜯고 있으려니, 한성진 남매가 내려왔
다.

"오빠, 다녀오셨어요!"

원래도 밝은 성격이었지만, 근래 부쩍 더 밝아진 한성아는
다짜고짜 나를 와락 끌어안았고, 한성진은 쓴웃음을 지으며
나를 반겼다.

"왔어?"

"응."

왠지, 이야기를 나누고 보니 '집에 돌아온 아빠를 반기는
자녀'라는 생각이 문득 들어서 괜히 덧붙였다.

"별일은 없고?"

왠지, 말하고 보니 더 그런 느낌이 물씬해졌네.

내 말에 한성진은 어깨를 으쓱이더니 내 손에 들린 택배
상자를 가리켰다.

"뭐. 별일이라고 하면 네가 주문한 저거? 그런데 저건 대
체 뭐야?"

나는 보란 듯 상자를 뜯어 내용물을 꺼냈다.

"AED…… 자동심장충격기."

"응?"

내용물에 한성진과 한성아는 의아해하며 고개를 갸웃했다.

　"혹시 그거야? 심장에 전기를 흘려보내서…….'

　"맞아. 그거. 다만 이건 일반인도 다룰 수 있게끔 만들어진 거지."

　국내에 AED(Automated External Defibrillator : 자동심장충격기) 설치 의무가 법률로 제정되는 건 2000년대가 넘어서부터다.

　그러다 보니 한성진과 한성아는 호기심으로 눈을 반짝이며 해외 직구 제품인 AED를 뚫어져라 쳐다보고 있었다.

　"그런데, 이걸 왜?"

　의아해하는 한성진에게 나는 상자를 치우며 대꾸했다.

　"있어서 나쁠 건 없잖아? 위급 상황 시 필요한 거니까."

　"……정론이긴 한데."

　"말이 나온 김에 너도 사용법은 익혀 둬. 언제 무슨 일이 벌어질지는 모르는 거니까."

　"흐음."

　한성진은 머리를 긁적였다.

　"영어인데?"

　"문맹자도 사용할 수 있게끔 그림으로 설명되어 있어. 나중에 연습해 보자."

　"끙…… 그래, 알았어."

　나도 이것이 해답이라고 생각하지는 않는다.

그래도, 어쩌면.

이걸로 이휘철의 죽음을 막을 수 있다면.

'……역사가 바뀌게 될까?'

아직 모를 일이었다.

식사를 마친 뒤, 나는 방으로 올라오자마자 컴퓨터 앞에 앉았다.

'그나저나 슬슬, 무선사업부 측도 시동을 걸어야 할 때인데.'

나는 모니터 위에 떠올라 있는 인사기록표를 살피고 있었다.

무선사업부는 스마트폰의 출시 이후, 대한민국에서만 알아주던 삼광전자의 위상을 전 세계로 끌어올린 삼광의 대표적인 사업부였다.

'하지만 이 시점에선 미래를 내다보는 정도의 유망주에 그치고 있지.'

그렇다고 해서 삼광전자가 무선사업부에 관심을 보이지 않는단 것은 결코 아니다.

지금도 ETRI며 퀄컴과 협업하여 차세대 무선통신 기술인 CDMA 기술의 상용화를 이룩하려 각고의 노력 중인 곳이니까.

'그럼……. 남경민 책임을 만나 볼 때인가?'

나는 메일을 작성한 뒤 의자에 등을 기댔다.

'아직은 좀 이른 것 같기도 하고, 흠.'

똑똑.

노크 소리에 고개를 돌리니, 한성아가 고개를 빼꼼 내밀었다.

"오빠, 안동댁 아주머니가 사장님이랑 사모님 오셨대."

"아, 내려갈게."

나는 메일 '발신' 버튼을 누른 뒤 자리에서 일어섰다.

"다녀오셨어요."

1층으로 내려가니, 고용인들은 포장이 완료된 각종 옷가지를 챙겨 분주하게 움직이고 있었다.

이제 부쩍 임산부 태가 나는 사모는 웃는 얼굴로 나를 끌어안았다.

"성진아! 우리 왕자님, 잘 있었어?"

"아, 예. 뭐……."

안 본 지 고작 며칠이나 됐다고, 사모는 몇 달 만에 보는 것처럼 호들갑스러운 모습이었다.

"그사이 별일은 없었고?"

별일이라.

용산 일대의 부동산을 사고, 그곳을 중심으로 조립형 PC 사업을 준비 중이긴 했지만.

"네, 별일 없었어요."

사모가 흥미로워할 일은 아니었다.

"에이, 별일 없으면 안 되는데. 설마, 아직 초대장을 건네지 않은 거니?"

"......아니, 뭐, 굳이......."

그사이 옷을 갈아입고 온 이태석은 평소와 다를 바 없는 얼굴로 툭 말을 던질 뿐이었다.

"오늘은 일찍 왔구나."

"예. 다녀오셨어요."

"모레엔 스케줄을 비워 둬야 한다. 알지?"

"예."

사모가 끼어들었다.

"성진아, 엄마가 가져온 옷 좀 입어 봐. 어휴, 요즘 애가 쑥쑥 자라서 사이즈가 맞나 모르겠네."

"괜찮아요. 어제 체크해 봤는데 아직 괜찮았거든요."

"그랬어? 어휴, 예뻐라."

요 며칠 입덧이 심했던 사모는 친정에 들러 요양 겸, 얼마 뒤 있을 파티에서 입을 드레스며 옷가지를 잔뜩 챙겨 왔다.

원래라면 그냥 맞춤옷을 사고 말았을 사모였지만.

「......성진이랑 희진이 때보다 배가 더 부르네.」

예상보다 부푼 배에 놀라, 일정에 맞추려 부랴부랴 친정에 들러 예전 옷가지를 가져온 참이었다.

이태석은 소파에 앉으며 무심한 척 사모에게 말을 던졌다.

"쉬어도 괜찮다니까 그러네."

"당신도 참. 그래도 맏며느리인데, 어떻게 그래요?"

"흠."

"그래도 희진이를 뱄을 때 입던 옷이 남아 있어서 다행이죠."

사모는 마침 생각났다는 듯 부산스럽게 움직이던 안동댁을 보았다.

"희진이는요?"

안동댁은 사모의 물음에 정중히 답했다.

"자고 있습니다, 사모님."

"그렇군요. 알았어요."

사모는 뒤이어 이태석의 곁에 앉으며 재잘거렸다.

"아빠랑 엄마가 희진이는 왜 안 데려왔냐고 그래서 혼이 났지 뭐예요."

"장인어른도 참. 임산부에게 애까지 보라고 하시나."

"그러게나 말이에요."

"장인어른 내외는 참석하신대?"

"아뇨, 공교롭게도 그날 일정이 있대요. 아버님께는 안부를 전해 달라고 하시던걸요."

"그렇군."

외가댁 식구가 불참한다는 소식에 이태석은 왠지 한시름 덜은 얼굴이었다.

"그보다, 성진아. 여기 와서 앉아 보렴."

기회를 봐서 슬그머니 빠져나가려 했건만, 결국 사모에게 붙들리고 말았다.

"……예."

하는 수 없이 소파에 앉으니, 앉자마자 사모가 이태석에게 일러바치듯 말을 꺼냈다.

"여보, 성진이가 아직도 초대장을 건네지 않은 모양이에 요."

"……초대장?"

갑자기 무슨 이야기를 하는 건지 몰라 잠시 어리둥절해했 던 이태석은 이내 며칠 전 식탁에서 나왔던 화제를 떠올리곤 고개를 끄덕였다.

"아, 그거."

얼마 뒤에 있을 파티.

이 집안 사람들에겐 연례행사로 굳어진 이휘철의 생일이 머지않은 시점이었고, 당시엔 용산 관련해서 머리가 복잡하 던 터라 얌전히 밥이나 먹자는 내 바람과는 달리 사모가 불 쑥 끼어들었더랬다.

「아버님, 이제 성진이도 다 큰 거 같죠?」

이휘철은 며느리가 웬 소릴 하나 싶어 어리둥절한 얼굴을 했다.

「흠, 내가 보기엔 아직 멀었지.」
「아버님도 참. 이만하면 다 큰 거 맞죠?」
「……대체 무슨 말을 하고 싶은 게냐?」

그 철혈 이휘철도 집안에서만큼은 마이페이스인 사모에게 곧잘 휘말려 가기 일쑤였다.
사모는 생글생글 웃는 얼굴로 대답했다.

「얼마 뒤에 있을 아버님 생신에 성진이가 누군가를 초대하면 어떨까, 싶어서요.」
「초대? 흠…….」

물론 이휘철은 석연찮은 반응을 보였다.
말이 '당신의 생일을 기념하는 자리'라곤 하나, 그건 어디까지나 구색 갖추기일 뿐.
실상은 비공식적이면서도 냉혹한 비즈니스의 자리나 진배없는 자리.
거기엔 이씨 가문의 일가친척뿐만 아니라 그와 관련해 콩고물을 주워 먹으려는 능구렁이들이 득실거릴 터.

그렇기에 나는 당연히 '안 된다'는 대답이 나올 것으로 예상했으나.

「뭐, 그러든가.」

이 영감탱이가 흔쾌히 수락하고 말았다.

「하긴. 과연 누굴 데려올는지, 조금 기대가 되는군.」

그렇게 말하며 이휘철은 씩 웃었다.

해서, 오늘날에 이르렀던 것인데.

이태석은 소파에 불편한 기색으로 있던 나를 물끄러미 쳐다보았다.

"누군가, 있는 거냐?"

"……글쎄요."

사모가 잽싸게 끼어들었다.

"그 왜, 여러 명 있잖아요. 민정이도 있고, 전교 회장 하는 채선아도 있고, 또 윤아름이라는 여자애도 있는걸요."

그러면서 사모는 싱글싱글 웃는 얼굴로 나를 보았다.

"요 바람둥이 같으니라구."

"……."

그런데 정작, 이태석은 한참이나 생각하다가 마지못해 사모에게 물었다.

"……윤아름? 누구지?"

"어머."

사모가 눈을 동그랗게 떴다.

"몰라요? 요즘 잘나가는 아역 배우인데. 성진이가 차린 소속사에 있는 애예요. 애가 여간 귀여운 게 아니던데. 요새 화제 만발인 그 노래도 불렀고요. 그 왜, 바이올린 콩쿠르 갔던 때 만난. 저번에 말씀드렸는걸요."

"……."

스마트폰이 있는 시대라면 당장 검색을 해서 보여 주려는 기색이었으나, 다행히 그런 시대는 아니었고.

사모는 답답해하며 발을 동동 굴렀다.

"아이 참. 당신도 보면 알 텐데. 아, 그렇지."

사모는 다짜고짜 리모컨을 조작해 TV를 켰다.

"요즘 CF도 많이 찍으니까, 채널을 돌리다 보면……. 아, 나왔다."

때마침 TV에선 몸값을 올려 새롭게 찍은 윤아름의 CF가 송출되고 있었다.

커다란 브라운관 TV 화면에선 90년대 감수성으로 찍은, 다가오고 있는 가을 분위기를 의식했을 것이 분명한 연출로 윤아름의 모습이 흘러나왔다.

'얼마 전에 촬영했다더니, 금방 나왔네.'

하긴, 물 들어올 때 노 저어야지. 스타의 화제성이란 반짝하고 빛났다가 스러지기 마련이니까.

—첫사랑의 달콤한 맛, 로제 초콜릿.

윤아름의 담담한 내레이션이 끝나자마자 사모는 고개를 돌려 이태석을 보았다.

"어때요?"

"……응? 어떠냐고 물은들……."

잠시 생각에 잠겼던 이태석이 나를 보았다.

"네가 엔터테인먼트 사업을 한다기에 조금 걱정했는데, 제대로 하는 모양이구나."

"백하윤 선생님을 비롯해서 두루 도움을 받았습니다."

"그렇군. 아, 그래. 맞아."

이태석이 사모를 보았다.

"당신, 백하윤 선생님껜 보냈어?"

"안 오신대요."

사모가 입을 삐죽였다.

"뭐, 오셔 봐야 아버님과 성진이를 두고 왈가왈부 말이 오갈 것 같다고 하시던걸요."

"아, 맞아. 하긴."

사모가 자세를 고쳐 앉았다.

"그래서 어때요? 저 애. 성진이의 파트너로, 에스코트하면."

"……."

이태석은 진지한 얼굴로 사모를 마주 보았다.

"아무리 그래도 소속사 배우와 사적으로 만나면 큰일 나지 않아?"

"……."

이태석은 쓸데없이 진지하고, 사모는 쓸데없이 가볍다.

'대체 어떻게 결혼까지 한 건지.'

사모가 고개를 들었다.

"아무튼, 성진이는 내일까지 초대장의 권리를 사용할 것."

"강제인가요?"

"음……. 맞아, 대표이사의 이름으로 명합니다."

"……."

대표이사를 뭐라고 생각하는 건지.

"못 해내면요?"

"삐질 거야."

애냐.

나는 슬쩍 이태석을 보며 도움을 요청했으나.

가재는 게 편인지, 이태석은 슬그머니 고개를 돌려 내 도움을 외면하고 말았다.

결국 나는 두 손을 들었다.

"제가 알아서 해 볼게요."

"정말?"

"네."

말은 그렇게 했지만, 애들을 데리고 다닐 생각은 없다.

나 역시 그 자리에서는 비즈니스를 해야 하고, 그런 자리에 또래 애들을 데리고 갔다간 꼼짝없이 뒤치다꺼리나 해야할 터.

'그런 의미에서 한성진이나 한성아도 당연히 논외.'

그 애들에겐 되도록 그런 자리에 얼굴을 비치게 하고 싶지 않다.

전생의 나 역시, 그 비슷한 다른 자리에 우연히 참석했다가 적잖은 곤혹스러움을 느꼈으니까.

'그땐 말 붙일 사람이 없어서 그랬나.'

잠시 생각에 잠겨 있으려니 사모가 이태석의 옆구릴 쿡쿡 찔렀다.

"봐요, 고민하는 거. 우리 성진이는 고민할 게 많아서 좋겠네."

그러는 댁은 고민할 게 없어서 부럽구만.

"아, 혹시 그렇게 말해 놓곤 아무도 안 데려오는 건 아니지?"

사모의 말에 속이 뜨끔했다.

"아니, 저, 아무래도 늦은 시간이고…… 또 당사자의 의향도 물어봐야 하는 일이라서."

"그래? 엄마 생각엔 성진이가 말하면 다들 따라와 줄 거라고 보는데.”

“글쎄요.”

“어휴 참. 쟤는 자각이 있는 건지, 없는 건지.”

“…….”

“그러잖아도 성진이 네 몫의 초대장만 늦고 있잖니. 이것
도 사전에 예약을 해야 하는 건데. 맞아, 아니면, 셋 다? 그
것도 재밌겠다.”

뭐래.

다만 확언할 수 있는 건, 어쨌거나 김민정은 논외일 거란
사실이다.

‘……아, 그렇지. 김민혁이나 데리고 갈까.’

아니면, 윤선희 대리를 초대해서 이남진과 엮어 줘도 되
고.

대상을 굳이 또래 여성으로 한정한 건 아니니까, 뭐 어떠
랴.

그렇다곤 해도.

정작 학교에 도착해서 김민정에게 말을 전하려니 왠지 모
르게 속이 더부룩했다.

‘먼저 말을 걸 계기도 마땅찮고.’

그렇게 미루다 보니, 하교 시간이 다가오고 있었다.

"끙…….."

아니, 뭘 그렇게 신경 쓰고 그러나, 싶지만.

기묘하게도 웬 종일 신경이 거슬리는 일이었다.

"성진아, 왜 그래? 배 아파?"

앞자리의 김민정은 힐끗 쳐다보고 말 뿐이었지만, 정서연은 친절하게도 안부를 물어 주었다.

"아니, 그냥. 단순한 스트레스."

"……스트레스…… 심호흡해, 심호흡. 스트레스엔 심호흡하면 좋대."

정서연은 다소 낯을 가리는 편이었는데, 그래도 저번 일이 있고부턴 이럭저럭 사람을 가려 붙임성 좋은 모습을 보여 주곤 했다.

"아니, 별일은 아니야. 신경 써 줘서 고마워."

"아, 아니…….."

그러더니 우물쭈물, 다시금 낯을 가리는 양 고개를 숙였다가 벌떡, 자리에서 일어섰다.

"나, 화장실 좀 다녀올게."

왜 굳이 내게 보고를?

똥 싸러 가나.

"그러게."

웬일인지. 김민정이 툭 말을 던지며 몸을 뒤로 돌렸다.

"이성진 너는 고생을 사서 하는 타입이잖아? 한군을 본받 도록 해."

"엥, 나?"

김민정 옆자리의 한성진은 갑자기 얌전히 있던 자신을 걸 고넘어지니 의아해하며 끼어들었다.

"내가 왜."

"왜, 한군은 스트레스 같은 거 없이 잘만 지내는걸."

"……왠지 나는 아무 걱정이 없는 것처럼 들린다?"

"틀린 말 했어?"

"나도 나름의 고민이 있는, 사춘기 소년이거든."

"무슨 고민인데?"

"……어, 음. 글쎄."

"봐, 고민이 없다는 게 고민일 지경이잖아."

"……끙. 스플렘 무엇."

"스플렘?"

"그런 게 있어."

"너, 요즘 이성진 닮아 가니? 가끔 이상한 신조어 같은 걸 말하고 그러던데. 니들이 그러니까 성아가 나쁜 말 배워서 따라 하잖아."

됐다.

티격태격하는 애들을 보고 있으려니, 내가 잡생각이 많았 구나, 싶어졌다.

나는 책상 서랍에 넣어 둔, 네모반듯한 편지지 봉투를 꺼
냈다.

　"김민정."

　"왜?"

　"이거 받아."

　"……어?"

　김민정은 어째, 내가 내민 편지 봉투를 보고 흠칫하더니
슬쩍 몸을 뒤로 물리며 힐끗 주위를 살폈다.

　"뭐, 뭔데? 이게?"

　"초대장."

　"초대……장?"

　좋아, 건넸다.

　나는 미뤘던 일을 해낸 것에 금세 속이 후련해지는 걸 느
끼며 고개를 끄덕였다.

　"응. 민혁이 형한테 전해 줘."

　내 대답에 김민정은 눈을 껌뻑껌뻑 하더니 이내 발끈하며
미간을 찌푸렸다.

　"그런 걸 먼저 말했어야지. 내가 오빠랑 네 심부름꾼이
니?"

　"미안. 오늘은 좀 바빠서 그래."

　"치."

　투덜거리면서도, 김민정은 왠지 안도하는 얼굴로 봉투의

앞뒤를 살폈다.

"포장이 고급스럽네. 열어 봐도 돼?"

"그러든가."

부스럭부스럭 금박 인장을 뜯어낸 김민정은 내용을 살피곤 눈을 동그랗게 떴다.

"내일이네? 와, 신화호텔. 아, 할아버지 생신이구나?"

"응."

"축하드린다고 전해 줘. 흐음, 가면 맛있는 거 많이 나오겠다."

"아, 글쎄다. 그다지 기대할 건 아닐걸."

"명색이 신화호텔인데?"

"이번엔 뭘 먹으러 모이는 곳이 아니니까. 끽해야 핑거 푸드겠지. 그런데, 왜. 설마 너도 오려고?"

"동반 가능이라 적혀 있는데. 그보단 왜 설마라는 말이 붙는 거니? 그냥, 나는 신화호텔은 한 번도 안 가 봐서 조금 궁금했을 뿐이야."

그러더니 김민정은 묻지도 않은 말을 미주알고주알 털어 놓았다.

"뭐, 얼마 전에 여행 갔던 경험이랑 대조해 보면 어떨까 싶어서."

"아서라, 애들이 갈 만한 곳이 아니야. 안 그랬으면 나도 그냥 한군이랑 성아 데려갔지."

옆에선 정황 사정을 아는 한성진이 고개를 끄덕였다.

김민정은 그런 한성진을 힐끗 째려봤다가 나를 보았다.

"……너도 애면서, 무슨."

"나야 가족이니까."

"……그것도 그러네."

이어서 김민정은 정서연이 돌아오는 걸 보곤 봉투를 쏙, 눈치라도 보는 것처럼 가방 속에 집어넣었다.

4장

SJ컴퍼니의 남경민 책임은 본래 삼광전자 멀티미디어 사업부의 플랫폼 기획팀 소속이었다.

그는 삼광전자의 자회사인 SJ컴퍼니의 설립과 동시에 파견 근무 형태로 전출을 권유받았고, 그 결과 사무실 책상은 그대로인 채 보직이 변경되었다.

그렇게 현재 남경민의 직책은 SJ컴퍼니의 전략기획실장, 책임 직급.

책임.

차과장에 준하는 직책이고, 갓 과장 직책을 달았던 삼광전자 시절에 비해도 문제는 없는 직급이었으나, 그 자체에 별다른 의미는 없어 보였다.

그러나 다만 그에게 오는 것은 단순한 서류 작업일 뿐이며, 서류에 기재된 것은 그에게 별다른 일을 기대하지 않는다는 흔적뿐이었다.

그저 물건의 유통을 옮겨 적고, 이를 전산망에 기재하며 보냈을 뿐인 시간들.

그를 따라 전출 온 동료들은 남경민 책임의 주위에 모여들어 있었지만 느티나무 아래 모여 장기를 두는 노인네들처럼, 그들은 기약 없는 대기발령의 나날을 보내는 중이었다.

「설마, 이대로 구조 조정을 하려는 걸까요? 이런 호황기에?」

오지랖 넓은 이세라 대리의 말과 달리 무언가, SJ컴퍼니가 많은 일을 벌이고 있다는 것은 안다.

'업무도 완전히 내다 버리는 그런, 현업과 무관한 것은 아니고.'

그러나 SJ컴퍼니 휘하에 SJ의 이름을 내건 또 다른 여러 자회사가 하는 일은 삼광이 할 만한 일은 아닌 것들이었다.

남경민은 그럴 때면 이태석 사장이 직접 그를 찾아와 인사과 직원을 곁에 두고 마주하던, 얼마 전의 일을 떠올리곤 했다.

「남경민 과장, 바란다면 언제든 복직도 가능합니다.」

그것이 공허한 다짐처럼 여겨질 즈음.

남경민은 서류상의 이름만 보아 오던 이성진 사장으로부터 만남을 청한다는 이메일을 받았다.

이성진 사장.

그는 서명선 대표이사와 마찬가지로 회사에 얼굴을 비치는 일이 없었다.

마치 자신은 회사 업무 전반에 일체의 터치를 하지 않겠다는 양.

더욱이.

이번 만남 역시 대외적으론 그럴 의사가 없다는 듯이, 이성진 사장은 회사 바깥에서 개인적인 만남을 청해 왔다.

그래서일까. 그에겐 이성진 사장이 남경민 본인과 개인적인 만남을 청하는 것조차, 남경민을 회사와 분리된 오롯한 개인으로 취급하는 느낌을 받았다.

메일을 확인한 남경민이 묵묵히 출장 근태를 기록하고 짐을 챙기자, 여전히 같은 사무실 층을 공유하고 있는 이세라 대리가 툭하고 말을 붙였다.

"어디 가세요?"

"업무상 외출입니다."

"……그래요?"

이세라는 파티션에 팔을 괸 채로 말을 이었다.

"그래도 뭔가 일을 하고 있긴 하는 모양이네요."

그렇게 말한 이세라는 스스로도 그런 자칫 무례하고 주제넘은 말을 한 것이 놀랐는지, 허둥지둥 말을 이었다.

"아니, 그게 아니라, 외출이 필요한 일을 하시는 줄은 몰랐다는 거예요. 보통 영업상의 미팅이 있을 때나 외출을 하잖아요? 남경민 책임님께서 그런 일을 하실 줄은 몰라서."

남경민은 그런 그녀에게 예의상의 시선만 힐끗 던진 뒤 서류 가방을 챙기곤 자리에서 일어섰다.

"……추후 업무상 공유가 필요해지면 부탁드리겠습니다."

이세라는 아랫입술을 살짝 깨물었다가 남경민의 자리에서 한 걸음 뒤로 물러섰다.

"내일 뵈어요."

"예."

회사를 나온 남경민은 이성진과 만나기로 한 장소에 가서 그를 기다렸다.

이성진은 회사와 먼 곳에 위치한, 프랑스어를 간판으로 내건 카페에서 만나자고 했다.

레코드판 위에 얹힌 에디트 피아프의 노랫소리가 잔잔하게 흘러나오는 카페는 한적했다.

잔 속에 담긴 커피가 묵묵히 식어 갈 즈음 웬 소년이 불쑥, 그가 앉은 자리로 다가와 미소를 건넸다.

"남경민 책임님이시죠?"

소년, 이라고 했지만.

상대는 소년이라는 어휘에 담긴 어중간한 구성 맥락에도 어울리지 않는, 어린이였다.

어딜 봐도 국민학생.

다짜고짜 알은체를 하는 어린이를 보며 남경민은 누군가 아이를 시켜 말을 전하는 것이라고 언뜻 생각할 지경이었지만.

"그……렇습니다만."

남경민은 자연스럽게 하대를 하려다가 저도 모르게 말을 높였다.

"처음 뵙겠습니다. SJ컴퍼니의 사장 이성진입니다."

넉살 좋게 뱉은 이성진의 말에 남경민은 순간 먼 곳에서 들려온 아무 의미도 없는 단말마를 들은 듯한 표정을 지었다.

"……예."

남경민은 마음 속 감정을 드러내는 대신 그저, 짧게 그 소개를 받았다.

그러고 보니, 어딘가 이태석의 모습을 떠올리게 하는 외모였다.

'대표이사의 이름에서 짐작은 했지만, 정말로 이태석 사장님의 아들이었나 보군.'

다만 왠지 모르게 냉랭한 분위기마저 풍기는 이태석과는

달리, 이성진의 앳된 용모에 깃든 부드러움 속에는 사람을 자석처럼 끌어당기는 살가움이 있었다.

그 살가움은 자라서도 여전히 그 말간 얼굴에 깃들어 있으리란 확신을 주는 외모인 한편, 그 살가움이란 어딘지 모르게 가면처럼 느껴지기도 했다.

그래서 또, 역시나 자석처럼.

한편으론, 극성의 상대는 가차 없이 밀어 보낼 준비도 되어 있단 느낌도 받을 수 있었다.

인사를 마친 이성진은 남경민에게 아이답지 않은 자연스러운 미소를 건넸다.

"제가 조금 늦었죠, 죄송합니다. 학급 회의가 늦게 끝나서요."

그거에는 또한 아이답지 않은 정중하고 성숙한 어휘와, 아이다운 미성에 섞인 아이다운 사유(事由)가 이국적인 카페의 풍취와 어우러지며 남경민에게 몹시 낯선 기분을 느끼게 했다.

그래서 차라리, 남경민은 이 비현실적인 상황에 사고와 의식을 맡겨 버릴 수 있었다.

"아닙니다. 앉으시죠."

이성진은 짧게 고개를 끄덕이곤 남경민의 맞은편에 자리를 잡았다.

"다짜고짜 어린이가 사장이랍시고 나타났는데, 그다지 놀라지 않으시네요. 아, 이미 짐작하셨던 일인가요?"

이성진은 자조인지 농담인지 모를 말을 건넸지만, 남경민은 오히려 지금 이 상황이 놀랄 겨를조차 없다는 것에 가깝다고 생각했다.

그래서 담담하게 대꾸했다.

"……오너의 나이가 중요한 건 아니니까요."

그렇다곤 해도 줄곧, 삼광전자의 자회사인 SJ컴퍼니가 분명 이씨 가문과 관련된 오너 경영의 연장선일 것이라는 생각은 해 왔다.

다만, 생각은 해 오곤 있었지만, 그 당사자가 자신이 모르는 이씨 일가의 먼 친척쯤의 일이라고 생각했던 것을 설마하니 이런 어린이 사장님 아래에서 일을 해 오고 있었을 줄은.

그래도 어쨌건 아들을 앞혀서 하는 일이니 매사 진지하고 엄중한 이태석 사장이 직접 나설 만한 일이긴 하구나, 하는 생각은 들었다.

"오너의 나이가 중요한 건 아니다……. 예, 개인적으론 만족스러운 답변이군요."

이성진은 이어서 종업원을 불러 오렌지 주스를 주문한 뒤 남경민을 바라보았다.

"제가 오늘 남경민 책임님을 직접 만나 뵙고자 한 건."

이성진이 운을 떼는 짧은 사이, 남경민의 뇌리에 이세라가 말한 '구조 조정'이라는 단어가 짤막하게 스치고 지나갔다.

"토막 시간이 난 김에 비임원사원의 대표인 남경님 책임을 통해 업무 환경을 확인하는 것도 겸하고 있습니다."

"예."

상당히 사무적인 태도로.

그러나 언뜻 느끼기론 부드럽고 사근사근한 말씨로 이성진이 말을 이었다.

"서류는 완벽했습니다만, 직접 얼굴을 마주하며 할 수 있는 이야기도 있으니까요. 그사이 대강의 업무는 파악하셨겠죠?"

다소 농담조이긴 했으나, 남경민은 왠지 가시를 느꼈다.

다만 그 스스로는 본질적으로 좀처럼 감정을 드러내는 사람이 아니었기 때문에 이를 내색하지 않을 수 있었다.

"삼광전자 내부의 부서 간 업무 연동을 말씀하신 거라면, 그렇습니다."

이성진은 남경민의 대답이 만족스럽다는 듯 얼굴의 미소가 더욱 짙어졌다.

"다행이군요. 저는 남경민 책임님께서 혹여나 별 볼일 없는 일이라 여겨 소홀히 하지는 않을까 저어했거든요."

SJ컴퍼니로 전출 이후, 그들은 그간 삼광전자의 다른 부서가 행하던 단순 반복 서류 작업을 도맡아 행하고 있었다.

고과에 영향을 끼치는 일도, 그렇다 해서 중요하지 않은 일인 것도 아니었지만.

각 부서가 여간한 중견 기업 규모 수준인 대기업이서 그랬을까, 타 부서 간에는 업무 내적으론 보이지 않는 각자의 영역이 있었다.

같은 회사 내의 일이어도 금형을 다루는 부서의 일, 유통의 일, 무선사업부의 일, 백색 가전을 다루는 일 등이 분리되어 각각의 임원급이 책임지는 부서 내 환경이나 분위기가 사뭇 달랐다.

이는 성과에 따른 보너스 수급에도 영향을 끼쳤고, 같은 '삼광전자'인이라 할지라도 부서의 분기별 실적에 따라 고과의 차이가 천차만별.

그렇기에 전출이나 전입에서도 타 부서의 영역에는 여간해선 관여하지 않는 것이 일종의 불문율이었다.

그리고 SJ컴퍼니는 그런 부서 간의 알력 다툼에서 배제되어 기름칠을 해 주는 역할을 오롯이 자처하고 있었던 것인데.

이성진과 몇 마디 대화를 나눠 보고 나서부터, 남경민은 소일거리 같은 업무만을 맡아 오던 것이 이성진의 계획된 인사관리였음을 알았다.

다만 궁금한 것은 있었다.

"사장님."

말하고 보니 국민학생에게 붙이긴 참 아이러니한 직책이라고 생각하면서.

"그럼 사장님께서는 본사의 창립 목적을 삼광전자의 자회사로서 각 부서별 업무를 부서 간에 연동시키는 것으로 규정하신 겁니까?"

이성진은 남경민의 말에 다소 흥미로워하는 얼굴을 보였
다가.

"그것도 포함하는 거죠."

대답하며 미소를 지었다.

"정확히 말하자면, 돈 되는 일은 다 하려고 합니다."

"돈이 되는 일……."

명확한 목표인 듯하면서도 한편으론 국민학생이나 떠올릴
법한 막연한 이야기였다.

남경민은 잠시 생각하다가 말을 이었다.

"마이티 스테이션을 비롯한 각종 비품의 대량 발주는 확인
했습니다."

"예. 거기엔 SJ컴퍼니의 각종 자회사들과 SJ컴퍼니가 지분
을 보유하고 있는 여러 회사가 포함되어 있죠."

이성진은 별것 아닌 일을 이야기하듯 말했다.

"그리고 SJ컴퍼니는 삼광전자뿐만 아니라 그런 여러 회사
들의 허브 역할을 도맡아 하게 될 겁니다."

"……예."

문득 이세라 대리의 '구조 조정' 운운했던 발언은 터무니없
는 기우였단 사실이 새삼 느껴졌다.

동시에 다소 막연했던, 이성진의 '돈 되는 일'이라는 말이
그다지 멀게 느껴지지도 않게 되는 기묘한 경험까지.

이성진이 말을 이었다.

"현재 SJ컴퍼니는 소프트웨어 개발사와 업무 연동을 겸하며 외적으론 바른손레코드와도 협력해 엔터테인먼트 사업 부문에도 진출 중입니다. 윤아름이라고, 아세요?"

"그분은 누구십니까?"

순간 이성진은 나이에 걸맞은 맹한 얼굴이 되었다.

"……요즘 제법 핫한 연예인인데요."

"죄송합니다. TV를 잘 보지 않아서……."

"……어쨌거나 윤아름은 저희 자회사인 SJ엔터테인먼트의 소속 여배우입니다."

"다음부턴 미리 알아보도록 하겠습니다."

"……뭐 굳이 그러실 필요는 없고요."

이성진은 다소 시무룩한 얼굴로 빨대를 입에 물더니 종업원이 놓고 간 오렌지 주스를 쪽, 빨아먹었다.

"어쨌건 저는 SJ컴퍼니가 분야를 가리지 않고 다방면에서 활동하고 있다는 걸 전해 드리고 싶어서였습니다."

"이해했습니다."

듣고 보니 남경민은 이성진 사장 스스로도 멀티미디어 사업부 출신 임직원들이 불안을 느끼지 않게끔 신경 써 주고 있었다는 걸 알았다.

지금껏 나눈 대화를 돌이켜 보면, 이성진 사장은 그런, 남경민의 심층 심리 안쪽에 켜켜이 쌓였던 모종의 불안감을 해

소해 주고 있었으니까.

이성진은 남경민을 물끄러미 보다가 고개를 저었다.

"좀 더 단도직입적이어도 되겠네요."

혼잣말인지 아닌지 모를 말을 뱉은 이성진은 일순 표정을 진지하게 고쳤다.

"그러면 그다음 업무 이야기를 해 보죠."

그다음 업무.

화두를 던진 이성진은 지체하지 않고 책가방을 열어—책가방을 보며 남경민은 또 한 번 새삼스러움을 느꼈다—종이 뭉치를 꺼내 남경민에게 내밀었다.

"읽어 보시죠."

남경민은 가타부타하는 일 없이 이성진이 내민 서류를 받아 살폈다가 고개를 들었다.

"CDMA(Code-Division Multiple Access)……?"

이성진이 고개를 끄덕였다.

"예. 어쩌다가 알게 된 PC 잡지 기자님을 통해 받았습니다. ETRI(에트리 : 한국전자통신연구원)에서 흥미로운 프로젝트를 진행 중이라고 하네요."

국민학생의 입에서 웬만하면 나오기 힘든 것들이 언급되었지만, 남경민은 여전히 이를 내색하지 않는 얼굴로 받았다.

"예. 미국의 퀄컴사와 함께 차세대 무선통신 기술을 공동 개발하고 있다는……. 알고 있습니다."

"그렇군요."

CDMA.

코드분할다중접속 기술.

원래는 군용으로 개발되었던 것을 한국의 ETRI와 상용화하는 시도라고 했다.

"천천히 읽어 보세요."

남경민은 이성진이 내민 서류를 앉은 자리에서 꼼꼼히 읽었다.

CDMA.

80년대 말, 미국의 퀄컴사가 개발한 이 무선통신 기술은 정작 미국 현지에선 큰 주목을 받지 못했다.

그 시기, 미국과 유럽은 이미 TDMA(Time-Division Multiplexing Access) 통신 칩 기술을 업계 표준으로 선정하고 있었다.

퀄컴사가 가지고 온 CDMA 방식은 이론상으론 기존의 TDMA-GSM을 상회할 만한 기술이었지만, 이를 대하는 미국 내의 이동통신 시장의 관점은 회의적이었다.

'이게 상용화가 가능하겠냐는 느낌이었지.'

결국 이리저리 차이던 퀄컴 측은 이 CDMA 기술을 가지고서 한국의 ETRI와 '우연히' 접촉하게 된다.

당시 모토로라와 공동 기술 개발 협상을 하러 미국으로 출장 온 ETRI 측 인물은 별다른 성과를 보지 못하고 귀국길에 오르게 됐다.

그러던 와중 미국에서 근무 중이던 옛 지인을 통해 퀄컴이 CDMA 기술의 필드 테스트를 성공적으로 시연했단 것을 전해 들었고, 귀국 후 이를 ETRI 측에 보고하게 된다.

이 시기, 한국 역시 목이 마르긴 마찬가지였다.

실패로 끝났다고 점쳐지는 타이컴 프로젝트 역시 자국의 기술력으로 자체 생산한 슈퍼컴퓨터를 만들어 보자는 취지에서 나온 것이니만큼, 이 시기의 대한민국은 원천 기술을 외국 기업에 의존하고 있었다.

이대론 국제 경쟁력에서 뒤처지고 말 거란 우려가 확산되었고, 이런 상황에 퀄컴—원천 기술은 갖추고 있으나 팔리질 않는—과 한국 정부—의지는 있으나 기술이 없는—의 이해관계가 일치했다.

퀄컴은 한국과 손을 잡았다.

'91년도였나.'

퀄컴과 ETRI는 기술 개발의 합작 협정을 맺으면서, 퀄컴은 자사 기술에 대한 로열티와 로열티 수입의 20%를 연구 기금으로 기부하기로 약속했다.

이러한 여러 시행착오 끝에 둘은 연구 개발에 착수했고,

그 결과 퀄컴과 ETRI는 1996년 CDMA 기술의 상용화에 성공한다.

이는 상업적으로도 성공적인 결과를 불러왔다.

이즈음, 전 세계적으로 무선통신 기술에 관한 수요가 폭증하기 시작했고, CDMA는 이때부터 그 진가를 발휘하기 시작한다.

CDMA 기술은 다른 무선통신 회선망에 비해 보안에서 앞서갔을 뿐만 아니라, 이용자가 늘어난 새로운 시장에서 안정적이고 뛰어난 통화 품질을 앞세우며 시장을 잠식해 나가기 시작한 것이다.

그 뒤 미국의 무선통신 시장은 기존 TDMA-GSM을 몰아내면서 CDMA가 주도하는 판국으로 변하고, 2000년대엔 CDMA를 사용하는 업체가 급격하게 늘어나게 된다.

이른바, 2G(2nd Generation) 기술의 지평을 열어젖힌 것으로.

지금이야 2G며 피처(feature)폰이라는 말이 한물간 구식 세대 핸드폰을 일컫는 멸칭에 가까워졌지만, 당시 그 자체는 무선통신 시장의 혁신이었다.

CDMA를 통해 핸드폰 시장은 단순히 전화 통화만을 주고받던 것에서 벗어나 문자메시지, 이미지 전송, 모바일 네트워크 접속 등이 가능해졌다.

이후 휴대전화 통신 칩 시장은 CDMA를 중심으로 한 체계로 개편되고, 퀄컴과 손을 잡았던 대한민국 또한 그로 인해 해외 시장에 자국의 휴대전화를 수출할 기반을 마련하게 된다.

동시에 퀄컴은 해당 기술의 로열티를 바탕으로 3세대, 4세대로 무선통신 기술로 이어지는 각종 특허를 비롯해, 연 30조 원 규모의 매출을 자랑하는 대기업으로 성장했다.

하지만 이 상황을 두고, 역사는 공동 개발에 들어갔던 한국보다 퀄컴 측의 협상 능력에 손을 들어 주었다.

'왜냐면 팔려도 너무 잘 팔렸거든.'

CDMA의 성공으로 인해 사실상 통신 칩 시장은 퀄컴의 반독점 형태로 흘러가게 되었고, 이는 퀄컴이 대표적인 팹리스(Fabless : 부품을 위탁 생산하는 방식의 반도체 회사) 기업으로 우뚝 발돋움하는 계기를 마련했다.

이는 추후 스마트폰 시장으로 무선통신 시장이 재편된 이후에도 이어지며, 유수의 스마트폰 제조사들은 일명 '퀄컴세(稅)'라 불리는 통신 칩 로열티를 꾸준히 납부하게 된다.

그건 CDMA를 공동 개발했던 한국에게도 예외는 없어서, 결국 우리는 닭 쫓던 개가 된 꼴로 손가락만 빨게 됐다는 것이 중론이었다.

분명 CDMA 기술을 세계 최초로 상용화하고 이를 무선통신 시장에 납입한 것까진 좋았지만, 이후 스마트폰 등을 통해 여러 글로벌 기업을 탄생시킨 뒤로도 이 '퀄컴세'를 납부해야 하는 것이 어딘지 섭섭하게 느껴진 까닭이었다.

'결과적으론 모토로라 등이 지배하는 무선통신기 시장에 개입할 기술 경쟁력을 갖추기도 했지만 말이지.'

그러니 이를 두고서 '은혜도 모른다'고 치부해 버리긴 그렇다.

일설에는 앞서 이야기한, 퀄컴이 ETRI에 기부한 연구 기금의 액수가 막대해 국정감사 시즌이면 진땀을 흘릴 지경이라고.

그러니 그들도—계약서에 명시된 내용이라곤 하지만—할 만큼은 했다고 할 수 있겠다.

더욱이 기업의 목적은 영리 추구고.

ETRI 측도 TDMA에서 파생된 GSM 방식의 통신기술을 견제하기 위해 CDMA 원천 기술을 가진 퀄컴을 끌어들여 전략적 협업을 한 것이었으니.

사실, 당시만 해도 ETRI가 퀄컴과 접촉한 것은 모토로라와 협업을 제의했다가 매몰차게 거절당한 뒤 '어쩔 수 없이' 손을 잡은 것에 불과했다.

'하지만 여기에 SJ가 개입한다면, 무언가 할 수 있겠지.'

이 시기는 아직 퀄컴이 주목받기 전이다.

아니, 주목은 받고 있지만, 정확히 말하자면 주류인 TDMA에 밀려 그들이 가진 진가가 증명되기 전이었다.

'퀄컴에 개입할 수 있는 시기는 두 번. 아직 CDMA가 상용화되기 전인 지금, 또는 하드웨어 사업에 진출했다가 폭망

한 98년.'

그러니 나는 남경민을 통해 삼광과 퀄컴 사이에 교두보를 놓으려 생각하고 있었다.

최기성 기자가 정리해 내게 건네준 서류의 내용은 아직 잡지에 싣기 전의 정제되지 않은 날것으로, 오히려 그렇기에 겉핥기식이 아닌 제법 심도 있는 내용으로 이루어져 있었다.

달그락, 하고 각진 얼음이 유리컵 위에서 굴러 떨어졌다.

그에 맞추기라도 한 양 남경민이 입을 열었다.

"다 읽었습니다."

"아, 예. 그럼 이야기를 해 보죠."

나는 쓰고 있던 노트의 새로운 페이지를 펼치며 말을 이었다.

"어떻게 보셨나요?"

"음."

남경민은 나를 살피며 신중하게 대답했다.

"사장님께선 SJ컴퍼니가 ETRI의 CDMA 기술 상용화에 협력했으면 하십니까?"

"그렇게 되면 좋겠지만, 현실적으론 어렵겠지요."

이번 사업에는 ETRI와 퀄컴뿐만 아니라 타이컴 프로젝트와 마찬가지로 삼광, 금일, 대호, 한대가 연구 개발에 참여, 협력 중이었다.

즉, 이는 대한민국 정부가 주도하는 사업이라는 의미였다.

이런 상황에서 삼광전자의 자회사에 불과한 SJ가 덜컥 끼어들 수도, 또 사실 여기에 끼어들 만한 인재도 없었다.

다만.

지금은 타이컴의 실패가 점쳐지는 시점이어서, 각 그룹은 하나둘 핵심 연구원을 배제시키고 있는 상황이기도 했다.

그 결과 CDMA의 상용화 단계에 이르러선 결국 ETRI의 연구원들과 퀄컴 측이 대부분의 구실과 명분, 파이를 나눠 가지게 된다.

'만일 여기에 역사와 달리, 삼광이 적극적으로 나서 준다면. 어떻게 될까.'

나는 빙긋, 미소를 지었다.

"저는 퀄컴의 입장에서 지원할 수 있다면 좋을 것 같다고 생각 중입니다."

"……퀄컴 말씀이십니까?"

"예. 들으니 퀄컴 측은 현재 재정적으로 아주 건전한 상황은 아닌 것 같더군요."

"……즉슨, SJ컴퍼니가 퀄컴에 투자하는 방향을 통해 협력 관계가 되길 바라시는 겁니까?"

"그렇습니다. 아니, 주식을 확보하는 일도 병행할 겁니다만, 정확히는 연결 고리를 만들어 주자는 거죠."

나는 차분히 말을 이었다.

"퀄컴은 현재 반도체 설계 기술은 있으나, 그들이 필요로 하는 규모에는 미치지 못하고 있습니다. 여기에 삼광의 반도체 생산능력이 들어갈 수 있다면 어떨까요?"

"……"

이 시기, 삼광은 세계 최초로 256D램을 개발하며 주목을 받고 있었다.

또, 동시에.

이 시기의 퀄컴은 CDMA 핸드폰 대량 생산을 위한 업체를 찾느라 고심 중이기도 했다.

"저는 그들의 지분을 확보한 상황에서 CDMA 사업에 개입해 볼까 합니다."

이어서.

"그리고 그 일의 책임자로 남경민 책임님을 생각 중인데, 책임님 생각은 어떠신지요?"

남경민은 나를 물끄러미 쳐다보았다. 다만 내 제안에 적잖이 당황했는지, 그 무표정한 얼굴의 눈동자가 흔들렸다.

"그 일의 책임자로 저를…… 말씀입니까?"

"예."

"하지만."

남경민은 반사적으로 무어라 반박하려다가 입을 꾹 다물

었다.

나는 남경민이 무슨 생각을 하는지 알 것 같아서 먼저 선수를 쳤다.

"혹시 경력이며 나이 때문에 그러시는 건가요?"

경력, 나이.

이 두 가지를 말한 것이 다름 아닌 국민학생의 입에서 흘러나온 것이니 그 자체에 아이러니함을 느끼기라도 했다는 양 남경민의 입가가 씰룩였다.

"……아무리 그래도 경영과 현장 업무는 다르지 않겠습니까."

일종의 비아냥일까, 잠시 생각했지만.

남경민은 정말로 별다른 의미 없이 한 말일 터.

"그보단 제안이 다소 갑작스러워서 그랬습니다."

나는 고개를 끄덕였다.

"흐음, 뭐 남경민 책임께서 그렇게 생각하신다면 다른 적임자를 찾아보겠습니다."

슬쩍 찔렀더니 남경민이 움찔했다.

내가 아는 남경민은 일 욕심이 적잖은 사람이다.

평소 행실은 조용하지만, 자신이 할 수 있다고 자신하는 분야에 관해서만큼은 주도적으로 상황을 이끌어 갈 줄 아는 사람.

남경민은 이번 제안을 덥석 물지 않고 한 걸음 뒤로 물러서서 관조하고 있었지만, 내 발언에서 그저 한번 찔러 볼 뿐인 허무맹랑한 이야기가 아님을 느꼈는지 무의식중에 몸을 앞으로 살짝 기울였다.

"사장님께선 그럼, 저희 회사가 이번 업무에 어떤 식으로 개입할 수 있을 것이라고 보십니까?"

"방향 자체는 앞서 말씀드린 대로입니다. 해외 법인을 통하여 퀄컴의 지분을 확보하는 동시에 CDMA 통신 칩의 OEM을 받아 삼광 측이 이를 생산하게끔 만들 겁니다."

말하면서 나는 최기성 기자를 통해 받은 다른 서류를 내밀었다.

"말씀드린 대로 퀄컴 측은 주문형 반도체 생산을 위한 제조업체를 알아보느라 제법 고심 중입니다. 이건 관련한 자료입니다."

실제로 퀄컴은 CDMA 수요를 감당하기 벅차 직접 하드웨어를 생산하려 했고, 이 시기 증자를 통해 생산 시설 부지를 확보하는 데 안간힘을 쓰고 있었다.

남경민은 잠시 아무런 말 없이 서류를 읽다가 고개를 들었다.

"퀄컴 측도 성공에 대한 확신이 없고선 내리기 힘든 결행이군요."

"그렇죠."

하지만 그 과도한 자신감은 결국 90년대 말, 퀄컴의 대규모 구조 조정으로 이어지며 그들로 하여금 팹리스로 남도록 방향성을 확고히 하는 결과를 빚었다.

남경민은 잠시 생각하더니 다시 말을 이었다.

"그리고 제 생각에는 사장님께서도 CDMA의 결과물이 상업적으로 훌륭한 결과를 빚을 것이란 걸 확신하시는 것 같습니다."

"그래 보여요?"

"……사장님께서 가져오신 서류에서는 그렇게 보입니다."

남경민은 서류를 힐끗 살피곤 텅 빈 커피 잔을 내려다보더니 입을 꾹 다물었다가 다시 뗐다.

"만일 제가 하겠다고 하면, 모회사 측에도 지원을 요청할 수 있습니까?"

거의 다 넘어왔군.

나는 미소를 지었다.

"다만, 사장님."

남경민은 나를 물끄러미 보았다.

"사장님께서는 제게 모든 일을 일임하겠다고 말씀하셨지만, 분명 한계는 있습니다."

앞서 말한 경력과 나이의 문제였다.

이번 일은 어느 정도 윗급, 그러니까 나이며 직책이 받쳐주는 위치에서야 막힘없이 진행할 법한 일이었으므로.

그러나.

"문제없습니다."

나는 흔쾌히 대답했다.

"제가 지원해 드릴 수 있는 것이 있다면 기탄없이 말씀해 주세요. 할 수 있는 선에서는 최선을 다해 볼 테니까요."

나는 미소 띤 얼굴로 말을 이었다.

"제게도 몇 명, 지인이 있거든요. 높으신 분들로 말이죠."

그 말에 남경민은 시시한 농담을 들은 것처럼 쓴웃음을 지었다.

내가 이휘철의 손자이며 이태석의 아들임을 새삼스레 재 자각한 얼굴이었다.

"알겠습니다."

거기에 덧붙였다.

"그러잖아도 이미 몇 가지 분야에 관해선 이야기를 마쳐 둔 상황입니다."

나는 남경민에게 앞으로 SJ컴퍼니가 나아갈 비전을 제시했다.

"삼광네트워크와 진행 중인 프로젝트도 있고, 관련해서 업무 분담이 이루어지고 있습니다. 관련해서도 추후 인수인계를 해 드리지요."

"삼광네트워크 측과 말씀입니까?"

"예. 현재 포털 사이트 구축에 힘쓰고 있거든요."

그 말에 이어 한 가지 패를 더 끄집어냈다.

"관련해서도 제 지분이 제법 되는 편입니다."

내 말을 들은 남경민은 한참 동안 생각에 잠겨 있더니 고개를 끄덕였다.

"그렇군요. 저 역시도 몇몇 회사 업무를 진행하며 안면을 튼 분들이 삼광전자에 있으니 관련 사업부와 연계도 가능합니다."

"잘됐군요."

"아닙니다. 사장님께선 당초부터 이런 일을 염두에 두고 계셨으니까요. 제가 드리는 말씀은 어디까지나 결과론일 뿐입니다."

그러면서도 말하는 목소리에 힘이 깃든 것으로 보아, 남경민의 안에서 확신이 선 모양이었다.

그 뒤, 남경민은 잠시 생각하다가 내게 물었다.

"그러면, ETRI나 퀄컴 측과 접선하는 것이 다음 과제겠군요."

관련해선 이미 계획해 둔 바가 있어서, 나는 고개를 끄덕였다.

"흠. 그쪽은 어디 한번 제가 나서서 만들어 보도록 하죠."

"만들어 본다……고요?"

"조만간 그럴 자리가 마련될 것 같아서요. 아."

순간.

나쁘지 않은 생각이 떠올랐다.

"남경민 책임님, 내일 저녁, 시간 괜찮으십니까?"

"내일요? 음……."

다소 갑작스러운 제안이어서, 나도 뱉고 보니 아차 싶었다.

"아뇨, 시간이 안 나도 괜찮습니다. 어차피 불금이고, 남경민 책임님 사생활은 존중해 드려야죠."

내 말을 들은 남경민은 잠시 생각하다가 조심스레 물었다.

"저, 죄송합니다만 불금……이 뭡니까?"

"불타는 금요일이란 뜻인데요."

"요즘 학생들은 그런 말을 사용하나 보군요."

그건 아닌데.

남경민은 잠시 생각하더니 고개를 끄덕였다.

"괜찮습니다."

애인도 없나? 이 황금기에.

하지만 나는 부하 직원의 사생활을 존중할 줄 아는 CEO를 지향하고 있기에, 개인적인 이야기는 건들지 않기로 했다.

"잘됐네요. 그럼 내일은 오전 출근만 하시고, 저녁에 시간을 비워 주세요."

"예."

"혹시 턱시도 있습니까?"

"……턱시도? 아뇨, 없습니다만……."

하긴, 보통은 없지.

나는 노트를 한 장 찢어서 약도를 그렸다.

"단골 테일러 샵이에요. 가서 제 이름을 대면 한 벌 빌려 줄 겁니다."

"……."

"아, 그리고 내일은 출근하신 김에 삼광 본사 건물에서 근무하고 있는 전략기획팀 윤선희 대리를 찾아 주세요. 추후 자세한 일정을 공유해 드릴 겁니다."

멍한 얼굴로 약도를 받아 든 남경민이 조심스럽게 물었다.

"괜찮으시다면 무슨 자리인지 여쭤봐도 되겠습니까?"

나는 어깨를 으쓱였다.

"저희 할아버지……. 그러니까 삼광 그룹의 회장님 생신이어서요."

내 대답에 남경민이 움찔했다.

하기야, 평사원 입장에서 회장 일가의 얼굴을 직접 본 적은 없을 테니, 부담스러워하는 것도 이해는 갔다.

'기껏해야 내가 고작 아니겠어? 삼광전자 출신이긴 하지만 평사원이 사장인 이태석을 만나 보았을 리도 만무하고.'

남경민은 다소 주저하는 얼굴로 입을 뗐다.

"그렇다는 건 가족 행사 아닙니까?"

"뭐…… 표면상으론 그렇다 뿐이죠. 누군가에겐 비공식적인 업무 모임이 될 겁니다."

내 말이 다소 냉소적으로 들렸는지 남경민은 쓴웃음을 지었다.

"알겠습니다. 그럼 그 외에 다른 용무는 없으십니까?"

"오늘은 이만하면 충분하다고 생각해요."

"예."

남경민은 테이블 위에 늘어진 서류를 정리하기 시작했다.

"그럼 관련한 품의서를 작성해 올리겠습니다. 작성한 품의서는 이메일로 보내 드립니까?"

"오늘은 이대로 퇴근하셔도 됩니다만."

"아닙니다. 떠오른 생각이 몇 가지 있어서 회사로 돌아가겠습니다."

평사원에서 임원까지 오른 남경민이라 그런가, 워커홀릭의 낌새가 보였다.

"정 그러하시다면야……. 단, 품의서를 작성하실 때 이번 CDMA가 성공하리란 확신을 갖고 임해 주셨으면 좋겠습니다."

내 말에 남경민은 입가에 희미한 미소를 걸었다.

"그러도록 하겠습니다."

남경민과 헤어진 뒤, 나는 마동철이 대기 중인 차에 올랐다.

"일찍 오셨군요."

마동철의 말에 나는 고개를 짧게 끄덕였다.

"길게 이야기할 단계는 아니었거든요."

"예. 어디로 모실까요?"

"사무실로 가 주세요. 몇 가지 할 일이 있어서요."

"알겠습니다."

그는 차를 몰아 역삼동에 있는 사무실로 향했다.

문득, 생각난 김에 물어보았다.

"그러고 보니, 마 실장님. 내일 윤아름 스케줄이 어떻게 되죠?"

마동철은 백미러를 통해 나를 힐끗 보더니 운전대를 부드럽게 꺾었다.

"내일 말씀입니까? 내일은 드라마 녹화 촬영이 있습니다."

"다행이군요."

"……예?"

"아뇨, 아무것도 아니에요."

이러면 나중에 사모가 캐묻더라도 '스케줄 조율이 안 됐다'고 변명할 건덕지가 있으니, 다행이었다.

암, 일이 우선이지.

물 들어올 때 노 저어야 하는 법 아니겠어?

오래지 않아 나는 임대 빌딩에 도착했고, 내리자마자 입구 근처에서 담배를 피우고 있던 천희수를 만났다.

"아, 사장님. 오셨습니까!"

천희수는 나를 보자마자 깍듯이 인사했다.

직접 겪어 본 그는 다소 딸랑이 기질이 다분하긴 했으나, 그런 붙임성 좋은 행동거지는 다른 사람들에게 묘한 호감을 심어 주어서, 이럭저럭 인맥을 만드는 일엔 소질이 있었다.

천희수.

전생에는 천재 프로듀서이자 대형 기획사 사장이기도 했던 남자.

하지만 이 시기엔 아직 바른손레코드에 소속된 별 볼일 없는 무명 가수일 뿐인 남자였고, 나는 백하윤에게 부탁해 그를 우리 회사로 들였다.

「뭐, 그쪽이 좋다고만 한다면 상관없긴 한데…… 성진 군이 알아서 하겠죠.」

천희수를 탐탁지 않게 보던 백하윤은 그런 감상을 내뱉었지만.

그에게 있는 건 가수로서의 재능이 아니었다.

어찌 되었건, 그 기질에서 비롯해 프로듀서로서의 재능이 있으리란 가능성은 시험해 볼 만했다.

마동철 또한 처음에는 그를 탐탁지 않아 했으나 내게 에둘러서 '굴려 보니 의외로 잘한다'는 감상을 말했고.

'매니저도 일종의 프로듀서니, 그 방면에 있어선 최상급의 소질이 있는 거겠지.'

나는 마동철이 주차를 하는 사이, 짧은 시간을 이용해 말을 건넸다.

"스케줄은 끝났어요?"

나는 가벼운 근황을 물었고, 천희수는 얼른 재떨이에 담배를 비벼 끄며 대답했다.

"옙. 정식 스케줄은 마쳤고, 지금은 개인 시간입니다. 가희가 집에서는 일을 못 하겠다고 해서요."

"그랬군요."

나는 천희수를 공가희에게 붙여 주었다.

천희수 또한 씀씀이에 비해 별다른 수입원이 없는 입장이어서, 로드 매니저 직함을 달고 월급쟁이를 병행하는 것을 제법 흔쾌히 받아들였다.

말이 '공가희에게 붙여 주었다'지, 사실, 이제 막 작곡가가 된 공가희의 스케줄이라고 해 봐야 그렇게 바쁜 일도 없다.

아직 고등학생에 불과한 데다 대중에 보일 일이 없는 작곡가의 동선이며 스케줄은 뻔했기에 작곡가로서 공가희의 교습을 제외한 대부분은 지금처럼 개인 시간을 보낼 뿐이었다.

그러니 마동철의 천희수를 향한 평가는 아직 긴가민가할 수밖에.

그런데 긴가민가한 와중에도 그 대답 속에는 희미한 확신 같은 것이 어조 속에 배여 있었다.

'나도 일단 키워 두잔 의미였지. 또, 공가희는 무슨 사고를

칠지 모르니 붙어 있으란 의미에서…… 어라, 잠깐만.'

나는 고개를 홱 돌려 천희수를 보았다.

"혼자 뒀어요?"

"예? 아, 예. 뭐 평소에도 그러는 터라…… 왜 그러십니까?"

마침 한컴의 박형석이 입구로 걸어 나왔다.

"여기 계셨군요. 아, 성진이도 왔어?"

빠르게 눈인사를 한 박형석은 다급한 기색으로 빌딩을 가리켰다.

"천희수 매니저님, 잠시 올라가 주셔야겠는데요."

"무슨 일입니까?"

"아, 그게……. 직접 보시죠."

우리는 얼른 박형석의 안내를 받아 개발 사무실로 향했다.

마동철까지 대동하고 사무실로 들어갔더니, 이미 언쟁이 한창이었다.

"이래서 아마추어는 안 된다니까요. 그런 식으로 타협을 거듭하다 보면 결국 뽕뽕 삐용 하는 소리 밖에 안 나오겠네요. 차라리 그래픽?이라는 걸 줄이더라도 음질에 신경을 써야 한다니까요."

그런 공가희를 상대하고 있는 건 조인영이었다.

"사운드라는 건 어디까지나 보조적인 거지, 그게 주가 되는 게 아니라니까. 정 그렇게 고퀄리티 OST를 넣고 싶거든 CD 용량 두 배는 되는 걸 가져오든가."

"CD? 말이 나와서 말인데 CD의 음원 손실도 만만치 않거든요. 그쪽 같은 막귀라면 모를까요."

"막귀라니, 말 다 했어?"

"그러면 이 곡에 쓰인 화음과 박자에 대해 설명해 보세요. 몇 분의 몇 박자?"

니들이 애냐.

아니, 고등학생이면 애 맞긴 하지만.

나는 고개를 돌려 박형석을 보았다.

"어떻게 된 일이에요?"

"아, 그게⋯⋯."

처음엔 분위기가 나쁘지 않았다고 했다.

아니, 그렇다고 좋은 것이란 의미도 아니었지만, 어쨌든.

박형석은 처음 조인영이 빌딩을 방문한 당시부터 이야기를 해 주었다.

내 지시로 빌딩 2층 한컴 개발실에 들른 조인영은 쭈뼛쭈뼛 인사했다.

「이성진⋯⋯ 사장님 소개로 왔는데요.」

내게 미리 언질을 받아 두었던 터라 박형석은 조인영을 흔쾌히 반겨 주었고. 몇 마디 대화를 나눠 본 둘은 금세 의기투합했다.

어쨌건 둘 다 전도유망한 개발자였으므로.

「아, 이렇게 된 거, 개발실도 가 볼래?」
「개발실요? 여기가 개발실 아닌가요?」

조인영의 말에 박형석은 웃으면서 손가락으로 위를 가리켰다.

「여기 한컴 개발실 말고. 다른 층엔 이른바 게임 리메이크 프로젝트 중이야. 알고 있나 모르겠는데…… 지금 일본 콘솔 고전 명작 게임 위주로 PC 이식 작업이 한창이거든.」

박형석의 대답에 조인영은 반색했다.

「아, 거기가 여기, 이 건물이었어요?」
「알고 있어?」
「물론이죠. 과정부터 제법 떠들썩했잖습니까. 뭐라더라, 크라우드 펀딩이랬나? 흐음, 그랬구나.」

박형석이 씩 웃었다.

「흥미는 있나 보네.」
「물론이죠. 컴퓨터 좀 만져 본 사람이면 다들 어느 정도는 게임에 흥미를 가지는 게 당연하니까요.」
「아, 그렇지? 역시.」
「왜요?」
「안 그런 사람을 한 명 알고 있거든.」

아마, 나겠지.
아니, 왜. 나는 그저 미래의 최신 그래픽과 인터페이스에 아직 길들여져 있을 뿐이다.

「그런데 정말 가 봐도 돼요?」
「그럼. 우리도 인연이다 보니 종종 업무 제휴를 하고 있어서. 애당초 이 프로젝트는 성진이가 기획부터 구상, 진행까지 다 했거든.」

박형석의 말에 조인영은 의외라는 듯한 반응을 보였다.

「그 꼬맹이가요?」
「꼬맹이라……. 아직 네가 성진이를 제대로 안 겪어 봤구나.」

「……알게 된 지 며칠 안 됐거든요. 뭐, 좀 똑똑한 거 같긴
했지만.」

「그럼 말이 나온 김에 올라가 볼까?」

「좋죠.」

그리고 조인영은 거기에서 뽈뽈거리며 개발실을 돌아다니
던 공가희를 만나게 된다.

'의외의 조합이긴 한데……. 잘만 조율하면?'

공가희는 전반적으론 겁 많은 초식동물처럼 타인을 경계
하며 낯을 가리는 편이었지만, 어떤 계기로 조금만 친해지기
만 하면 금세 선을 넘는단 생각이 들 만큼 오지랖을 부려 대
곤 했다.

이 빌딩 꼭대기 층에 있는 기획사 사무실에 입주했을 당시
만 하더라도, 공가희는 구석에 처박혀서 악보를 끼적이거나
하며 대체로 무해한 행동을 보여 왔으나.

유달리 대인 관계가 원만했던 천희수가 하나둘 상주 개발
자들과 인사를 시키고 또, 그들이 작업 중인 리메이크 게임을
쳐다보더니 낯가림의 꺼풀을 하나둘 벗어던지기 시작했다.

공가희가 관심을 가지는 건 그 장기답게 주로 게임에 쓰이
는 음악이었다.

처음에는 웬 여고생이 말도 건네 오고, 또 도움이 됐던 것

도 사실이어서 개발자 일동도 이를 귀엽게 봐 주고 있었는데.

「아, 그거 그렇게 하는 거 아닌데요.」

그리고 게임에 쓰이는 음악이 어떤 식으로 작업되는지 알
게 된 이후부터. 공가희는 아무런 악의 없이 예의 웃음기 띤
무표정한 얼굴로 본격적인 참견을 해 대기 시작했다.

「원곡이 의도하는 바는 좀 더 웅장한, 모험의 스케일이 느
껴지는 감각인 거예요.」
「원곡은 16비트 환경에서 낼 수 있는 음악에 타협을 보며
화음을 삽입했지만, 원래는 좀 더 베이스에 울림이 있는 곡
을 의도한 거예요.」
「5층에 있는 휴게실에서 원곡 게임 음악을 들어 보고 왔는
데, 박자가 틀렸어요.」

그런 상황에 조인영은 때마침 찾아간 곳에서 공가희와 만
났고.
천희수는 마침 공교롭게도 둘이 또래인 걸 알고선 데면데
면해하는 서로를 소개해 줬다.

「아, 그럼 너도 고등학생이야?」

「네. 맞아요.」

「그럼 말 놔도 되겠네.」

「싫은데요. 아, 그쪽은 말 놓아도 돼요.」

「뭐지…… 대체.」

당시만 하더라도 조인영에게 공가희는 '조금 특이한 애' 정도로 비쳤던 듯했다.

그렇다곤 하나 조인영이 딱히 해코지를 하는 기미도 없고, 또 조인영은 개발자들의 작업물에 관심을 더 보이고 있었기에, 천희수도 오랜만에 해방감을 느끼며 자유로운 시간을 보냈던 터인데.

상황은 그즈음의 찰나에 벌어졌다.

조인영은 나름 동경하던 개발자들과 그 환경을 접하며 마치 낙원에라도 온 듯한 만족감을 느꼈고, 그때.

「아직도 저번에 말한 거 안 고쳤네요.」

공가희의 지적질을 목도하게 된다.

"그래서 저렇게 말다툼 중인 거예요?"

내 말에 박형석은 머리를 긁적였다.

"그러게. 나도 잠깐 한눈을 판 사이 저렇게 됐어. 그래서 도움을 요청하러 나갔던 참인데."

"제가 말리고 오겠습니다."

나는 손을 뻗어, 나서려는 마동철을 제지하고 그들 사이로 끼어들었다.

"자, 여러분. 주목."

조인영과 공가희는 언쟁을 멈추고 나를 돌아보았다.

"……아, 왔냐."

"홍차왕자님, 안녕하세요."

조인영이 뭔 뚱딴지같은 소리냐는 듯 공가희를 쳐다보았다.

"홍차왕자님?"

"홍차왕자님과 다즐링, 만화책 몰라요?"

"몰라. 알게 뭐야."

"읽어 보세요. 똑같이 생겼어요."

어째, 윤아름에게 했던 말과 토씨 하나도 안 틀리고.

나는 공가희보단 그나마 조인영이 말이 통할 것 같아서 그에게 물어보았다.

"어떻게 된 일이에요? 목소리가 크던데."

"아니…… 그게."

제 구역이 아니라서 그런지, 아니면 이 낯선 곳에선 내가 유일한 제 편이라 생각했는지, 조인영은 저번처럼 날 선 방어기제를 보이진 않으며 얌전히 대꾸했다.

"애가 뭘 모르고 떠들어서. 너도 컴퓨터 좀 만지니 알겠지만, 사실 게임이란 건 한정된 용량의 저장매체 안에서 코딩을 짜 맞추는 종합예술이잖아?"

"그런 셈이죠."

"그런데 쟤는 뭣도 모르고 음악이 이러니저러니 참견하니까, 나서지 않을 수가 없더라고."

그 대답에 공가희가 끼어들었다.

"아닌데요."

"아니긴 뭐가."

"저번에 들으니 CD의 용량은 750MB이고, 이 게임엔 316MB의 여유 공간이 있다고 그랬어요. 원곡은 비트 단위로 계산된 용량이니 거기서 3MB를 제외하면 319MB의 용량을 음악의 퀄리티를 높이는 데 사용할 수 있다고 했단 말이에요."

고래 싸움에 새우 등 터진다고, 개발자가 쩔쩔매며 나를 보았다.

"아니, 언제든지 변할 수 있다니까……."

"저번에는 가능하다면서요?"

"대략 그 정도라고 했지. 그렇게 정확히 딱 맞아떨어지게는 못 해."

"제게 거짓말을 했군요."

"거짓말이 아니라……."

공가희는 '대략'이라거나 '아마도'라는 것을 이해하지 못하

는 경향이 있어서, 아마 관련한 지표도 묻고 또 캐물어 받아
낸 대답일 공산이 컸다.

그래서 나는 구태여 끼어들었다.

"가희 누나, 그건 오차 범위라고 하는 거예요."

"오차 범위…… 그게 얼마나 되는데요?"

"그건 개발에 따라 달라지기도 하는 유동적인 거여서요.
저도 확답을 드릴 수가 없네요."

"……"

"그럼 여쭤보도록 하죠. 오학규 대표님, 최종 완성본의 오
차 범위가 어떻게 됩니까?"

내가 말하며 적당히 눈치를 주자, 개발자는 별수 없다는
듯 대답했다.

"완성본에서 300MB 정도인데…… 이것도 원 개발사 측
의 컨펌이 나질 않은 거여서 말이죠. 나중에라도 수정 요청
이 오면 얼마든지 더 늘어날 수도 있습니다."

"원 개발사 측의 클레임은 어느 정도 무시해도 됩니다. 당
초 저희에게 어느 정도 자율권을 약정했으니까요. 업무에선
수평적 관계이니 너무 휘둘리지 마세요."

"아…… 예!"

그쯤해서 나는 다시 공가희를 보았다.

"가희 누나. 일을 도와주시는 건 좋지만, 강요해선 안 돼
요."

"왜요?"

"가희 누나는 이번 일에 대해 권한이 없으니까요. 누나가 할 수 있는 건 어디까지나 선의에서 비롯한 권고에 그칠 뿐이에요."

내 말에 공가희는 곰곰이 생각에 잠기더니 고개를 갸우뚱했다.

"그렇지 않아요. 다들 싫으면 싫다고 말할 거예요."

"뭐, 도움이 되는 건 사실이겠죠. 가희 누나는 저희 소속사의 대표 작곡가니까."

"네."

"하지만 이 이상 개발에 관여하는 건 계약서에 명시되지 않은 부분이니까, 이후의 일은 누나의 권한 바깥의 일이에요. 알겠죠?"

"네, 알겠어요, 홍차왕자님."

일단 하나 해결.

나는 이어서 개발자를 보았다.

"대표님도 안 되면 안 된다고 확답을 주세요. 방해가 되면 방해가 된다고 말씀을 주시고요. 피차 그게 알아듣기 편하니까요."

"아…… 예. 알겠습니다."

그리고 다음은 천희수.

"천희수 씨."

"옙!"

"담당이니까 케어 잘하세요."

"……옙!"

"자세한 건 나중에 사무실로 올라가서 이야기를 하죠."

"옙!"

이번엔 조인영.

"형은 어때요?"

"……뭐, 뭐가?"

조인영이 움찔하기에, 나는 구태여 미소를 지어 주었다.

"이곳요."

"아…… 글쎄, 뭘 묻는 건지…….."

"여기서 일하면, 할 수 있겠어요?"

내 말에 조인영은 찰나, 눈을 반짝 빛냈다.

"여기서 일을 하라고?"

그저 찰나일 뿐이었고, 지금은 다시금 슬그머니 내 안색을 살피는 중이었지만.

"정확히는 당분간 일손이 부족한 곳에 투입되어 이것저것 급한 일에 손을 보태게 될 거예요. 할 수 있겠어요?"

"뭐어……."

조인영은 볼을 긁적이더니 고개를 돌렸다.

"겪어 봐야 알겠지만 나는 용산 쪽 일도 봐야 하는데."

"형은 이쪽을 주업무로 삼아 일을 해 주세요. 용산 쪽은 필요하다면 박 사장님과 협의 후 사람을 더 뽑을 테니까."

"그렇다면야 어쩔 수 없고."

좋으면서 아닌 척하긴.

나는 박형석을 돌아보았다.

"형석이 형, 그럼 부탁드려도 될까요?"

"나야 뭐, 상관없지. 아까도 잠깐 이야기 나눠 본 것뿐이지만 잘할 것 같더라고. 모르는 게 있다고 하면 가르쳐 줘도 되고."

박형석도 조인영에 대한 첫인상이 나쁘지 않았는지, 흔쾌히 수락했다.

"그럼 부탁드릴게요."

"맡겨 둬."

나는 고개를 끄덕이곤 개발실을 떠났다.

'사장이 직원들 중간관리자 역할까지 해야 하나.'

용무를 마친 이성진이 떠나자마자, 조인영은 자신도 모르게 안도의 한숨을 내쉬었다.

"휴우."

그러자 박형석이 픽 웃으며 다가와 조인영의 어깨를 툭하고 쳤다.

"아까 말한 대로지?"

"예?"

"단순한 꼬맹이 어쩌고 했던 거. 쉽게 할 말이 아니라는 점."

조인영은 인상을 구겼다가 슬그머니 풀었다.

"그건…… 예, 그랬죠."

동조자가 있어서일까, 조인영은 속내를 조금 털어놓았다.

"저기, 형. 형은 혹시 이상한 압박감 같은 거 못 느꼈어요?"

"압박감……. 음, 뭐, 그런 것도 있었나?"

"……아닙니까?"

"나는 그냥 나이에 걸맞지 않다는 의미로 한 말이었는데."

"아뇨, 됐어요, 그러면."

조인영은 괜한 말을 꺼냈다 싶어 입을 다물었고, 박형석은 그런 조인영을 살피며 화제를 돌렸다.

"자, 그럼."

어조까지 짐짓 밝게 바꿔 가며.

"이제부터 네 담당을 맡게 됐는데, 다시 소개할게. 나는 한컴의 사장을 맡고 있는 박형석이야. 방금 본 이성진 SJ소 프트웨어 사장님께서 거금을 투자해 주신 덕에 먹고사는 중이지."

"저 꼬맹……."

"사장님이라고 해야지."

박형석이 딱 잘라 말했다.

"네가 성진이랑 밖에서 친분이 있다는 건 알겠지만, 여기 들어온 이상은 그래도 꼬박꼬박 직함으로 불러. 아, 좀 꼰대 같았나? 하하하."

친분은 무슨. 이성진을 앞에 두고 있으면 왠지 모르게 뱀 소굴에 떨어진 기분인데.

조인영은 떨떠름한 얼굴로 박형석의 말을 받았다.

"별로 안 친한데요."

"응? 그럼 여기까진 어떻게 온 건데?"

"못 들었어요?"

"나는 그냥 '제법 실력이 쓸 만한 고딩' 정도로만 들었지."

"……그럼 됐어요. 아무것도 아니에요."

대꾸하며 조인영은, 이성진이 자신에 대해 아무 언급도 하지 않았음을 알았다.

'대체 무슨 꿍꿍이지…….'

조금 겪어 보니 단순히, 약점을 잡고 부려 먹으려는 건 아닌 것 같은데.

'대체 뭐 하는 녀석이야?'

조인영을 SJ소프트웨어에 집어넣는 것도 일단락되었다.

'그나저나 공가희와 조인영⋯⋯.'

공통점이라곤 우연히 동갑내기더란 것 외엔 아무 접점도 없을 두 사람인데, 다짜고짜 말다툼으로 시작하는 사이라니.

'공가희의 대인 관계 능력이 기준 아래라는 것도 한몫했겠지만.'

그래도 생각해 보면.

'공가희와 조인영이라⋯⋯. 소프트웨어와 음악. 여기에도 놓치기 힘든 사업 아이템이 무궁무진하지. 상황을 조금 더 지켜보고 일을 하나 맡겨 볼까?'

어쨌건 공가희는 천재의 영역에 발을 걸치고 있는 인물이다.

조금만 방향을 잡고 이끌어 주면, 기대 이상의 성과를 뽑아낼 수도 있으리라.

'거기에 더해 잠재성이 제법 다분한 조인영도 있고.'

꼭대기 층 SJ엔터테인먼트 사무실로 향하는 엘리베이터 문이 열릴 때까지 다들 아무런 말도 하지 않았고, 문이 열리자마자 천희수가 너스레를 떨며 입을 뗐다.

"이야, 사장님께서 오시니까 제가 나설 필요도 없이 척척 해결되네요. 그, 무슨 매듭이더라, 그, 고, 고⋯⋯."

"고르디우스의 매듭요?"

"아, 맞아. 그겁니다. 그거처럼 확 하고⋯⋯."

마동철이 슬쩍 눈치를 주니 천희수는 알아서 입을 꾹 다물었고, 나는 제법 훤칠하게 변한, 하지만 아직 텅 빈 소속사 사무실 소파에 앉았다.

"천희수 씨, 건의하고 싶은 게 있다고 하셨죠?"

내 말에 천희수가 마동철의 눈치를 살피며 입을 뗐다.

"옙. 가희랑 이것저것 일을 하다가 얼마 전에 이런저런 사람을 알게 되었는데 말이죠. 개중에 홍대 인근에서 길거리 공연을 하는……."

"본론으로 넘어가 주시죠."

"옙! 저기, 저희 회사에서 자체적으로 오디션을 보면 안 되겠습니까?"

너무 그건 축약했는데.

"오디션?"

"옙!"

그러면서 천희수는 옆자리에 무표정하게 앉아 악보를 끼적이고 있던 공가희를 바라보았다.

"그 왜, 가희가 써 놓은 곡도 제법 쌓였고, 곡 퀄리티도 다들 준수합니다. 거기서 몇 개 컨셉을 골라잡아서 가수를 만들어 보는 건 어떨까 싶은데요."

"흠."

그때 공가희가 불쑥 고개를 들고 끼어들었다.

"희수 오빠는 '소방차'처럼 춤추면서 노래하는 그룹을 만들고 싶대요."

공가희의 말에 천희수가 쓴웃음을 지었다.

"아니, 소방차 같은 느낌은 아니고."

"그럼 서태지와 아이들?"

"아니, 아니. 저번에 말했잖아. 좀 더 영(Young)하고 쿨(Cool)
하면서 섹시한 컨셉이면 좋겠는데."

"그러면 룰라?"

"혼성 그룹이 아니라. 으음, 뭐라고 해야 할까."

나는 천희수의 말을 듣자마자 감을 잡았다.

'아이돌 그룹을 만들려 하는 건가.'

내가 구상한 톱니바퀴가 기대했던 대로 움직이기 시작했
다.

이 시기, 아직 대한민국엔 10대를 타깃으로 한 현대적 의
미의 아이돌 그룹이 나오기 전이었다.

천희수는 전생의 내가 겪어 보았던 그대로, 아니 그보다도
더 일찍 아이돌 시장의 잠재성에 귀추를 주목하고 있었던 모
양이었다.

'제법인데.'

그사이 마동철이 입을 뗐다.

"아직 걷기도 전에 뛰려고 하는 거냐? 공가희 씨부터 제대
로 케어하고 말씀드려."

"아하하. 그게…… 그것도 그렇긴 한데……."

나는 마동철을 제지했다.

"아뇨, 괜찮아요. 저도 이야기를 듣고 떠오르는 게 있어서요."

"아…… 예."

원칙을 중시하고 선을 지키려는 마동철의 마음을 이해하지 못하는 바는 아니지만, 나는 여간한 일엔 부하 직원들이 회사에서 상호간 수평적 관계를 지향했으면 하니까.

도맡은 업무의 성격에 따라 달라질 이야기이긴 하겠지만, 내가 하려는 일에선 번뜩이는 아이디어며 내가 그리는 큰 그림 속에서 놓치고 있을지 모를 세부 사항을 이들 전문가들이 채워 넣어야 했다.

그리고 그런 아이디어는 명확한 보고 체계와 서류 속에선 제대로 전달되기가 어렵다.

나로선 천희수를 비롯한 '자유로운 영혼'들의 이처럼 고착화되지 않은 사회적 태도가 못내 기꺼웠다.

나는 천희수를 보았다.

"말씀인즉 아이돌 그룹을 말씀하시는 거군요."

"아이돌……?"

아직 아이돌(idol)이라는 말이 대중화되기 전인가.

천희수는 고개를 갸우뚱하더니 이내 맞장구를 쳤다.

"아, 아아. 일본에서 유행하는 영(Young)한 보이 걸 그룹 같은 걸 말씀하신 거라면, 어느 정도 참조는 했습니다. 음, 아이돌, 아이돌이라. 어감이 괜찮네요."

"……원랜 우상을 뜻하는 영단어에서 유래한 것이긴 합니다만, 아무튼 계속해 보시죠."

"예, 그러니까 어리고 잘생기고 실력 있는 애들을 모아서 그룹 데뷔를 시키는 거죠."

마동철이 끼어들었다.

"그렇다면 기존에 있는 서태지와 아이들, 룰라 같은 그룹과 다를 게 뭔데?"

마동철의 지적에 천희수는 그 스스로도 무어라 표현해야 할지 정리가 되지 않는 양 머리를 긁적였다.

"실장님이 말씀하신 기존의 그룹은 뭐라고 할까, 아티스트적인 면모가 강하죠."

"아티스트. 흠, 아무튼 그래서?"

"반면에 제가 생각한 건 음, 좀 더 상품에 가깝다고나 할까요?"

"상품이라니."

다소 노골적인 표현에 마동철은 다소 언짢은 기색을 보여, 나는 굳이 중재차 끼어들었다.

"이른바 타깃층에 유사 연애 감정을 조장하고 이를 지향하려는 거죠?"

"와우, 맞습니다."

천희수가 감탄하며 신이 나 떠들어 댔다.

"사장님께서 이 방면에 조예가 깊으신 줄은 몰랐는데. 제가 노리는 것도 바로 그겁니다. 흐음, 유사 연애라. 이야, 사장님께 이야기를 드리니 제가 갖고 있던 비전이 좀 더 명확해지는걸요."

마동철이 불쑥 끼어들었다.

"일반적인 팬과 스타의 관계도 유사 연애로 정의할 수 있긴 하지 않나?"

"으으음, 그게 좀 다른데. 일반적인 팬덤이 서서히 스며드는 거라고 하면, 제가 기획하는 건 짠! 하고 폭발적으로 다가오는 느낌이죠. 실력을 보기도 전에 이미 첫인상으로 한 번 반하고, 그다음 곡을 들으며 '역시!'하는 느낌으로."

"……그거 참 막연하군."

"에이, 그렇게 애매한 이야기가 아니라니까요. 일단은 무조건 잘생긴 애들이기만 하면 됩니다."

"……."

정말이지, 말만 들으면 터무니없고 뜬구름만 잡는 기획이다 싶으면서도.

동시에 한편으론 그게 아주 잘 먹힌다는 걸 알고 있다 보니 심경이 복잡했다.

"뭐 대강 알겠습니다."

나는 마동철의 '알 듯 말 듯 한데 이해하기 힘들다'는 반응을 보며 말을 이었다.

"팬과의 유사 연애, 브라운관 속에서는 언제나 항상 완벽

해 보이는 모습만. 말 그대로 아이돌인 거죠. 그래서 혼성 그룹은 배제하는 것이고."

"맞습니다. 아무래도 혼성 그룹은 표현 범위는 늘어날 수 있겠지만, 그런 느낌을 전달하기 어렵거든요. 10대들이 동경하고 또 목표로 삼을 만한 대상을 만들어 판매하는 겁니다."

가만히 이야기를 듣고 있던 공가희가 끼어들었다.

"그래서 아이돌(idol)이군요. 이해했어요."

"예스, 가희, 유 가릿."

"희수 오빠, 콩글리시 좀 그만 쓰세요. 음, 그러니까 이를테면 화장실에도 안 갈 것 같은 이미지 말인가요?"

"……굳이 표현하자면 그런 느낌이겠네."

표현이 다소 노골적이긴 하다만.

"음, 거기에 그룹으로 한다고 말씀하셨으니까 각자의 컨셉에 맞춰 캐릭터를 만들겠네요. 누구는 터프하고, 누구는 여리여리하고, 이런 식으로요?"

"맞아, 맞아, 바로 그거지. 네가 뭘 원하는지 모르니 다 준비했어, 하는 느낌으로다가."

공가희는 의외로 예리하게 핵심을 파고들었다.

'선입견이 없어서 가능한 건가, 아니면 이런 것도 재능인가.'

그 와중 마동철이 떨떠름한 얼굴로 턱을 긁적였다.

"잘 알겠어. 하지만 그런 애들을 어디서 구해? 잘생기거나 예쁜 애들이야 그렇게 드물지 않지만, 동시에 실력까지 갖춘 사람까지 구하기란 쉽지 않아."

"그래서 상품인 겁니다."

천희수가 왠지 그 답지 않은 진지한 얼굴로 대답했다.

"아티스트로서 가진 바 재능은 중위권이거나 중상위 수준만 되어도 됩니다. 나머지는 철저한 연습과 좋은 곡으로 커버를 하는 거죠. 더군다나 저희에겐 마침 천재 작곡가도 한 명 있고요."

"……."

"그리고 안무, 노래, 모든 걸 완벽하게 갖춘 다음에야 무대에 세우는 겁니다. 대중들은 그런 노력의 성과만을 감상하고 그들과 사랑에 빠지기만 하면 될 뿐이죠."

차가우리만치 냉랭한 대답을 내놓은 천희수는 이어서 그 답지 않은 말을 했다는 양 히죽, 웃었다.

"……라는 느낌으로다가, 어떻습니까?"

"수면 아래 갈퀴질을 하는 백조, 같은 거군."

그리고 이를 담담히 받아 내는 마동철을 보며 천희수가 머쓱한 얼굴을 했다.

"아, 예에, 뭐, 그런 겁니다만."

"뭐, 그러자면 이른바 준비 기간이라는 게 제법 길어지겠는데. 곡이야 공가희 씨의 것을 고쳐 쓴다 치더라도 춤, 또 그러한 춤을 연습할 공간과 시간에 따른 비용, 그런 '아이돌'

지망자들을 모으는 일까지. 제법 큰 프로젝트가 되겠어."

"그게 문제긴 합니다만."

천희수가 미소 띤 얼굴로 나를 보았다.

"그래서 사장님께 허락을 받으려는 건데, 어떻게 생각하십니까?"

애당초 이걸 염두에 두고 천희수를 영입한 것이니 나야 환영이다.

다만.

'천희수이기에 떠올릴 수 있는 생각이었나?'

평범한 재능, 평범한 외모로.

빛나는 재능이 넘쳐흐르는 사람들이 주도하는 예능계에서, 그 홀로 뒤처진 그 자신을 인지하고 있었기에 나올 수 있었던 아이디어와 기획이라고 치면.

천희수가 지금껏 천박하리만치 가벼운 어조와 행동으로 그 스스로를 포장해 오고 있던 건 그 나름의 콤플렉스와 방어기제에서 비롯한 언행이었던 건 아닐까.

'그렇기에 어느 정도는 노력과 피 나는 연습, 이를 뒷받침하는 기획력으로 커버가 가능하리란 것이 그 나름의 신념이었겠지.'

나는 고개를 끄덕였다.

"알겠습니다."

내가 운을 떼자, 모두가 나를 주목했다.

"하지만 마 실장님 말씀에도 일리는 있어요. 생각보다 대규모 프로젝트가 되겠죠."

일견 부정적인 반응이 나오기 시작하자, 천희수의 얼굴이 딱딱하게 굳어 갔다.

"연습생들의 숙소, 또 그들의 연습에 따르는 비용과 선별 과정……."

이는 몇 가지 간단하게 생각해도 들어갈 돈이 만만치 않은 사업이다.

"천희수 씨의 말마따나 이들을 '상품'이라고 보았을 때, 원석을 가공하는 데 투자한 비용을 회수하고 그걸 넘어서는 이득을 볼 작정이라면 좀 더 철저하게 기획해서 움직여야 할 겁니다."

"……예."

"이런저런 비용을 따져 생각하면, 아마 억 단위의 자금이 필요한 프로젝트가 되겠죠."

천희수는 입을 옴짝달싹했지만, 나는 그 전에 먼저 선수를 쳤다.

"또 저희에겐 관련한 노하우가 없으니……."

나는 담담히 말을 이었다.

"만약 진행한다 하더라도, 이번 경우 또한 바른손레코드 측과 협업을 해야겠군요."

바른손레코드와 SJ엔터테인먼트의 관계 또한 기묘하기 이를 데 없는 것이, 우리는 업무 제휴를 하고는 있지만 이는 어디까지나 백하윤과 나 사이의 개인적 친분에 기댄 면도 없잖아 있었다.

몇몇 소규모 프로젝트야 그 정도 연고 선에서 해결이 가능했지만, 이번은 다를 것이다.

나는 말을 이었다.

"어디 한번 책임지고 진행해 보세요."

"어쩔 수 없…… 엑, 정말입니까?"

응당 기각될 것이라 생각했던 모양인지, 천희수는 기쁘다기보단 어리둥절한 얼굴이었다.

"한 입으로 두말하진 않습니다."

나는 미소를 지어 주었다.

"할 거라면 제대로 해야죠. 전폭적으로 지원해 드릴 테니까, 말씀드린 내용을 바탕으로 진행하세요."

천희수는 몸 안쪽이 간질간질한 모양인지, 엉덩이를 들썩이다가 자세를 바로하며 목소리를 높였다.

"옙!"

나는 이어서 횡한 사무실을 둘러보았다.

"그러려면 사람도 더 뽑아야겠네요. 로드 매니저, 코디네이터, 등등……. 흠, 이 부분은 마 실장님이 도와주시고요."

내가 하는 말에 무어라 딴죽을 걸 줄 알았더니, 정작 마동철은 가타부타하는 일 없이 고개를 숙였다.

"알겠습니다."

이거 참, 난 예스맨은 바라지 않는데.

그렇게 생각하며 마동철의 안색을 힐끗 살폈더니, 그 표정을 읽기가 힘들어 관뒀다.

'그보단 지금부터 준비를 한다고 쳐도, 본격적인 시작은 내년 상반기쯤부터 시작하겠군.'

나 원. 돈이 좀 들어온다 싶으니 그만큼 나갈 곳도 늘어나네.

뭐, 결국엔 그 이상으로 회수할 수야 있겠지만.

'몇몇 분야에 한해선 상장도 고려를 해 봐야 하겠어.'

제아무리 내 현재 신분은 돈이 화수분마냥 펑펑 쏟아지는 재벌가 도련님이라곤 하나, 일반적인 사치나 향락이 아닌 사업 자금에 관해선 더 많은 돈이 필요했다.

이래선 쟁기를 끌 캐시 카우가 더 필요했고, 그 캐시 카우를 만드는 데에는 역시 마중물마냥 어느 정도의 돈이 필요했다.

'악순환이야, 악순환.'

일도 일단락되었겠다, 나는 이쯤해서 일어서기로 했다.

"그럼 저는 이만 가 보겠습니다."

"아, 옙!"

천희수가 벌떡 일어서서, 나는 그를 제지했다.

"나오실 필요 없어요. 천희수 씨는 지금부터 무척 바쁘지

실 텐데요?"

나름대로 농담처럼 던진 말이었는데, 천희수는 진지한 얼굴로 고개를 끄덕였다.

"내일까지 기획안을 짜서 보여 드리겠습니다."

"……아니, 저도 내일은 제 스케줄이 있으니까, 천천히 하세요."

"옙!"

그래도 다소 능글능글하던 천희수가 벌써부터 눈빛이 달라진 게 보여서 나도 더는 만류하지 못하고 그가 알아서 하도록 내버려 두기로 했다.

'당근도 몇 개 쥐여 줘야겠군.'

나는 반쯤은 암묵적으로 내 전용 운전수가 되어 있는 마동철을 대동하고 빌딩을 나섰다.

그 전까지 줄곧 침묵하고 있던 마동철은 뒷좌석 문을 열어 주면서, 그제야 입을 뗐다.

"사장님과 천희수에겐 제게 안 보이는 것들이 보이는 모양이군요."

내가 그간 지켜본 마동철은 여간해선 먼저 어떤 감상을 피력하지 않는 주의여서, 그가 꺼낸 말이 다소 놀라웠다.

"예?"

"아뇨, 아무것도 아닙니다. 그럼 댁까지 모셔다 드리겠습니다."

차에 올라탄 뒤, 나는 마동철이 시동을 걸 즈음에야 입을 열었다.

"이번 프로젝트에 대해, 마 실장님은 어떻게 생각하세요?"

"……아마, 사장님께서 추진하신 일이니 잘되겠지요."

"흠."

말했듯 예스맨은 내키지 않는데.

내가 속으로 마동철의 평가를 재고하고 있으려니, 그가 나지막이 입을 뗐다.

"……솔직히 말씀드리면."

마동철은 핸들에서 손을 떼고 말을 이었다.

"……이번 일이 성공을 거두리란 생각 한편엔, 어디까지나 사장님께서 추진하셨으니 그러하리란 생각을 했을 뿐입니다."

그 대답에 나는 픽 웃고 말았다.

아마, 마동철은 그 스스로도 나에 대한 한없는 신뢰가 기이하다고 여겨 혼란스러운 모양이었다.

나는 조금만 솔직하기로 했다.

"아뇨. 저도 이번 일이 잘 굴러간다곤 확신하지 않습니다."

"……사장님께서 그렇게 말씀하시니 조금 의외로군요."

"뭐가요?"

"저는 사장님을 뭐든 척척 해내는 천재로 생각했습니다

만. 이번 일에도 확신에 차서 움직이셨고요."

아니.

나는 결단코 천재도 뭣도 아니다.

나는 큰 그림은 그릴 수 있으나, 이는 어디까지나 미래의 지식을 바탕으로 마련한 것이다.

세부적인 결행은 그 일에 맞는 당사자라고 판단한 인물을 끼워 넣어 잘 굴러갈 때까지 지켜보는 것이, 내가 할 수 있는 일일 뿐.

"저는 성공 가능성이 있다고 생각한 일과 그 일에 필요한 사람을 믿고 일을 맡길 뿐입니다."

"……."

"더욱이 이번 일은 마 실장님과도 무관하지 않습니다. 그래도 천희수 씨는 아직 의욕만 앞설 단계로 보이니, 세부적인 건 마 실장님이 잘 지도해 주세요."

"……예."

나는 시트에 등을 기댔고, 백미러에 비친 마동철이 쓴웃음을 지었다.

"출발하겠습니다."

"예."

한참 뒤, 마동철이 다시 입을 뗐다.

"사장님, 내일 저녁에 외출하신다고 하셨죠. 대기할까요?"

"아뇨, 가족 행사니까 따로 움직일 거예요. 마 실장님은 개인 업무를 보세요."

"알겠습니다."

나는 가만히 창밖을 바라보았다.

'가족 행사라. 거기선 또 어떻게 처신해야 할지…….'

구실이야 이휘철의 생일을 기념한 가족 행사라곤 하지만.

삼광 그룹의 일가친척은 모두가 계열사의 한자리를 꿰차고들 있었기 때문에, 사실상 그룹 단위의 비정기 주주총회이자 임원회의의 성격이 더 짙었다.

또, 애당초 정작 이휘철 본인은 생일이나 기념일에 큰 의미를 부여하지 않는 인물이었으나, 어떻게든 자리를 만들 수 있는 구실이라면 얼마든지 이용하겠단 입장이었다.

그래서 좀처럼 모이기 힘든, 그리고 모였다고 하면 정재계에서 매번 관심을 기울이곤 하는 삼광의 가족 행사가 오늘 저녁이었다.

나는 사모와 이태석 그리고 일가친척들에게 비공식 석상에서 슬슬 얼굴을 비칠 때라고 판단된 이희진까지 포함해서 아버지 한익태가 모는 고급 세단에 올랐다.

나는 조수석에, 나를 제외한 이태석 일가는 이희진을 사이에 두고 뒷좌석에 앉았다.

내가 안전벨트를 매는 사이 이태석은 사모에게 담담히 말을 건넸다.

"힘들면 집에서 쉬어도 된다니까."

"아뇨, 요즘은 입덧도 안 하고 괜찮아요. 그보다 드레스 어때요? 배가 조금 부른 거 같은데."

"괜찮아, 잘 어울려."

거참, 금슬하곤.

나는 운전석의 아버지, 한익태가 슬쩍 미소 짓는 걸 보았다.

"출발하겠습니다."

"그러시죠."

이태석의 말에 아버지는 시동을 켜고 부드럽게 차를 몰았다.

나는 조수석에 앉아 아버지가 운전하는 모습을 가만히 지켜보았다.

아버지는 오랜 세월을 이태석의 운전수로 일하며 보냈다.

장래 삼광의 회장까지 역임하게 될 이태석의 전속 운전수처럼 일했던 아버지였으니, 운전 실력만큼은 더할 나위 없이 빼어났다.

새삼스러운 일이지만, 정작 나 자신은 아버지가 운전하는 것을 몇 번 겪어 보질 못했고 아버지도 끝까지 당신 소유의 자동차가 없는 삶을 살았다.

나는 아버지가 힐끗 나를 보며, 내 시선을 의식한다는 것을 깨닫고 얼른 말을 건넸다.

"저번에도 느낀 거지만, 한익태 기사님 운전 잘하시네요."

"감사합니다."

아버지는 미소로 내 말을 받았다.

"사장님 일가를 안전하게 모시는 것이 제 사명이라고 생각하고 있거든요."

왠지 모르게 선을 긋는 듯한 그 말에 나는 속이 불편했지만, 사이드미러에 비친 내 얼굴은 다행히도 덤덤했다.

"그렇군요."

그 뒤로 나는 입을 다물었고, 아버지도 마찬가지였다.

'뭐, 내 입장에서 아버지랑 가타부타 이야기를 나눌 것도 없으니.'

그야 시도하자면 한성진 남매에 관한 이야기로 꽃을 피워볼 수도 있겠지만, 내 침묵엔 고용인의 입장에서 다소 사적인 뉘앙스를 풍기는 대화를 굳이 풀어 가는 것도 어색하지 않을까, 하는 공연한 생각에 미친 것도 있었다.

'슬슬…… 내가 알던 아버지와 한익태를 구분할 필요는 있어.'

그 상태에서 나는 그저 가만히, 뒷좌석에서 들려오는 이태석과 사모의 대화에 귀를 기울였다.

"아버님은요?"

"먼저 도착해 계시겠지. 그분은 어쨌든 당신의 생일조차도 업무의 연장으로 보시니까."

"그래도 최근 연로하신 거 같아서 걱정이에요."

연로?

조만간 이휘철이 작고할 예정이란 걸 모르고 있다면, 사모의 말이 대체 뭔 소린가 할 정도였다.

이휘철은 그 나이를 짐작하기 힘들 만큼 정력적인 활동을 이어 갈 정도였으므로.

그래서일까, 이태석은 대수롭지 않게 사모의 말을 받았다.

"아버지는 일을 즐기시니까. 오히려 그 건강이 일에서 나오는 에너지가 원천이 아닐까 싶을 정도인걸. 그보단 당신이 걱정이야."

"후후, 괜찮다고 했는데. 당신도 참."

둘의 대화를 엿듣다 보니 차라리 음악이나 틀어 달라고 할까, 생각하던 참에 이태석의 관심이 나를 향했다.

"그리고 성진아."

"예, 아버지."

"거기 가면 네게 말을 건네는 어른들이 제법 많을 거다. 그러니 처신을 잘하도록 해라."

최근 몇 달 사이 내게 일어난 변화며, 나와 사모의 명의로 설립한 자회사 등을 생각하면 야심 충만한 친척들로부터 공연한 관심을 받을 여지가 충분했다.

'아마 '상식적으로' 판단해서, SJ컴퍼니는 어디까지나 이태석이 실권을 쥐고 있는 자회사로 취급할 뿐이겠지만.'

나 역시도, 그것이 순전한 호의로만 가득하리란 생각은 하지 않았고.

그래서 고개를 끄덕였다.

"예."

잠시 후.

"도착했습니다."

아버지의 말을 들으며 나는 차창 밖으로 해가 어스름하게 지는 신화호텔을 바라보았다.

'전체적인 인상만큼은 이 시대에도 변함이 없군.'

가족 행사가 열리는 신화호텔은 삼광 그룹의 계열사로, 국내에선 제법 역사가 깊은 5성급 호텔이었다.

내가 알기론 60년대 즈음 외교관을 접대하기 위해 지어진 이후, 88올림픽을 기점으로 증축 및 프리미엄화가 이루어진 호텔이다.

당시 국내의 내로라하는 건축가들이 여럿 협업해 건축한 건물인 만큼, 건축사학적으로도 주목할 만한 부분이 여럿 있다고 들었던 기억이 있다.

그렇기에 본체라고 할 건물은 사각의 모던함을, 그 외에 정원과 외곽 복도에는 한옥을 모티프로 한 기와며 배흘림기

둥을 의도적으로 배치한 정자가 놓여 그야말로 전통과 현대가 접목된, '외국인이 바라보는 서울'의 이미지를 상징적으로 구현해 두고 있었다.

이후로도 신화호텔은 사장인 이미라의 적극적이고 공격적인 확장 정책과 개수로 인해 대한민국에선 최고의 호텔로 손꼽혔다.

또 그녀는 이태석의 사촌 누님이자 이 몸의 주인인 이성진의 당고모이기도 한 사람이었다.

'나중엔 뒷좌석에 앉은 이희진이 신화호텔의 경영 일체를 승계받게 되지만.'

승용차는 VIP 전용 입구로 부드럽게 방향을 꺾었다.

경력이 제법 되어 보이는 도어맨이 격식 있는 태도로 문을 열어 주었다.

"그럼 대기하고 있겠습니다."

아버지의 정중한 인사에 이태석은 짧게 고개를 끄덕였다.

"예, 나중에 뵙죠."

이후, 우리는 자연스럽게 베이지 톤의 카펫을 발아래 디디며 화랑을 연상케 하는 별관 로비에 들어섰다.

"어빠, 어빠."

칭얼거림 없이 얌전하던 이희진의 말에 이태석은 고개를 돌렸다.

"왜?"

"아니이. 아빠 아니야, 어빠."

"……나 말고?"

"응."

그간 들어온 '어빠'라는 혀 짧은 소리의 정체가 '아빠'가 아닌 '오빠'였단 사실을 깨달은 이태석은 다소 시무룩해 보였다.

"아버지, 어머니. 희진이는 제가 챙길게요."

나는 한창 걸음마 중인 이희진의 손을 잡았다.

"희진이는 오빠랑 다니자."

"응!"

이태석은 그런 나를 물끄러미 보더니 고개를 끄덕였다.

"그래. 적당히 놀다가 시간이 되면 들어오너라."

"예, 아버지. 그럼 저는 여기서 기다리다가 초대 손님이 오면 안내할게요."

그 모습에 사모가 웃었다.

"과연 성진이의 초대를 받은 사람이 누구일지 궁금한걸?"

"……."

죄송하지만 김민혁과 남경민입니다만.

이태석이 사모와 함께 엘리베이터로 향한 사이, 나는 이희진의 손을 붙잡고 VIP 전용 별관 주위를 서성거렸다.

"가 보고 싶은 곳이라도 있어?"

"어빠!"

"……뭘 어쩌라고. 구경이나 할까?"

"응."

"그래, 네가 이번 생에도 오너가 될지는 모르겠지만, 일단 잘 봐 둬."

"응? 응."

신화호텔은 전생에도 몇 번인가 발길을 한 적이 있다.

하지만 이곳, VIP 전용 별관에는 좀처럼 올 일이 없어서, 나도 새삼 감회가 새로웠다.

물론 국내 최고를 표방하는 신화호텔이니만큼 일반인을 위한 로비도 훌륭한 만듦새였지만, 이곳 별관이 가져다주는 느낌은 로비와도 사뭇 그 정조가 달랐다.

데스크며 카페, 각종 편의 시설이 들어선 본관과 달리 각종 연회장만을 갖춘 별관은 상대적으로 자그마했고, 천장의 높이도 낮았지만 그럼에도 'VIP 전용'이라는 함의가 표방하는 만큼의 질적으로 남다른 구석이 있었다.

'품위가 있다고 할까.'

이는 일찍이 외국 대학에서 미학을 공부한 이미라 사장의 심미안이 영향을 끼쳤을 거라고, 나는 생각했다.

그리고 나는 이희진에게 이끌려 자연스럽게 별관 밖 정원으로 나섰다.

화강암 판석이 깔린 길 위로 어둑해지는 저녁 초입의 그림자를 드문드문 박힌 조명이 몰아냈고, 곡선으로 이어진 산책로는 연못을 중심으로 둥글게 이어져 있었다.

이희진은 아장아장, 내 손을 붙잡고 바닥에 깔린 판석과 판석 사이를 신중하게 넘어 다니더니 이내 곧 고개를 들어 주위를 분간할 여유를 찾았다.

　"어빠, 꽃!"

　이희진이 손가락 끝으로 정원에 핀 붉은 꽃을 가리켰다.

　"응, 그러게."

　"이름이 모야?"

　"꽃 이름?"

　"응."

　나는 그 꽃을 유심히 들여다보았다.

　붉게 핀 꽃을 보고 있으려니 나 스스로 일부러 잊고 있던 기억이 떠올랐다.

　「내가 좋아하는 꽃이야.」

　「왜?」

　「왜, 라니. 그보단 내 탄생화거든. 몰랐지?」

　「알 턱이 있나.」

　「당신은?」

　「몰라. 나는 그렇게 감상적인 사람이 아니라서.」

　「치이. 기억해 둬, 이 꽃의 이름은……」

　그렇기에 굳이 그 이름을 기억하고 있던 꽃이었다.

"백일홍이네."

"백일홍?"

"응……."

이어서 나는 뒤에서 들리는 자박거리는 발소리에 고개를 들었다.

"꽃구경 중이니?"

다짜고짜 말을 건넨 건, 빈틈없이 다듬은 단발에 검정색 샤넬 원피스를 차려 입은 중년의 미부인이었다.

나는 조명을 받아 반쯤 그림자가 드리운 그 얼굴의 반면을 보며, 머릿속으로 이 사람이 누군지 얼른 파악해 냈다.

"예, 당고모님. 오랜만에 뵙습니다."

이곳 신화호텔의 오너, 이미라.

이미라는 화장으로 그려 넣은 눈썹을 자연스럽게 씰룩이 더니 입가로 희미한 미소를 지었다.

"그래, 성진아. 오랜만이구나. 명절 때는 못 봤으니 꼭 1년 만인가. 옆에는 희진이고?"

업무에서 밴 몸짓일까, 그녀는 내 인상에 대한 개인적인 감상을 늘어놓는 일 없이 다소 사무적으로 느껴질 정도의 관심을 표했다.

"예. 희진아, 당고모님께 인사드려."

"안냐세여!"

이희진은 낯을 가리는 기색도 없이 꾸벅, 배꼽인사까지 해

가며 귀엽게 인사했다.

"응. 돌잔치 때 본 적이 있을 텐데, 기억에는 없겠구나."

"도올자안치?"

"네 생일."

"네."

이희진이 그 이야기를 알아들었는지는 모르겠지만, 어쨌건 그녀는 거리낌 없이 이미라의 손을 붙잡고 백일홍을 가리켰다.

"백일홍!"

"어머."

그 말에는 좀처럼 감정이 드러날 것 같지 않던 이미라도 다소 놀란 얼굴이었다.

이미라는 자세를 낮춰 이희진의 눈높이에서 백일홍을 바라보았다.

"희진이가 그런 것도 알아?"

"어빠가."

"오빠가 알려 줬구나?"

"응."

이미라의 시선이 자연스럽게 나를 향해 옮겨 갔다.

"본가 정원에 피어 있니?"

"아뇨. 다만 수업시간에 배운 적이 있는 것 같아서요."

나는 그렇게 둘러댔다.

"그렇구나."

이미라는 표정에 어린 희미한 호의의 기색을 지우지 않고 고개를 끄덕였다.

"이 정원의 구성은 남미 쪽 외무관의 방한 시기에 맞춘 거란다."

그 한마디에서 신화호텔을 경영하는 이미라의 철학이 담뿍 묻어 나왔다.

"올해 여름은 더웠으니까, 제때 피어 줄지 몰랐는데. 그래도 다행이다 싶어."

"예."

"정원은 마음에 드니?"

"아름답네요."

취향에 따라 다르겠지만, 전문가들의 손으로 다듬은 호텔 정원은 일견 '완벽하다'는 인상을 심어 줄 만큼 잘 가꿔 두었다.

나는 말을 덧붙였다.

"저희 집 정원이랑은 컨셉이랄지, 느낌이 사뭇 다르기도 하고요."

신화호텔의 정원은 어느 정도 절제되어 있긴 하나, 화려한 맛이 있다.

그에 비하면 본가의 정원은 화려한 것을 좋아하지 않는 이휘철 회장의 취향대로 관상용 관목 위주의 녹색의 정갈한 구성이었다.

그 취향은 이태석도 다르지 않아서 이휘철 회장의 사후엔 거기에 몇 가지 꽃나무며 화단이 추가되긴 했으나, 그것도 상주 정원사의 은퇴 이후엔 새로 사람을 들이는 일 없이 정원수를 베고 외주 업체를 불러 잔디만 관리하게 했다.

'반면 이성진의 취향은 대체로 화려한 것이지만, 정원 취향을 운운할 즈음엔 본가를 나와 자연스럽게 신경을 끊어 버렸으니.'

이미라는 내 말에 몸을 일으키며 고개를 돌려 일부러 그러듯 정원을 둘러보았다.

"숙부님의 취향은 조금 동양적이니까. 그에 비하면 아무래도 우리 호텔은 보편적인 취향에 맞출 필요도 있고."

그러면서도 이미라는 본인의 취향이 어떠하다는 걸 드러내지 않는 화법을 몸에 밴 것처럼 구사했다.

"그래도 벌써부터 그런 걸 주목한다는 건 대단한 거란다. 관찰안이 좋네."

"아뇨. 저도 희진이가 말을 하지 않았다면 몰랐을 거예요."

"후후."

긍정도 부정도 아닌 웃음을 흘린 이미라는 이어서 자연스럽게 화제를 옮겼다.

"꽃구경을 하기엔 슬슬 어두워질 거야. 다른 어른들께는 인사드렸니?"

"아뇨, 아직 드리지 않았어요."

"그래. 그러면 나랑 함께 들어갈까?"

"말씀은 감사드립니다만, 초대장을 보낸 사람이 있어서요. 마중 후 들어가겠습니다."

"흐음, 그래. 그럼 나는 먼저 들어가 볼게."

이미라는 자연스럽게 몸을 돌려 정원을 빠져나갔고, 나는 그런 이미라를 보다가 힐끗, 내 손을 꼭 잡고 있는 이희진을 보았다.

'신화호텔의 현 오너와 차기 오너라. 아직은 먼 뒷날의 이야기지만.'

슬하에 자식이 없는 이미라는 이희진을 후계자로 삼게 되지만.

그래도 여기서 어떻게 처신하느냐에 따라 이희진에게 돌아갈 지분의 비율도 달라지지 않을까.

나는 이희진의 손을 부드럽게 쥐었다.

5장

초대한 손님을 기다리는 사이, 이희진은 내 손을 꼭 잡은 채 칭얼거리는 일 없이 외출을 만끽하고 있었다.

"아빠, 고기, 고기."

"잉어야."

"잉어!"

이희진을 데리고 정원을 거닐며 연못을 살피는 동안, 나는 저 멀리 택시가 멈춰 서는 것을 보았다.

느낌상 왠지 내 초대 손님일 것 같아서, 나는 이희진의 손을 이끌었다.

"잠시 가 볼까?"

"응!"

아장아장 걷는 이희진의 보폭에 맞춰 입구로 걸어갔더니, 저 멀리 택시에서 내리는 김민혁의 실루엣과 김민정이 보였다.

'쟤는 왜 왔어?'

다소 어처구니는 없었지만, 그래도 어쨌건 내색은 못 하고 나는 김민혁을 반겼다.

"형, 여기예요."

"오."

저번에 맞춘 이탈리안 정장을 입고 온 김민혁은 괜히 재킷을 정리하며 다가왔다.

"밖에 있었구나. 희진이도 안녕?"

"……."

이희진은 낯을 가리는 기색으로 내 등 뒤에 숨었다.

김민혁은 그러거나 말거나, 아랑곳하지 않으며 내게 툭 말을 붙였다.

"애들은 쑥쑥 크네. 벌써 걸음마도 해?"

"네. 아, 그리고 잘 오셨어요. 그리고……."

오늘 내내 학교에서 왠지 모르게 심통이 나 있던 김민정이 퉁명스레 내 시선을 받았다.

"왜? 오면 안 되는 사람이 온 것처럼. 초대장엔 동행인이 있어도 된다고 적혀 있던걸."

"그렇긴 하지만 네가 와도 여긴 별로 재미없을 건데."

"……."

"아니야, 잘 왔어."

이미 온 건 어쩔 수 없지.

"……흥."

김민정은 새침한 얼굴로 고개를 홱 돌리더니 내게 보이던 태도와 정반대로 이희진에게 미소 띤 인사를 건넸다.

"안녕, 희진아."

"……응. 안냐세여."

이희진은 꾸벅 고개를 숙이더니 내게 푹 안겼다.

"왜?"

"으으응, 아니."

뭐가 아니란 건지는 모르겠지만, 이희진은 내게 안긴 채 고개를 도리질 쳤다.

"오빠를 잘 따르네. 민정이 너도 저럴 때가 있었던가?"

"없어."

"……그러게, 없네."

김민혁은 어깨를 으쓱이더니 고개를 돌려 주위를 살폈다.

"우릴 기다린 모양인데. 슬슬 들어갈까?"

"아, 죄송해요. 한 사람 더 오기로 했거든요."

"……그래?"

그러더니 김민혁이 히죽 웃으며 새끼손가락을 흔들었다.

"누군데?"

"……그런 거 아니거든요. 남경민 책임님이라고, SJ컴퍼니에 재직 중인 분이에요."

"응? 너 또 뭔가 일 벌이려고?"

기겁하는 김민혁에게 나는 픽 웃어 주었다.

"걱정 마세요. 큰 힘이 드는 일도 아니니까요."

아직은.

내 말을 들은 김민혁은 떨떠름한 얼굴로 고개를 끄덕였다.

"뭐, 정 그렇다면야……. 그러면 원랜 삼광전자 사람이겠네."

"예. SJ컴퍼니가 자회사로 설립되면서 흡수한 구 멀티미디어 사업부 소속 사람이죠."

김민혁은 잠시 생각하다가 다시 한번 고개를 끄덕였다.

"그러고 보니 예전에 너한테 들은 것 같기도 하네. 그래서 무슨 일을 해 보려고?"

"아직 확정된 요소는 아니에요. 이 자리를 구실로 한번 엮어 보려는 거긴 하지만요."

김민혁은 호텔을 가만히 둘러보았다.

"하긴, 이런 자리에선 얼굴을 팔고 다니기 좋으니까. 나도 그래서 초대에 응한 거고. 아니지, 사장님의 지엄한 업무명령에 이기지 못하여 사생활을 희생하고 만 것에 가깝나?"

"그럼 돌아가실래요?"

"크크크, 농담이야, 농담. 그보다 내가 얼굴을 비춰야 할 사람이 누가 있을까?"

"어디 보자, 우선은……."

김민혁과 이런저런 업무 이야기를 하고 있으려니 이희진이 칭얼거리며 내 손을 잡아 당겼다.

"어빠, 나 심심해."

"아, 미안. 음, 이거 참……."

그때 잠자코 정원을 구경하던 김민정이 다가와 이희진에게 손을 내밀었다.

"희진이는 언니랑 놀까?"

"……응."

낯가림도 잠깐이었는지, 이희진은 김민정의 손을 붙잡고 정원을 산책했다.

둘이 멀어지고 나서, 김민혁이 입을 뗐다.

"너희 둘 화해는 했나 보네."

"음. 따로 사과는 했는데……. 받아 준 건지 아닌지는 잘 모르겠어요."

"에이 뭐, 사실상 한 거랑 진배없지. 어차피 애들 싸움…… 네 앞에서 애들 싸움 운운하니 좀 이상하긴 하지만, 뭐. 저번에 호주 다녀올 때도 네 선물 챙기던데."

아, 그 양모 열쇠고리?

"받았어?"

"아, 네. 받았죠."

"말도 마라, 공항 검색대 컨베이어에 짐이 통째로 걸렸는데, 그거 찾아야 된다고 난리도 아니었거든."

"……그랬군요."

김민혁의 말과는 달리 김민정은 내게 선물을 건넬 당시, '오빠가 주라고 했다'고 했다.

'흠. 김민혁이 거짓말을 하고 있거나 김민정이 거짓말을 했거나, 둘 중 하나겠지만.'

김민혁의 말이 사실이라고 하면, 조금 낙관적이다.

'어쨌거나 이제 김민정이 나를 더 이상 배척하진 않겠단 의미기도 하니까.'

이어서 김민혁이 히죽 웃었다.

"이거 참, 오빠 된 입장에선 내 동생을 응원해 줘야 하나?"

"무슨 이야기예요?"

"모른 척하긴. 이른바 남녀상열지사에 관한……."

"그럴 리가요."

나는 어깨를 으쓱였다.

"그보단 지금껏 취해 온 입장이 있으니, 쉽게 그걸 번복하기 어려운 것뿐이에요."

"……그렇게 생각해?"

"그게 아니라고 한들 무슨 의미가 있겠어요? 아직 앤데."

내가 딱 잘라 한 말에 김민혁은 무안한 얼굴을 했다.

"……냉정하네. 아직 사춘기 전이라 그런 거냐? 남자는 아군, 여자는 적, 이런 시기?"

"좋을 대로 생각하시죠."

사춘기 운운할 일도 아닌 것이, 내 눈엔 그래 봐야 결국 애들일 뿐이다.

'그러는 김민혁도 내 눈엔 왠지 아직도 애로 보이고.'

김민혁이 턱을 긁적였다.

"왠지 아깝네."

"뭐가요?"

"내가 네 입장이면…… 너, 인기 많잖아."

"그렇겠죠."

"어쭈, 부정은 안 하네?"

"저야 돈, 능력, 외모 세 가지를 평균 이상으로 갖추고 있으니까요. 그러니 누군가에게 호감을 사는 것도 이상한 일이 아니죠."

"……와, 똥재수. 사실이긴 하지만. 아니, 그래서 더 재수 없네."

나는 어깨를 으쓱였다.

'뭐, 어차피 이 나이대 여자애들이 품는 거라고 해 봐야 호기심에서 비롯한 풋사랑 같은 거니까.'

또 설령 누군가가 내게 이성적인 호감을 느낀다 한들, 그건…….

'내가 아닌 이성진을 향한 거겠지.'

잠시 후, 저 멀리 택시가 멈추고 턱시도 차림의 남경민이 두리번거리는 모습이 보였다.

"도착한 모양이네요. 가시죠."

옷이 날개라고, 평소의 후줄근한 차림이 아닌 남경민은 제법 훤칠해 보였다.

"오셨어요?"

내가 인사를 건네며 다가가자, 남경민은 얼른 마주 인사했다.

"아, 예. 사장님."

"이쪽은 저를 도와 함께 일하고 있는 김민혁 전무라고 합니다."

김민혁은 먼저 악수를 권했다.

"김민혁입니다."

"남경민입니다. 말씀은 많이 들었습니다."

"하하, 뭘요. 아, 저쪽은 제 동생인……."

이런저런 소개까지 마치고, 김민혁은 그다지 붙임성이 있진 않은 남경민과 대화를 가볍게 주도하며 우리는 함께 호텔로 발을 들였다.

아직 '공식적인' 행사가 치러지기까진 다소 이른 시간이었음에도 불구하고, 홀 내부는 이미 사람들로 채워져 정숙한 북적임이 가득했다.

정숙한 북적임.

일견 어울리지 않는 어휘의 조합이지만, 그 모습을 본다면 그럴듯하다고 고개를 끄덕일 수밖에 없으리라 생각한다.

사람들은 목소리를 높이는 일 없이 반경 2~3미터 내외에 근접하지 않으면 알아듣기 힘든 소리로 조곤조곤한 대화를 나눴고, 그만큼 저마다의 용건이나 이해관계에 맞춘 사람끼리 각각 무리지어 어울리고 있었다.

그런 모임과 모임의 집합이 여럿, 그렇다 보니 널찍한 홀엔 사람이 여럿이면서도 한편으론 도서관이나 갤러리에 모인 사람들이 정숙함을 공유하는 것처럼 이 공간의 암묵적인 룰을 준수하는 것으로 보였다.

나는 그들이 이행하는 암묵적인 룰 이면에 자리 잡은 낯섦을 느꼈다.

이 자리에는 이씨 일가만이 있는 것이 아니었고, 이런 저런 이해관계에 의해 따라온 사람들이 저마다의 가솔을 이끌고 있었기에, 그들의 인식하는 저변에는 조심스러움과 두려움, 이 화려한 공간에 그들 스스로 걸맞지 않은 인물이라고 하는 주눅 든 기색이 얽혀 홀은 기묘한 공기가 맴돌고 있었다.

뒤이어 나는 자연스러운 주목이 이쪽으로 쏠리는 걸 느낄 수 있었다.

내색하지도, 그렇다고 소란스럽지도 않은 무언의 웅성거림.

이휘철 회장의 장손이 나타났으니, 당연한 일이기도 했다.

그런 상황이다 보니, 김민정은 다소 부담스러운 얼굴로 고개를 돌렸다.

"끙."

나는 신음을 흘리는 김민정을 보며 슬쩍 말을 붙였다.

"내가 말했지? 애들이 올 곳이 아니라고."

"……우리 또래도 몇몇 보이는걸."

"어쨌건 명분상으론 가족 모임이니까."

그리고 그런 우리에게, 이태석과 사모가 자연스럽게 다가왔다.

"민혁 군이랑 민정이가 왔구나."

사모는 웃으며 이희진을 양도받았다.

"그리고……."

남경민이 먼저 고개를 숙였다.

"SJ컴퍼니의 남경민 책임입니다."

"아, 그러시군요."

사모도 명색이 SJ컴퍼니의 대표이사였지만, 그녀는 그런 일엔 신경을 쓰지 않아서 슬쩍 김민정에게만 다가가 관심을 표할 뿐이었다.

"초대장 받았니?"

"네? 아, 네…… 뭐어."

"잘 왔어."

그러는 사이 이태석이 남경민에게 말을 붙였다.

"오랜만입니다, 남경민 책임."

어라, 구면이었나?

평사원인 남경민이 이태석과 안면이 있으리라곤 생각하지 못했는데.

내가 생각하는 사이 이태석이 말을 이어 갔다.

"온다는 이야기는 들었지만…… 제 아들 녀석이 곤란한 부탁을 했군요."

"아닙니다, 사장님. 이런 자리에 초대해 주셔서 영광입니다."

"부담 갖지 말고 천천히 즐기다 가십시오."

"예."

말은 그렇게 했지만, 부담을 갖지 않기가 힘든 자리이긴 하지.

뒤이어 이태석은 김민혁을 보았다.

"자네가 민혁 군이지. 성진이한테 이야기는 많이 들었는데…… 오가면서라도 만난 적이 있던가?"

"아닙니다, 상황이 여의치 않아 저와는 오늘이 초면입니다. 뵙게 되어 영광입니다, 이태석 사장님."

"흠."

그 말은 김민정의 오빠라거나 나와 친분이 있는 형이 아닌, 자신의 포지션을 공적으로 선포한 어투여서, 이태석은 희미한 미소를 머금었다.

"그래. 자네 아버지이신 김광혁 씨와는 조금 친분이 있지. 양친은 안녕하시고?"

"넵."

"어쩌다 보니 자네가 속한 금일 쪽 사람들은 일이 바빠 오질 못했군. 뭐, 번잡스러운 자리이기도 하니까."

"아닙니다, 아주 훌륭한걸요. 더군다나 금일 그룹은 식품이며 호텔 업종엔 진출하지 않았으니까요. 그런 의미에서 삼광의 모임이나 행사는 규모가 왠지 남다른 느낌입니다."

김민혁은 교과서적인 면모가 보이긴 했으나 제법 비즈니스적인 처세에 능한 모습이었고, 오히려 내 곁에 선 남경민은 이런 상황이 익숙하지 않은 듯 얼떨떨한 모습으로 우두커니 서 있을 뿐이었다.

세심한 면모가 있는 이태석은 이를 놓치지 않고 남경민에게도 신경을 써 주었다.

"별로 차린 건 없지만 아직 요기 전이라면 간단한 식사가 준비되어 있으니, 부담 없이 이용해 주십시오."

"……옙."

"성진아."

나는 미소 띤 얼굴로 대답했다.

"예, 제 손님이니 호스트로서 모시겠습니다."

"그래. 나는 잠시 자리를 비운 터라. 그럼 실례하겠습니다."

이태석은 사교적인 양해를 구한 뒤 자리를 비켰고, 김민정
과 어울리던 사모가 나를 보았다.

"성진아, 엄마도 이야기 중이었는데, 잠시 희진이를 부탁
해도 될까?"

이거, 잠시가 아닐 거 같은데.

저도 일하러 온 거란 말입니다.

그래도 별수 있나.

애는 애들이 할 수 있는 일을 해야지.

"걱정 마세요."

"고마워라. 방금 민정이랑도 이야기했는데, 고맙게도 희
진이를 함께 봐준다더라고."

뒤이어 사모가 의미심장한 미소를 지었다.

"둘이서 공동 작업, 어떠니?"

"……알아서 하겠습니다."

"아, 그리고."

"예."

"희진이 잘 챙기렴."

"예? 아, 예."

왠지 의미심장하게 들리는데.

아무렴 이런 곳에서 애를 잃어버릴까.

'다른 의미가 있는 건가?'

사모마저 떠나고, 김민혁이 고개를 저었다.

"나 원, 이상하게 상황이 복잡한데."

"정상이에요."

사람과 사람, 사람 사이의 집단이 각자의 이해관계로 얽힌 곳이니까.

일견 차분한 분위기와는 다르게, 지금은 어느 순간 누구에게 끼어들어 말을 건네고 상황을 볼지 다들 눈치를 살피는 중이었다.

김민혁이 턱을 긁적였다.

"흐음, 나는 이태석 사장님이랑 무언가 이야기를 하게 될 줄 알았지. 그런데 사실상 풋내기 취급하시는 거 같은걸."

가만히 있던 남경민도 툭하고 말을 뱉었다.

"저도 이런 자리는 영 어색하군요."

나는 이희진을 어르며 말을 받았다.

"아직은 본격적인 시작 전이어서 그래요."

"시작 전?"

"예. 본격적인 건, 이런저런 행사가 식순으로 진행된 다음부터죠."

나는 미소 띤 얼굴로 주위를 살폈다.

"그 전까진 탐색전이라고 생각해 주세요."

"……탐색전? 이게 뭔 전쟁인가."

그 비슷하지.

다들 느릿느릿 걷는 것처럼 보여도, 실상 이 자리에 모인 이들은 그 누구보다 기민하게 움직일 준비가 되어 있었다.

내가 조금만 더 연령적으로 성숙했더라면, 지금쯤 다들 내게 이런저런 사교의 인사나 수작을 던져 왔겠지만 이 순간만큼은 국민학생이라는 내 신분이 달가웠다.

"저기, 성진아."

탐색전 시작, 하고 생각하고 있었는데 김민정이 슬그머니 말을 붙였다.

"왜?"

"나, 아직 저녁을 안 먹었는데."

"흠. 말했듯이 여긴 별로 기대할 게 없는데."

그 왜, 소문난 잔치에 먹을 거 없다는 말도 있지 않은가.

'다들 뭘 먹으러 오는 것도 아니고. 아직 뷔페 메뉴가 발전한 시대도 아니니.'

그래도 명색이 신화호텔이어서 그 나름의 구색은 갖춰 둔 마당이었기에, 나는 홀 구석을 손가락으로 가리켰다.

"저쪽에 가면 파티 푸드가 있을 거야."

"응, 먼저 가 있을게. 희진이도 같이 갈래?"

그사이 제법 친해진 모양인지, 이희진은 이제 낯을 가리는 기색 없이 김민정을 물끄러미 쳐다보았다.

나는 그 말에 '땡큐' 하고 이희진을 맡겨 버릴 뻔하다가.

문득 사모의 말이 떠올랐다.

'이희진을 잘 챙기라고 했지? ⋯⋯아.'

그렇지.

이희진은 내게 원치 않는 상황을 벗어날 방패막이 역할도 해 주는 셈이었다.

'역시 이런 자리에 잔뼈가 굵은 상류층은 달라.'

한편으론, 이렇게 집단을 이루고 있으니 다들 선점한 용무가 있다는 판단하에 내게 쉽사리 다가오질 못하는 것도 겸하는 것이리라.

'하긴, 나도 명색이 이 행사의 주인공인 이휘철의 장손인데.'

여태껏 이런 자리에서 구심점이 되어 본 적이 없었기에 다소 착오가 있었다.

나는 고개를 저었다.

"괜찮아, 나는 간단히 먹고 왔거든. 희진이는 내가 돌볼 테니까 다녀와."

김민정은 내 말을 순수한 호의로 느꼈는지, 슬쩍 미소를 지었다.

"응. 오빠, 오빠도 가자."

"응? 아, 나는⋯⋯."

김민혁은 좀 더 상황을 두고 볼 생각이었던 모양이었지만, 내 눈짓에 고개를 끄덕였다.

"그러지 뭐. 남경민 책임님도 가시겠습니까?"

남경민은 자신에게도 제안을 할 줄은 몰랐다는 양 다소 놀란 얼굴이었다.

"아…… 그래도 되겠습니까?"

"……안 될 건 뭔가요?"

김민정이 떠나고, 그 공백을 틈 타 다가온 사람이 있었다.

"네 손님들이니?"

이성진의 당고모인 이미라였다.

"아, 예. 그렇습니다."

"이런 자리엔 익숙지 않은 지인들 같구나."

이미라의 말은 제법 많은 것을 함의하고 있어서, 나는 그만 쓴웃음을 지을 뻔한 걸 참아야 했다.

"그런 편이죠."

떠들썩함과는 거리가 먼, 그런 점잔 빼는 분위기였지만, 그런 것과 관련이 없어 보이는 일행이었으니까.

평사원 출신인 남경민은 차치하더라도, 김민혁과 김민정도 금일 그룹 관계자이긴 하되 그쪽은 이런 분위기가 아니었고.

"희진이용 보행기도 준비는 해 뒀으니까 필요하면 말하렴."

"예, 배려 감사드립니다."

또, 우리 외에도 그런 점잔 빼는 것과 다른 분위기를 스스로 내세우는 사람이 있었다.

"변함없이 거창하구먼, 이거."

멀지 않은 곳, 그는 테이블에 기대 샴페인을 비운 뒤, 지나가는 웨이터의 쟁반에 얹힌 샴페인 잔을 냉큼 낚아챘다.

웨이터는 노인의 무례한 행동에 흠칫했지만, 내색은 하지 못하고 아무 일도 없었다는 듯 말없이 고개를 숙이고 노인 앞을 스쳐 지났다.

주위의 모두가 이런 자리에 어울리지 않는 무뢰배를 대하는 얼굴이 되어 노인을 힐끗 쳐다보았으나, 노인은 벌써부터 불콰한 얼굴로 히죽, 웃으며 샴페인을 홀짝였다.

"오."

그는 마치 우연히 그런 것처럼, 연회장에 발을 들인 우리와 눈을 마주쳤다.

이미라는 그 바람에 자연스럽게, 나를 이끌고 노인이 있는 곳으로 걸어가 정중하게 인사를 건넸다.

"곽철용 어르신, 오랜만에 뵙습니다."

"그래, 오랜만이구나."

이미라와 오래된 지기처럼 인사를 주고받은 노인은 이휘철 회장과 그 연배가 비슷해 보였다.

'곽철용? 으음, 얼핏 들어 본 적이 있는 이름이긴 한데.'

나는 잠시 머릿속으로 이성진의 먼 일가친척—이를테면 사돈의 팔촌쯤 되는—의 목록을 머릿속에서 정리해 보았으나, 개중 곽철용이라는 이름은 들어 있질 않았다.

그는 홀로, 이런 자리엔 어울리지 않는 유행에 뒤처진 정장 차림이었고, 그마저도 장롱 속에 묵혀 두고 있던 걸 억지로 찾아 입은 모양새였다.

차라리 호텔에서 대여해 주는 정장을 빌려 입는 것이 낫지 않았을까.

하지만 그는 그따위 세태와 야합하지 않는다는 듯이 주눅든 기색도, 주위의 힐끗거리는 시선에도 아랑곳하지 않는 얼굴로 샴페인을 홀짝였다.

이어서 곽철용은 자연스럽게 고개를 아래로 내려 나를 보았다.

"네가 봉효의 손주인 모양이구나."

봉효.

그건 삼광장학재단의 정식 명칭 앞에도 접두하고 있는 이휘철의 호였다.

나는 얼른, 그에게 인사했다.

"인사드리겠습니다. 이성진입니다."

'처음 뵙겠습니다' 하고 인사를 건네지 않은 건 이성진이 그와 초면인지 구면인지 나로서도 분간할 수 없었던 탓이었다.

"그래, 그런 이름이었던 거 같군."

곽철용은 내 손을 꼭 붙잡고 있는 이희진에겐 별반 관심을 보이지 않으면서 말을 이었다.

"안 그래도 봉효한테 요즘 귀가 아프도록 네 자랑을 들어왔지 뭐냐. 하긴, 그런 의미에선 일단 첫인상은 나쁘지 않아."

다행히 초면이었나 보군.

곽철용은 나이에 어울리지 않는, 악동 같은 웃음을 지었다.

"들으니 이것저것 일을 벌인 모양이던데. 그것도 음, 네가 지금 몇 살이더라?"

"11살입니다."

"그래, 그래. 11살짜리 아해가 할 법한 일치곤 그렇단 의미지. 날고 긴다 하던 봉효도 네 나이땐 그 정도가 아니었는데 말이야. 소문이 그렇단 거지만."

그제야, 나는 어렴풋하게 이름만 들어 본 곽철용의 정체를 알 수 있었다.

이휘철의 지우.

세간에선 이휘철의 바둑 친구로 알려진 노인이었다.

하지만 그는 이휘철의 인척도, 사업을 하는 이도 아니었고, 그렇다 해서 정치에 몸담은 이도 아니었다.

그럼에도 불구하고 이휘철과 죽마고우라는 이유만으로 그 곁에 붙어 있는, 속되게 말해 일종의 기생충 같은 존재라는 것이 세간의 평가였다.

'기생충…… 운운하는 것치곤 오라가 장난이 아닌데.'

나는 곽철용을 통해 일찍이 이휘철이며 이태준을 보았던 때와 비슷한 압력을 은연중 느끼고 있었다.

'하긴, 사람을 가리기로 유명한 이휘철이 죽마고우라는 이유만으로 무턱대고 아무나 그 품에 들일 이유가 없지. ……이태준도 그랬고.'

짧은 생각을 정리한 나는 거울을 보며 연습한 자연스러운 미소를 입가에 담았다.

"조부님께 무슨 말씀을 들으셨는지는 모르나 과찬이십니다, 영감님."

"크크크."

곽철용은 내 대답에 대한 감상을 숨죽인 웃음과 샴페인 한 모금으로 대신했다.

그러고 있으려니 우리 사이로 의외의 인물이 합류했다.

"어르신."

"아, 태준이냐."

마침 그에 관한 생각 중이었는데.

삼광장학재단의 이사장인 이태준이 그 아들이자 내 재종인 이남진을 대동하고 다가왔다.

'기인 둘이 모였군.'

내가 이태준에게 묵례하니, 이태준은 내 어깨를 툭툭 두드려 주는 것으로 인사를 대신 받으며 곽철용에게 말을 건넸다.

"성진이와 이야기를 나누고 계셨습니까?"

"그래. 그러고 보니 너도 성진이랑 뭔가 일을 했다지?"

"허허, 어르신도 알고 계신다니 이제 세상 사람이 모두 알고 있을지도 모르겠군요."

"능청은. 이런 자리에 도통 얼굴을 안 비치는 네가 웬일이
냐."

"재밌는 일이 있을 거 같아서지요. 그러는 어르신도 어쩐
일로 얼굴을 비치셨습니까?"

"크크. 뭐, 나도 비슷하려나. 그쪽은 아들이고?"

"예. 남진아, 인사드려라. 이 아비가 적잖이 은혜를 입은
분이다. 어릴 때 인사를 드린 적이 있지?"

전생에도 현생에도 이런 연회장에 좀처럼 올 일이 없었던
이남진은 공연히 동업자인 나를 힐끗거리다가 별수 없다는
듯 인사했다.

"이남진입니다."

"그래. 그 코흘리개가 슬슬 장가를 들 때가 됐구나."

이쯤 되니 우리 집합이 제법 커졌다.

곽철용과 이태준이야 그렇다 쳐도, 이 자리에 호텔 오너인
이미라와 이휘철의 직계 손주 둘이 포함되어 있으니 은근한
시선이 모이는 것도 자연스러웠고.

"아, 성진아. 여기 있었구나."

그 바람에 잠시 자리를 비웠던 이태석도 슬쩍 다가와 나와
곽철용, 이태준 사이에 섰다.

'그로선 이런 기인들이 내 근처에 모인 걸 좋아하지 않는
것 같군.'

이태석은 자연스럽게 샴페인 잔을 들고 말을 이었다.

"평소엔 공사다망하여 뵙기 힘든 분이 둘이나 모이셨군요."

그렇게 말하며, 이태석은 사촌 형님인 이태준에게 슬쩍 고개를 숙여 인사했다.

"태준 형님도 오셨고요."

"그래, 어쩌다 보니."

그러고 보면, 나는 집이 아닌 자리에서 다른 사람을 대하는 이태석의 면모를 본 적이 없었다.

이태석은 평소 뚱해 보이기만 할 뿐인 집 안에서의 얼굴과 달리, 여기선 사교적인 미소를 띤 채로 자연스럽게 자리를 주도해 나갔다.

그것이 그의 본성과 거리가 먼 행동임을 알고 보니, 새삼 대단한 인물이란 것도 알았다.

"제 불민한 아이들이 인사는 드렸는지 모르겠군요. 희진아, 인사드렸니?"

그제야 이희진은 내 손을 놓고 여기 모인 노땅들에게 배꼽인사를 했다.

"안냐세여!"

즉석에서 이희진이라는 패를 이용하는 이태석을 보며, 나는 속으로 혀를 내둘렀다.

'이게 방패막이의 활용법이군.'

이희진의 깜찍한 인사 한 번에 대화의 주도권은 슬쩍 난입한 이태석에게로 넘어갔다.

인사하는 이희진을 보던 이태석이 흐뭇한 미소로 말을 받았다.

"행사가 시작되기 전에 인사를 드리러 다녀야겠군요. 오늘은 우리 희진이가 공식적으로 얼굴을 보이는 하루이기도 하니까요."

어느 정도 머리가 굵은 나를 대신해 이희진을 방패막이로 내세우는 이태석의 노림수였다.

그리고 이번엔 내 짐작대로, 이태석이 자연스럽게 내 어깨에 손을 얹으며 말을 이었다.

"그리고 희진이를 에스코트하는 건 성진이의 오늘 임무여서요."

나는 그래서 보란 듯 다시금 이희진의 손을 붙잡은 뒤 내 손을 살짝 기울이듯 움직였다.

사실 나 역시, 이런 기인들을 앞에 두곤 밑천이 드러날지 모른다는 우려가 있었으므로 이태석의 개입이 반가웠다.

"그럼 나중에 뵙겠습니다. 희진아, 인사해야지."

"안냐세여!"

'안녕하세요'의 느낌으로 작별을 고한 어린아이의 천진함을 목도하니, 자리에 모인 모두가 실소를 터뜨렸다.

"벌써부터 이렇게 귀여운 아이라니, 장래가 촉망되는구

나."

날 보며 관상 운운하던 이태준의 평이었다.

그의 말이 인사치레거나 말거나, 이희진은 장래 아주 대단한 인물로 성장하는 것도 사실이긴 했다.

"이거 참, 인사는 받았는데 내 얼굴을 기억이나 할지 모르겠군."

곽철용의 빙긋거리는 웃음 사이로 이미라가 시의 적절하게 끼어들었다.

"어르신, 부족한 게 있다면 가져다 드리겠습니다."

"아니, 됐다. 오랜만에 태준이를 보았으니, 태준이 몫의 술이나 가져오게 하자꾸나."

그리고 지배인이 직접 자연스럽게 다가와 샴페인이 든 잔을 가져왔고, 그 틈에 이태석은 묵례 후 우리를 이끌고 자리를 피했다.

"공연히 발이 묶일 뻔했어."

이태석은 발걸음을 옮기며 나직하게 읊조렸다.

이태석의 성격에 이태준이며 곽철용 같은 부류는 좀처럼 가까이하지 않으리란 짐작은 하고 있었다.

"죄송합니다. 먼저 말씀을 하셔서요."

"아니, 비난하려는 게 아니라……. 아니다, 잠시 희진이를 빌리자."

그러면서 이태석은 나와 이희진을 사모가 있는 곳까지 이끌었다.

"아, 저기 오네요."

사모는 이런 저런 부인들과 뒤섞여 무어라 이야기를 주고 받는 중이었다가, 반색하며 이태석을 보았다.

"고마워요. 애들도 참, 어딜 갔다 온 거니?"

언젠 알아서 처신하라더니.

그리고 여기가 은근히 불편한 자리였음을, 우리를 대신해 피력하는 사모였다.

'뭐, 애들이 파티장에서 하는 역할이야 뻔하지.'

나는 사모의 바람대로 아이들이 하는 연회장의 역할에 충실히 따라 주었다.

"안녕하세요, 이성진입니다."

"어머, 잘생겼네."

"정말요. 명선 씨도 참 좋겠어."

그러며 나는 이태석의 바람대로 이희진을 자연스럽게 맡겼다.

"희진아, 너도 인사드려야지."

"안냐세여!"

나 역시, 여타 아줌마 부대에 발이 묶이는 것보단 차라리 실무에 임하는 먼 일가친척을 만나며 안면을 트는 것이 더 낫단 판단이었다.

"귀여워라."

"맞아, 그러고 보니……."

그리고 이태석과 나는 관심이 이희진에게 쏠린 틈을 타 슬금슬금 뒷걸음질을 쳐서, 얼른 그 자리를 벗어났다.

"흠."

이태석은 짧은 헛기침을 뱉은 뒤 나를 힐끔 돌아보았다.

"그래, 어떤 것 같으냐."

화제를 돌리기 위해 한 말치곤 막연했다.

"이제 막 들어와서 잘 모르겠어요."

"그러냐."

이태석이 픽 웃으며 평소 하지 않던 스킨십을 취해 내 어깨에 손을 얹었다.

"방금 만났던 곽철용 아저씨는 네 할아버지의 친구다. 네가 안면을 트긴 좀 이르니 우선은 대강 얼굴을 익혀 두는 선에서 그쳐 두려무나."

이태석은 이 기회에 슬그머니 가까이 하면 좋을 사람과 거리를 둘 사람을 내게 은근슬쩍 알려 주었다.

"네 어머니가 있던 자리 같은 건 되도록 피하는 게 좋지. 거기선 좋은 이야기도 뒤에선 나쁘게 부풀려 전하는 경향이거든."

"저도 그런 소문에 휘둘릴 만큼 대단한 사람은 아닌데요."

"아니. 성진아, 너는 이 자리에서 제법 주목받는 입장이다."

"제가요?"

역시나 차기 후계자로서 입장일까?

"요 몇 달, 네가 했던 일이 있으니까."

이어지는 말을 들으니 그런 것만은 아니었다.

"급식에 방과 후 교실, 언론을 끌어들여 동화건설을 무너뜨린 것. 그리고 이 중 몇 몇은 네가 SJ컴퍼니의 사실상 실질적인 오너라는 것도 알고 있지."

나로선 지난 몇 달, 딱히 해 온 일이 없다고 생각했는데.

"전부 아버지가 도와주신 덕인데요."

"녀석. 뭐 그렇게 생각하는 사람도 물론 없진 않겠지. 하지만 그렇지 않은 사람을 유의할 필요가 있단 거다."

그리고 이태석은 자연스럽게 고개를 돌렸다.

그는 우리 둘이서 한자리에 오래 머무는 건 좋지 않다고 생각한 것 같았다.

"마침 네 당숙이기도 한 태환 형님이 널 만나고 싶어 하시더구나."

말하며 이태석이 발걸음을 옮겼다.

이태환. 삼광건설의 사장.

이휘철의 여러 조카들 중, 그가 가장 아낀다는 이야기가 공공연히 떠도는 인물이었다.

그리고 그 곁에는 나와 큰 차이가 나지 않는 또래의 소년도 한 명.

'……흠.'

이성진의 미래를 바꿀 분기 중 하나였다.

이태환. 삼광 그룹의 계열사 중 하나인 삼광건설의 사장 겸 대표이사.

그에겐 얼마 전 동화건설이 수주했던 분당 토목 사업을 되찾아온 공이 있었다.

'더욱이 그쪽은 평범한 도로가 아니지.'

분당은 80년대 말 개발 당시부터 부동산 투기 열풍을 불러일으킨 금싸라기 땅이었다.

그리고 거기엔 물론 성수대교 부실공사 건이 보도될 수 있도록 알린 내 지분도 적잖이 포함되어 있었다.

'이태환에겐 내 역할을 어디까지 이야기했는지 모르겠군.'

나는 그렇게 생각하며 고개를 끄덕였다.

"예, 아버지."

이태석은 나를 데리고 다부진 체격의 남자에게 데려갔다.

'이 시절의 이태환은 그 느낌이 사뭇 다른걸.'

내가 기억하는 이태환은 전생의 모습이었는데, 그는 이태석보다 더 높은 연배임에도 불구하고 전생의 그 나이 든 시기에조차 정정한 모습을 자랑했다.

그는 풍채가 좋고 언뜻 호인처럼 보이는 인상이었다.

곰 같은 사내라고 하면 될까.

하지만 사람들의 상상 이상으로 머리가 좋다고 일컬어지는 곰처럼, 그는 호인다운 인상 뒤에서 기민하게 머리를 굴릴 줄 아는 그런 인물이었다.

"태환 형님."

이태석이 다가가며 인사를 건네자 이태환은 짐짓 놀란 척 얼굴에 웃음을 띠고 이태석을 반겼다.

"아, 태석이냐. 이야기 도중 어딜 갔나 했더니."

"성진이를 찾아 조금 돌아다녔습니다."

이태석의 말에 고개를 끄덕인 이태환은 자연스럽게 시선을 내려 나를 쳐다보았다.

나를 보는 두 눈이 예리하게 빛난 것을 나는 놓치지 않았다.

이태환은 오른손을 넥타이에 한 번 문지른 뒤 그 커다란 손을 내게 내밀었다.

"성진아, 못 보던 사이 많이 컸구나."

"반갑습니다, 당숙 어르신."

이태환의 커다란 손이 내 손을 부드럽게 감싸 쥐었다가 떨어졌다.

"그래, 그사이 몰라볼 만큼 의젓해지기도 했고."

인상대로 호인다운 말을 뱉은 이태환은 이어서 근처에 있던 내 또래의 남자애에게 말을 건넸다.

"진영아. 기억하고 있지? 네 재종인 성진이다. 인사해라."

이진영.

이제 중학생이나 되었을까 싶은 소년은 그 아버지인 이태환의 피를 물려받지는 온전히 물려받지는 않은 듯 호리호리한 체격에 생김새가 섬세했다.

"안녕. 오랜만이야."

이진영은 내게 기탄없이 인사했고, 나는 미소로 그 말을 받았다.

"네, 진영이 형. 오랜만이에요."

안면이 있는 척 인사는 받았지만.

'이거야 원, 내가 아는 얼굴이긴 한데 다들 20년 뒤에야 볼까 말까 한 사람들이라서.'

이휘철의 사후, 이태환은 삼광건설을 지분이 있던 삼광물산과 합병, 나중엔 그의 아들인 이진영에게 물려주게 되는데.

그 과정에서 제법 진통이 있었다는 것이 새삼 기억났다.

'그리고 이진영은 포화 상태에 이른 국내 시장에서 눈을 돌려 해외 등지에 제법 그럴듯한 행보를 보이게 되지.'

아직은 어린 티를 벗지 못한 모습이었지만.

나는 이진영을 보며 생각했다.

'전생의 그는 이성진을 좋아하지 않았어. 하긴, 제대로 정신이 박힌 사람이면 이성진을 좋아할 리가 없으니.'

지금 이진영은 제법 사교적인 미소를 머금고 재종간의 친목을 과시하는 중이긴 했으나, 미래에 그는 삼광 그룹의 지분 문제로 이성진과 다투는 사이가 된다.

"그러고 보니."

이태환이 입을 뗐다.

"이번에 고스란히 묻힐 뻔했던 성수대교 부실공사 건을 성진이가 다시 이야기해 줬다지."

나는 이태환이 생각보다 다이렉트하게 말을 꺼내는 바람에 당황할 뻔했던 걸 간신히 추슬렀다.

"아닙니다. 어쩌다 보니 친구 아버지 중에 관련 업무의 종사자가 계셔서요."

"하하하, 그래도 그 나이에 벌써부터 관심을 가진다는 것부터가 대단한 일이지 않나. 그래도 네 덕에 혹시 모를 이 나라의 참사를 막을 수 있었다. 하하."

이태환은 호인처럼 웃음을 터뜨렸고.

"우연이에요."

나는 웃는 얼굴로 겸양을 표했지만.

과연 저 이태환이 성수대교의 부실공사 건을 모르고 있었을지도 의문.

어쩌면 이태환은 '손 안 대고 코 풀기'를 바라며 차일피일 미뤄 오던 일일 수도 있었다.

그러잖아도 삼광을 뒤에 업은 언론이 동화건설의 부실공

사 건을 수면에 띄워 올리자마자 기다렸다는 듯이 슬쩍 각종 부정 자료를 찔러 넣은 것도 이태환의 측근이었다.

사실, 실제 역사에서도 이맘때 성수대교가 붕괴되고 동화건설은 분당 토목 건에서 미끄러진다.

이후 이태환은 고스란히 관련 업무를 받아 치워 버렸으니까.

그러니 오히려 내가 한 일은 원래 역사에서 이태환이 했을 일을 조금 더 일찍, 그룹 차원으로 끌고 나눈 것이나 마찬가지였다.

'그러는 이태환도 설마 성수대교가 무너질까, 하는 생각이었겠지만.'

그러니 선뜻 나서지 않고 그룹 차원에서 일이 성사되길 기다린 이태환의 처신은 꾀발랐다.

'이휘철이 아끼는 조카, 인가.'

곰다운 생김새와 달리 하는 짓은 여우였다.

"아, 태환 형님."

이태석이 말을 붙였다.

"이번에 정부에서 전국적으로 급식 시설을 확장하려는 움직임이 보이던데요."

"아. 그렇지, 급식. 다른 업체들도 벌써부터 움직임을 보이더군. 하지만 우린 천화국민학교 쪽에 해 놓은 게 있으니까, 나중에 태준이 형님이랑도 이야기를 해야 하는데."

이태환은 저 멀리 곽철용과 환담 중인 이태준을 힐끗 쳐다보았다가 말을 이었다.

"순순히 놓아줄지는 잘 모르겠다. 미라가 갖고 있는 신화식품 쪽이랑도 연계를 해 봐야 할 테고."

"신화식품의 지분은 이미 미라 누님의 손을 떠나지 않았습니까?"

"그렇지만도 않아. 아무래도 브랜드 이미지라는 것이 있으니 임시로 분리해 두긴 했지만 그래도 미라가 쥐고 있는 것이 적진 않거든. 하물며 대형 냉동 보관 기술에 특허가 있는 건 해림식품 쪽인데, 미라가 그쪽에도 손이 있지 않냐. 해서……."

이야기가 길어질 기미를 보이고, 이태환이 슬쩍 눈치를 주자 이진영이 내게 말을 건넸다.

"성진아, 다른 형, 누나들이랑은 인사했어?"

"아뇨, 아직요. 남진이 형은 잠시 뵀었는데……."

"그럼 회장님 오시기 전에 미리 인사하고 오자."

나는 이 자리에 서서 사업 이야기를 엿듣고 싶은 마음이 더 컸지만, 이태환이 직접 눈치를 준 일이라 별수 없이 이진영의 말에 따르기로 했다.

"알겠어요. 그러면 실례하겠습니다."

이태환과 이태석은 짧게 고개를 끄덕인 뒤 다시금 대화를 이어 갔고, 이진영이 앞장서서 나를 데리고 자리를 찾아 다

녔다.

"그나저나."

걸으면서 이진영이 슬쩍 입을 뗐다.

"너, 이런저런 일에 손을 대고 있다며?"

"어떤 일요?"

시치미를 뚝 떼고 되묻자, 이진영은 픽 하고 웃었다.

"말 그대로. 이를테면 방금 어른들이 이야기를 나누신 급식 건도 네가 먼저 꺼낸 이야기라며?"

그 속내는 모를 일이지만, 어쨌건 이진영은 생긴 대로 말씨가 온화하고 기품이 있었다.

"그렇긴 한데, 굳이 제가 나서지 않아도 언젠간 하게 될 일이었어요."

"언제, 누가 했느냐가 중요하지."

그러면서 이진영은 나이에 어울리지 않는 제법 냉철한 통찰력을 보였지만.

'그런 내용을 입에 담는 것부터가 아직 어리단 뜻이야. 나로선 다행이지.'

나는 가만히 이진영이 뒤이어 말하는 양을 들었다.

"그 외에 뉴스에도 나왔던 방과 후 교실이라든가."

"그건 남진이 형이 도와주신 거죠."

"흠. 뭐, 그렇게 나오겠다면야."

이진영은 나를 데리고 새하얀 천이 덮인 긴 테이블로 안내했다.

"상윤아."

거기엔 접시를 들고 돌아다니며 테이블에 놓인 핑거 푸드를 쓸어 담고 있던 소년이 있었다.

"어?"

허상윤.

엄밀히 말해 이씨 일가 핏줄은 아닌 사람이나, 그는 이후 신화호텔의 자회사인 신화식품을 물려받게 되는 인물이었다.

'이미라의 조카였나, 아마 그랬지. 이성진과는 촌수 구분이며 호칭도 애매할 만큼 먼 사이지만.'

이미라는 일찍이 허씨 집안 사람과 결혼을 했으나 그 슬하엔 자식이 없었고, 그 바람에 오갈 데 없는 신화호텔의 경영권은 그 남편의 조카인 허상윤에게 대물림된다.

그렇다곤 하나, 허상윤이 신화식품—나중엔 SH푸드로 사명을 변경하게 되는—의 경영권을 물려받게 된 건 그의 경영 의지와 관련해서 보유한 지분의 영향이 컸다.

그런 허상윤이지만 경영에 재능은 있는 모양인지, 그가 인수한 SH푸드는 즉석조리 식품 관련해서 괜찮은 수익을 거둔다.

'그래도 아직은 중학생이지.'

허상윤은 그다지 품위 있다곤 할 수 없는 모습으로 나를 힐끗 쳐다보더니 초밥 몇 개를 접시에 채워 넣으며 말을 이었다.

"뭐야, 니들이냐."

이진영과 동갑내기인 그는 허물없는 말을 뱉었다.

"무슨 무례한 반응이야? 오랜만에 만난 사촌끼리."

"사촌은 무슨. 엄밀히 말하면 사돈의 오촌쯤 되겠다."

"그거나 저거나."

허상윤은 이진영의 말을 흘려들으며 선 채로 입안에 초밥
을 밀어 넣었다.

"그냥 그러네."

짧은 감상을 피력한 뒤, 허상윤이 접시를 내게 내밀었다.

"먹을래?"

"아뇨, 나중에."

"하긴, 파티 푸드라는 건 어딜 가나 마찬가지. 그 부분
에선 숙모님의 대(大)신화호텔도 다를 게 없다는 점이 여러모
로 아쉬워."

허상윤은 이어서 내게 갑작스레 질문을 툭 던졌다.

"넌 왜 그런 거라고 생각하냐?"

인사도 받는 둥 마는 둥한 마당에 훅하고 들어온 질문이어
서 다소 당황하긴 했으나.

나는 무난한 대답을 내놓았다.

"여기 모인 사람들은 음식을 기대하고 모인 것이 아니니까
요?"

"오."

허상윤이 투실투실한 볼 살을 밀어내며 웃었다.

"제법 예리한데. 그렇지, 어쨌거나 '배가 고프면 말이 귀에 들어오지 않는다'는 말도 있으니까 말이야. 아마, 이 자리에 모인 사람들 대부분은 적당히 배를 채우고 들어왔을 테니."

그러면서 허상윤은 고개를 돌려 주춤주춤한 자세로 접시에 음식을 담고 있는 사람들을 눈짓으로 가리켰다.

개중엔 김민혁과 김민정도 끼어 있었다.

"반면에 이런 자리에 초대받아 본 적 없는 사람들은 어쨌거나 본전이라도 뽑자는 생각이 있겠지. 상류층의 삶을 동경해서 그러는 걸까, 알게 뭐냐."

허상윤은 그렇게 이죽거리더니 초밥을 다시 한 입 털어 넣곤 우물거리며 말을 이었다.

"정작 제공되는 파티 푸드는 신화호텔에서 낼 법한 퀄리티도 아닌데 말이야. 그러곤 어디 가서 내가 신화호텔에서 대접을 받았답시고 떠들어 대겠지."

세상 위에 선 것처럼 아는 체하는 모습이 전형적인 중학생다운 모습이라는 걸 알고 있지만, 그럼에도 기묘한 선민사상까지 주입된 그 모습은 다소 눈살을 찌푸리게 하는 면모도 없잖아 있었다.

'뭐, 틀린 말은 아니지만……. 시대를 감안하면 이 정도면 괜찮지 않나, 싶은데.'

이진영은 한 걸음 물러서서 그런 우리 둘을 지켜보더니 피식 웃었다.

"전부 나름의 수요를 따른 거 아니겠어? 너무 맛있는 것만 나오면 다들 먹느라 정신이 팔려 제대로 자리를 즐기기 힘들 테니까."

"그럴 거면 내질 말지, 흥. 뭐, 하긴 이 정도 저질이라도 좋다고 먹는 사람이 있으니까 문제 아니겠어."

그리고 허상윤은 자신을 스쳐 지나가는 여자애를 불러 세웠다.

"야."

내 또래쯤 되어 보일까 싶은 여자애는 자신을 부르는 건지 모르고 무엇을 접시에 집을지 고민하는 중이었다.

"야, 거기, 말총머리."

그제야 여자애가 어리둥절한 얼굴로 뒤를 돌아보았다.

"나……요?"

"그래."

피차 초면인 것 같은데도, 허상윤은 공연히 시비를 걸었다.

"누구랑 왔어?"

"아, 아빠랑……."

여자애는 아주 좋은 차림새는 아니었고, 답하는 말씨도 어눌했다. 그래서 허상윤은 마음 놓고 텃새를 이어 갔다.

"너네 아빠는 뭐 하시는데?"

"……잘 몰라요."

여자애는 대답하기 싫다는 양 고개를 돌렸고, 허상윤은 보란 듯 어깨를 으쓱였다.

"뭐, 이런 식이지. 서민들이 보기엔 눈이 휘둥그레질 요리들이지만, 우리 눈엔 안 차는 그런 것들로 대령해 두면 푼돈쯤은 아끼겠군."

들으란 듯 말했으나, 여자애는 고개를 돌리곤 묵묵히 음식을 쓸어 담을 뿐이었다.

공연한 시비를 나이에 비해 제법 어른스러운 대처로 풀어내는 모습이긴 했지만.

그 속내는 알 수 없는 일이지.

나는 허상윤을 힐끗 쳐다보았다.

'멍청하긴. 하긴, 아직 애라서 그런 건가.'

그야, 이 자리에서 큰소리를 칠 수 있는 건 영광스러운 삼광 일가임이 분명하다.

하지만 그렇다고 해서.

저 망신당한 여자애가 누군지는 모르겠지만, 그렇다고 이휘철 회장의 탄신일을 기념하는 이런 자리에 아무나 발걸음을 할 수 있다는 의미는 아니다.

그때 여자애가 무어라 중얼거렸다.

"……Pigs are talking to people."

그 낮은 웅얼거림을 들은 나는 멈칫했다.

'영어?'

이진영이나 허상윤이 그녀의 혼잣말을 들은 것 같진 않았지만.

'아니지. 잠깐만.'

나는 괜찮은 생각을 떠올렸다.

'이것도 이른바 기회인가……?'

어쩌면, 내 손에 들어올 리 없으리라 생각한 SH푸드도 내 것으로 만들 수 있을지 모른다.

그래서 나는 한 걸음 앞으로 나섰다.

"형님, 말씀이 조금 심하시네요."

일부러 목소리를 조금 높인 것만으로도, 이 '정숙한 북적임'으로 가득한 곳은 주목을 끌기에 충분했다.

여자애는 눈을 동그랗게 떴고, 허상윤은 '어쭈' 하는 눈이 되어 나를 쳐다보았다.

나는 주위의 시선—그러니까 내게 암묵적 동조를 해 줄 파티 푸드의 선호자들—이 모이길 기다렸다가 말을 이었다.

"이 자리에 모이신 분들은 모두 각자의 소중한 시간을 내서 제 조부님의 생신을 축하드리려는 겁니다. 그러니 사실상 저희가 이분들을 접대해야 하는 입장인데, 하물며."

나를 힐끗거리며 쳐다보는 사람들은 무슨 일인가 싶어 조금씩 모여들었고.

"이렇듯 공사다망한 와중에 시간을 내주신 귀빈 여러분을 한 분 한 분 찾아뵙고 감사 인사를 드려야 하는 것이 응당 저희가 해야 할 일인데, 형님의 행동은 결국 조부님의 명성에 누가 되는 일이 아니겠습니까."

"너……."

허상윤은 어처구니없다는 듯 나를 쳐다보며 말을 이으려다가, 이진영이 턱하고 어깨에 손을 얹는 바람에 입을 꾹 다물었다.

"너도 그쯤 해 둬. 흥분할 일은 아니잖아?"

이진영은 나직하게 말하곤 여자애를 향해 사교적인 미소를 지어 보였다.

"미안, 내가 대신 사과할게. 우리가 조금 짓궂었지?"

"……."

여자애는 나와 허상윤, 이진영을 번갈아 보다가 고개를 돌렸다.

"……아뇨."

원래 역사에서, 애당초 선민의식에 찌들어 있던 이성진이라면 허상윤의 말에 동조하면 했지, 입을 닫고 있지는 않았을 것이다.

'그리고 이진영은 그런 우리 사이에서 눈치껏 자신의 지분을 챙겨 왔고. 이번 방해도 그런 느낌인데.'

나는 이진영의 방해가 고까우면서도, 동시에 그가 나를 주시하는 것을 느꼈다.

'나를 분석하려는 건가?'

세상이 자신을 중심으로 돌아간다고 여기는, 중학생다운 치기였다.

'까짓거, 조금 어울려 주지.'

그래 봐야 중학생, 닳고 닳은 아저씨 앞에선 그 노림수가 빤히 보인다.

"진영 형님이 사과하실 일이 아니죠."

나는 허상윤을 보았다.

"사과를 해야 한다면 상윤 형님이 직접 하는 것이 도리가 아니겠습니까?"

내 말에 허상윤의 표정이 일그러지고, 이진영은 눈썹을 씰룩였다.

"성진아, 나는 지금……."

거기까지 입을 뗀 이진영은 일순 표정을 고치더니 빙긋 웃으며 한 걸음 뒤로 물러섰다.

"하긴, 성진이 말도 맞아. 내가 뭐라고 상윤이 대신 사과를 하겠어? 감히 그럴 입장은 아니지."

허상윤이 욱하며 받아쳤다.

"아니, 애당초 사과니 뭐니, 당사자인 나를 두고 니들끼리 뭔 소릴 지껄이는 건데?"

욱하는 바람인지 허상윤의 받아치는 목소리가 다소 높아

졌다. 나는 이 소란에 허상윤의 등 뒤로 다가오는 이미라를 힐끗 쳐다보며 말을 받았다.

"응당 하셔야죠. 상윤 형님은 사실상 당고모님께서 운영하는 경영 방식에 흠을 잡으셨을 뿐만 아니라 이 자리에 모인 귀빈 여러분을 싸잡아 비난하셨으니까요."

"말은 그럴듯하게 하네. 못 보던 사이 뭐 잘못 먹은 거라도 있나?"

허상윤은 접시를 탁, 소리 나게 테이블에 놓았다.

"그렇게 따지면 나 역시 '귀빈 여러분' 중 하나고, 호텔의 서비스를 문제 삼는 입장이야. 그래, 말이 나온 김에, 회장님의 생신을 축하하는 자리에서 '귀빈 여러분'께 이따위 질 낮은 물건을 내놓는다는 게 말이나 돼? 사과를 해야 한다면 호텔 측에서……."

그리고 시의적절하게, 내가 짐작했던 대로 이미라가 다가왔다.

"무슨 일이니?"

그 바람에 허상윤은 흠칫하며 뒤를 돌아보았다.

"숙모님……."

"들으니 호텔 서비스에 컴플레인을 제기하는 것 같구나."

"그게 아니라, 아뇨, 맞아요. 숙모님."

허상윤이 나를 째려보면서 말을 이었다.

"오늘따라 유달리 신화호텔의 서비스 수준이 낮은 것 같아서, 친척들끼리 이야기를 나누던 중이었습니다."

말은 똑바로 해야지.

허상윤이 한 건 공연히 시비를 걸고 다니던 것일 뿐이다.

'다만, 여기서 이미라가 어떻게 대응할지나 살펴볼까.'

이미라는 차분하게 다가와 우아하게, 오랜 시간을 연습한 것처럼 접시에 놓인 초밥을 입에 넣었다.

"음."

이미라가 고개를 끄덕였다.

"상윤이 말이 맞네. 우리 호텔 이름을 걸고 내놓기엔 부끄러운 수준이야."

이미라가 동조하는 듯하자 허상윤이 반색했다.

"그렇죠?"

이미라는 허상윤의 말에 답하는 대신 어느새 다가온 지배인에게 고개를 돌렸다.

"여기 있는 음식, 전부 다시 만들어 오세요."

"예."

가타부타 할 것도 없는 지시에 아무런 반발도 없는 움직임이었다.

지배인의 조용한 명령에 웨이터들은 쟁반을 들고 다니며 탁자에 놓인 접시를 모두 쓸어 담아 옮기기 시작했다.

이미라가 이렇게까지 대처할 줄은 몰랐던 모양인지, 허상윤의 눈이 동그래졌다.

"아니, 저, 숙모님⋯⋯."

"죄송해요, 일부러 그런 건 아니었어요."

이미라는 멍하니 있던 여자애에게 미소 띤 얼굴로 사과했다.

"천장이 높긴 하지만 연회장 조명은 뜨겁죠. 그에 맞춰 에어컨을 강하게 틀었고요. 그 바람에 방금 먹어 본 초밥은 밥알이 마르고 균형이 무너졌습니다. 사람들을 시켜 새 것을 내오도록 할 테니 양해 부탁드립니다."

이미라의 대응은 프로페셔널했다.

그리고 그런 모습은 주위 모든 사람에게 각인되는 동시에 자타공인 대한민국 최고의 호텔이라는 신화호텔에 긍정적인 이미지를 심어 주는 것에도 성공했다.

"Hm, 아뇨. I don't⋯⋯ 저는 괜찮습니다."

여자애는 영어가 뒤섞인 어눌한 한국말로 허둥지둥 말을 받았지만, 이미라의 부드러운 응대는 그걸로 끝이 아니었다.

"상윤아."

"네, 숙모님."

"너는 이 자리에 무슨 입장으로 참석한 거니?"

그 말이 함의하는 바는 명확하게 다가왔다.

일종의 외통수.

손님으로 온 것에 불과하다면 허상윤의 행동은 정당한 컴플레인일 것이나, 동시에 그가 비난했던 여자애와 사실상 동등한 위치에 놓이는 것이고.

그게 아닌 '가족'의 자격으로 참석한 것이라면 눈에 빤히 보이는 부적합한 서비스를 방관하고 있었을뿐더러 '고객'에게 공연히 시비를 걸었을 뿐인 못난이로 전락하고 마는 것이다.

허상윤도 그런 이미라의 힐난을 눈치챘는지, 아무 말도 못하고 우물쭈물한 기색이었다.

이어서, 무슨 생각인지 이미라의 시선이 나를 향했다.

"그럼, 본인을 호스트라고 생각하고 있는 성진이는 어떻게 생각하고 있는지, 들어 봐도 될까?"

말을 들어 보니 이미라도 이미 대강의 정황은 파악하고 있는 듯했다.

'언제나 귀를 열어 두고 계시는군.'

그보다도, 이놈의 집안은 허구한 날 시험인가, 싶었다.

'하지만 노렸고 바라던 바야.'

나는 솔직하게 시인했다.

"기대치에는 미치지만, 최고는 아니죠. 개선의 여지는 있습니다. 또, 신화호텔이라면 그리고 삼광 그룹이라면 응당 남들이 생각하는 것 이상의 서비스를 내놓아야 할 것이고요."

이미라는 내 대답에 가만히 고개를 끄덕였다.

"이를테면?"

나는 접시가 치워진, 길게 늘어선 길쭉한 테이블을 보았다.

'호텔에서 뷔페 요리는 일종의 서자 취급을 받고 있어. 대량으로 만들어 둔 것을 적당한 보온 용기에 담아 방치하다 보니 품질 면에서도 디메리트가 있고.'

이 시대에는 그렇지 않은 편이나, 내가 살았던 미래엔 보편화된 것이 있었다.

'라이브 키친.'

요리사가 즉석에서 고객이 바라는 요리를 만들어 대접하는 형태.

'이때만 하더라도 요리사가 대중 앞에 나선다는 것이 낯설 때지. 스타 셰프 개념이 정착한 것도 한참 뒤의 이야기야.'

또, 이는 당대의 어느 시기 신화호텔의 뷔페식당이 흑자로 전환하게 된 경영 전략이기도 한 것이었다.

"예. 이를테면 뷔페식 초밥. 지금껏 해 온 건 일종의 관례였다는 측면에서 무난했으리라 봅니다. 고객들의 기대치에도 미치는 수준이고요. 하지만 가장 좋은 건 요리사가 직접 만든 것을 빠르게 먹는 것이 좋죠."

"음."

나는 동시에 다시 테이블을 보고, 내가 생각한 바가 적합한지 여부를 빠르게 검토했다.

이미라 역시 내가 생각한 바를 떠올린 모양인지 고개를 끄덕였다.

"즉, 성진이 생각엔 요리사가 이 자리에 와서 직접 조리를 하면 어떨까 싶은 거구나."

"그렇습니다."

"하지만 문제는 있단다. 위생 면에서도, 또 이곳 연회장에
는 조리에 걸맞은 환기 시설도 갖춰지지 않았다는 점에서."

나는 이미라에게 미소를 지었다.

"그러니 환경에 맞춰 메뉴를 바꿔야죠."

"메뉴를 바꾼다."

"예. 손을 더럽히지 않고, 조리 과정이 간단한. 하지만 보
기에도 좋고 맛도 있는. 줄곧 이야기하고 있는 초밥의 경우
엔 라이브 키친에 적절하다고 봅니다."

이미라는 '라이브 키친'이라는 단어를 입안에서 곱씹더니
다시금 고개를 끄덕였다.

"또는 오르되브르(hors-d'oeuvre : 전채[前菜]요리)의 성격을 띤
요리 위주로."

"예. 핑거 푸드라는 게 대게 그렇지 않겠어요?"

"그렇지."

이미라라고 해서 그런 개념을 모를까.

다만 '푸짐하게 먹어야 한다'는 통상적 관념이 보편화된 시
대적 특성상, 어느 정도 '모험'의 성격을 띤 일에 나서기 주저
했으리라.

그래서 나는 등을 떠밀었다.

"그래도 오늘은 잔칫날이잖아요? 호텔의 고객이라기보단

할아버지의 생신을 축하해 주시려는 분들이니 한 번쯤 그런 파격을 보여 줘도 괜찮을 거 같은데요."

내 말에 이미라가 미소를 머금었다.

이번 미소는 고객 응대에 쓰이는 것이 아닌, 좀 더 본질적으로 순수한, 그녀가 쓰고 있던 가면 아래에 자리 잡은 얼굴로 보였다.

"그래. 너무 엄숙할 필요는 없겠지."

결심을 마친 이미라는 즉각 지배인에게 지시했다.

"들으셨죠?"

"예."

"출장 요리용으로 쓰는 트레이가 있을 거예요. 그걸 이용하면 되겠죠. 열로 가열할 필요가 없는 신선 식품 위주로, 사쿠라에서 몇 분 모셔 올 수 있으면 그렇게 해 주시고. 프렌치 식당인 라 멜르에서도 지원을 해 주셨으면 좋겠다고 말씀해 주세요."

"알겠습니다."

척척, 막힘없이 지시가 이어지고 이미라는 갑작스레 생긴 일정 변경에 맞추려 발걸음을 옮겼다.

"그럼, 나중에."

발걸음을 옮기며 이미라가 중얼거렸다.

"디저트류는 문제없이 제공하는 것이 가능하고, 음, 호텔 내 식당에 적용하면 파인 다이닝 형태로……."

그 사이.

허상윤은 떨떠름한 얼굴이 된 채 어디론가 자리를 비켜 버렸고 이진영은 내 어깨를 가볍게 두드렸다.

"재밌었다."

그 뒤 이진영 역시도 휘적휘적 어디론가 떠나 버리자, 아직 그 자리에 남아 있던 여자애가 우물쭈물한 기색으로 내게 말을 건넸다.

"저기."

내 또래쯤으로 보이는 여자애는 고맙다고 해야 할지, 어쨌든 미안하다고 해야 할지 갈피를 잡지 못하다가 결국 감사를 표했다.

"고맙습니다."

"아니, 별거 아니야."

나로서는 그녀를 그저 허상윤을 깎아내리는 구실 삼아 이용했을 뿐이었지만.

"I, 나는 박세나 이라고 해요."

낯선 이름과 얼굴이었다.

내가 이성진의 종으로 움직일 시절에야 고객 명단이며 SNS 사진 등을 대조해 보며 누가 누구란 걸 알았겠지만, 이 시대엔 그런 사전 준비가 다소 엉성했던 것도 사실.

'지금은 내 신분이 신분이다 보니 초대장 명부를 뒤적이며 대조할 수도 없는 노릇이고.'

하지만.

얼추 누구인지 짐작은 하고 있었다.

'다소 거친 추리일 뿐이긴 하지만.'

그러나 나는 내색하지 않고 사교적인 통성명을 이어 갔다.

"나는 이성진."

"몇 살이에요?"

"열한 살."

"한국식?"

"응."

"나는 아홉, 아니…… 한국식으론 열 살. 잘은 모르지만, 나 도와준 거죠?"

여자애 머릿속의 나는 위기 속에 나타난 백마 탄 왕자님이라도 되었던 모양이다.

대놓고 헤실거리며 호감을 표하는 꼬맹이를 앞에 두고 있으려니 나 스스로가 어딘지 모르게 겸연쩍었다.

"어, 응. 그래."

"너 신사이다."

"Gentleman?"

"Yes! Can you speak English? Oh, Thanks God. Actually, I didn't know what to do here……."

씁. 영어다.

내가 적당히 핑계를 대며 시간이나 끌까 하려는 찰나에.

"Daddy!"

어느새 박세나의 부친이 다가왔다.

"세나야."

나는 고개를 돌려 그를 보았다.

'줄곧 이쪽을 살피던 남자군.'

남자는 언제쯤 끼어들어야 할지 몰라 망설이던 기색이 역력했다.

나는 구실을 잡은 김에 인사를 건넸다.

"따님께 불미스러운 일을 겪게 해 드려 죄송합니다."

"아니, 괜찮아. 그보다…… 혹시 너 이태석 사장님의……?"

박세나의 부친은 한국말이 능통했다.

그보다 대화를 듣고 있었던 건가.

'하긴, 딸이 한국말을 잘 못한다고 하면, 저런 무례함은 잠시 눈감아 줄 수도 있겠지. 어떤 의미론 적지이기도 하고.'

그렇다고 한다면, 나를 대하는 이미라의 태도에서 내 인적사항을 유추하는 것도 어렵지 않은 일이긴 했다.

"아, 예. 저희 아버지 되십니다."

"아하, 그렇구나."

그다지 고급스럽진 않은, 하지만 깔끔하고 무난한 옷을 차려 입고 온 안경잡이 남자는 이번 '우연한 만남'이 인연으로 이어지려는 낌새에 반색했다.

'……이용당하기 쉬운 내 입장도 조금 고려를 해야 했는데.'

이어서 그는 겉치레를 하려는 듯 명함을 꺼냈다.

"그렇구나. 마침 언제 네 아버지를 한번 만나 뵙고 인사라도 드릴까 했거든."

"그러셨군요."

애한테 뭔 명함.

보아하니 이쪽도 이런 자리―또는 문화?―엔 익숙지 않구나 싶었다.

'하긴, 이런 암약의 자리에 꼬맹이를 데려온 것부터가…….'

반사적으로 명함을 받아 든 나는 미소를 지었다.

반듯한 한글로 쓰인 그 명함은.

'퀄컴 한국 지부 수석연구원 박건형.'

역시.

나는 당시 박세나의 혼잣말을 듣자마자 내 머릿속에 담긴 고객 명부를 대조해 보며 '영어가 더 익숙할 여자애'를 데려올 법한 사람의 후보를 좁혔다.

이태석은 내 부탁으로 퀄컴 측에도 이러한 초대장을 발송했는데, 아무래도 퀄컴은 미국에 본사를 두고 있다 보니, 자연스럽게 2개 국어에 능통한 사람을 이 자리에 파견했으리라.

그래서 나는 겸사겸사 공연한 오지랖을 부렸던 것인데.

'효과가 있었다!'

그리고 아마.

전생에도 이런 일이 있었을 것이다.

'그때는 이성진의 입장도 허상윤과 비슷했겠지.'

또한 지금, 내 움직임으로 인해 상황이 개변되었다.

그 여파는 지금 이 자리에서 퀄컴과 삼광의 관계를 재고하게 하는, 또 동시에 퀄컴에 다가가고자 하는 내 목적과 '우연히' 맞아떨어졌다.

'……잠깐만.'

나도 모르게 멈칫했다.

'우연……일까.'

나는 문득, 이쪽을 보며 빙긋 미소 짓고 있던 이태준과 눈이 마주쳤다.

그리고 머릿속에 이태준이 내게 했던 말이 불현듯 상기되었다.

「사람과 기회가 모이는 운이다. 하지만……. 아니, 됐다. 어쨌건 재밌구나.」

그것이 무척이나 공교로워서, 나는 하마터면 이태준을 향해 내 표정을 보일 뻔했다.

'헛소리야.'

나는 다시, 그를 의식하지 않은 것처럼 고개를 돌려 눈앞의 남자에게 미소를 지었다.

"반갑습니다. 정식으로 인사드릴게요. 이성진이라고 합니다."

퀄컴이 한국과 연구 협력을 추진하며 협정서에 사인을 했던 건 91년.

94년인 현재에 비하면 무려 3년 전의 일이었다.

'미국에 본사를 두고 있는 퀄컴 측에서는 그사이 몇 명, 한국어에 능통한 인물을 고용하기도 했겠고.'

한편으론 이런 자리에 전문가(?)가 아닌 수석연구원을 보내다니, 이는 퀄컴의 은근한 주먹구구식 일처리의 단면이 보이는 정황이기도 했다.

'하긴, 이즈음의 퀄컴은 경영 전략 면에서 대단할 것 없는 곳이긴 하지.'

그러니 몇 안 되는 전문 인력을 이런 자리에 파견해 삼광의 의중을 떠보려 한 것일 터이거나, 물밑에서 비공식적으로 대부분의 협정이 이루어지는 한국의 풍토를 모르고서 '초청을 받았으니까 그나마 대표 격을 보낸다'는 입장을 취한 것이거나.

'그래도 내가 이태석의 장남인 걸 알아보긴 했어. 나름대로 준비는 해 왔단 거겠군.'

사정이야 어찌 됐건 나로선 퀄컴으로 향하는 쉽고 빠른 길이 열린 셈이었다.

"퀄컴에서 오셨군요."

"으응, 그래. 혹시 아저씨네 회사가 뭘 하는 곳인지 알고 있니?"

그는 조심스레 물었지만.

"네, 물론이죠. 무선통신용 통신 칩을 개발하는 회사잖아요. 지금은 한국에서 CDMA 상용화를 추진 중이시죠?"

내 대답에 박건형은 조금 놀랐다는 듯한 눈치였다.

"어, 어어. 그래."

그러면서 박건형이 딸아이를 보았다.

"정작 우리 애는 내가 뭘 하는지 잘 모르는데 말이야."

박세나가 인상을 찌푸렸다.

"English.(영어로 말해.)"

"No. You also need to practice Korean. Some say that when you come to Rome, you should follow Roman law?(안 돼. 너도 한국어 연습해야지. 로마에 오면 로마법을 따르란 말도 있잖아?)"

박건형의 말에 박세나는 힐끗 나를 보더니 어깨를 으쓱였다.

"Hmm. I'll think about it.(흠, 생각해 볼게.)"

허상윤의 말은 일부러 무시한 주제에.

'하긴, 퀄컴 수석연구원이라고 대답했어도 허상윤이 그 가치를 알아보았을지는 의문이지만.'

나는 미소 띤 얼굴로 입을 열었다.

"아니에요. 마침 저도 관심이 있는 분야여서요."

"그래?"

"네. 퀄컴의 CDMA 통신 칩은 차기 무선통화 시장의 블루칩이잖아요."

내가 자신의 분야에 흥미를 보이는 기색이자 박건형은 안경 너머로 눈을 반짝 빛냈다.

"맞아. CDMA야말로 차기 무선통신 시장을 열어젖힐 신기술 중 하나지. 그거 아니? 현대 무선통신의 근간을 이룬 주파수 도약과 대역 확산 기술은 영화배우인 해디 라머에 의해 재조명되었는데, 이때 음악가인 조지 앤타일을 만나면서……."

이러니까 아빠가 무슨 일을 하는지, 들어도 모르겠지.

영어로 해도 말이야.

얼핏 비슷한 내용을 이미 영어로 들은 적이 있는지, 박세나는 나를 보며 어깨를 으쓱였다.

그게 '또 시작됐네' 하는 눈치여서 나도 모르게 쓴웃음을 짓고 말았다.

"……해서, 비연속적 통신 개념이라는 발상이 주파수와 주파수 사이를 도약하며 전자파 방해를 피해 간다는 개념으로 확장되었지. 그러니 무선통신 기술은 태생부터가 군사보안의 취지하에……."

"……."

그냥 김민혁을 부를까 싶던 차에, 나는 때마침 나타나 준 구원투수를 보며 반색했다.

"아버지."

내가 말한 '아버지'라는 말에 박건형도 입을 다물고 고개를 돌렸다.

아마도 먼발치에서 내가 하는 양을 은근슬쩍 지켜보았을 이태석은 이어서 웬 낯선 어른과 이야기를 나누는 모양이자 접근해 온 모양이었다.

"실례하겠습니다."

정중한 말씨로 다가온 이태석은 나와 박건형 사이에 자연스럽게 끼어든 뒤 나를 보았다.

"재미난 이야기를 나누는 모양이구나. 내게도 이분을 소개해 줄 수 있겠니?"

이태석은 삼광 그룹의 후계자에게 접근한 이 낯선 남자를 은근슬쩍 경계하는 투였으나, 그런 의미에서 박건형은 안전한 사내였다.

"소개드릴게요, 이분은 퀄컴에서 오신 박건형 수석연구원이십니다."

퀄컴.

이태석은 의외의 인연에 다소 흥미로워하며 박건형에게 손을 내밀었다.

"성진이 아비 되는 이태석입니다."

인사에 본인의 직함을 앞세우지 않는 것으로, 이태석은 은근한 뜻을 내보였으나.

박건형은 방에 틀어박혀 연구만 하다 온 사람이었는지 그런 행동 언어와 함의를 읽어낼 만큼 노련한 사내는 아니었다.

"아, 이태석 사장님. 초대해 주셔서 감사드립니다. 퀄컴의 박건형 수석연구원입니다."

"아뇨, 굳이 이런 자리에 모시게 해 드려 송구할 따름이죠."

둘은 가벼운 악수를 나누었다.

손을 놓으며, 이태석이 말을 이었다.

"박건형 수석님께서 퀄컴을 대표해 오신 듯합니다만."

"하하, 예. 아무래도 한국어가 되는 사람이 몇 없어서 말이죠."

"모쪼록 즐기다 가시길 바랍니다만 제 아들 녀석이 불민해서 폐를 끼치지는 않았을지 모르겠군요."

"아뇨, 아주 영특한 소년입니다. 벌써부터 무선통신 기술에 흥미를 보이고요."

그게 영특함을 가르는 기준은 아니겠지만, 박건형의 칭찬을 이태석은 미소로 받았다.

"이것저것 손대 보는 게 많을 뿐이죠. 넓고 얕은 지식입니다."

"그럴 리가요. 제 딸이랑 또래인 듯한데 이 애는 제가 뭘 하는지도 모릅니다."

"누군들 다르지 않겠습니까, 하하."

그즈음에서 이야기가 파하려는 낌새를 읽었던 나는 얼른 끼어들었다.

"하지만 퀄컴이 개발한 CDMA는 다른 곳에선 하지 않는 혁신적인 기술이잖아요?"

이태석은 '어른들이 이야기하는데 애가 끼어들면 못 쓴다'는 전근대적 사고방식을 가진 이는 아니었다.

다만 그로서도 이런 만남은 준비된 바가 없어서, 다소간 당혹해하는 낯빛이 그 사교적 가면을 쓴 얼굴 위로 언뜻 스쳐 지나갔다.

"그렇지. 그러니 우리 삼광에서도 관심을 기울이고 소중한 협력체 중 하나로 생각하며 함께 길을 걷는 중이란다."

박건형이 웃으며 그 말을 받았다.

"그러고 보니, 삼광전자는 반도체 기술면에서 자타공인 국내 최고를 자랑하지 않습니까?"

박건형은 이 타이밍에 본론으로 들어가려는 눈치였다. 이태석은 이를 두고서 우아하지 못하다고 여긴 눈치였으나, 이를 내색하지는 않고 미소로 받았다.

"오래 전부터 투자해 온 분야이니까요. 운이 좋게도 노력이 성과로 드러나 주었을 뿐입니다."

"아뇨, 아닙니다. 저 역시 주문형 반도체를 만드는 입장이다 보니 삼광의 저력이 겸양을 표하시는 것 이상으로 뛰어나 단 건 알고 있습니다."

"감사합니다."

"아, 그리고 조만간 ETRI에서 상용 시제품이 나오게 되는 데……."

"예. 호타입별 실험은 이미 성공적으로 마쳤습니다."

"아, 아아, 맞아요. 시제품은 삼광전자 측에서 제작했죠. 한대전자는 필드 테스트였고."

"한국통신 측에 20대, ETRI 측에 40대가량을 납품할 예정입니다. 금일전자의 경우엔……."

기묘하게도, 나는 이태석이 적당한 수순에서 나를 데리고 물러날 거라고 생각했는데.

이태석은 박건형의 무해해 보이는 모습에서 은연 중 경계심을 놓아 버린 듯했다.

그러는 사이 박건형의 딸인 박세나는 쏟아지는 하품을 참으려 안달복달이라, 나는 괜히 초치지 않게끔 그녀를 케어하기로 했다.

이 꼬맹이가 칭얼거리기라도 하면, 모처럼 만든 자리가 무산될지 모르니까.

"괜히 따라왔다, 싶지?"

내 영어를 박세나가 허둥지둥 받았다.

"아, 아니. 괜찮아."

아닌 척, 허둥지둥 내 말을 받은 박세나는 입가를 실룩이
며 나를 보았다.

"그래도 아빠가 하는 일이 대단한 거구나, 하는 생각은 하게
됐어."

"그렇지."

"그런데 너 대단한 사람이야?"

"왜?"

"왜긴, 네가 말하니까 사람들이 척척 움직이던데."

"별거 아니야. 가족 사업이거든."

그 짧은 대화만으로도 이태석이 자리를 피하려는 듯 눈을
돌리려 했다.

"아, 잠시만."

나는 슬쩍 고개를 돌려, 때마침 이곳을 기웃거리는 남경민
일행—김민혁과 김민정을 포함한—에게 눈짓을 보냈다.

슬슬 내가 마련해 둔 안배를 작동시킬 때였다.

"남경민 책임님."

그 말에 이야기를 나누던 이태석과 박건형이 고개를 돌렸
다.

먼발치서부터 내가 하는 양을 은근슬쩍 지켜보았을 김민
혁은 내 신호를 받곤 마침내 접근해 왔다.

"여기 모여 계셨군요."

김민혁은 싱글벙글 웃는 얼굴로 다가와 먼저 인사를 건넸

다.

"초대해 주셔서 감사드린단 말씀을 드려야 했는데, 다소 경황이 없었습니다."

이태석은 김민혁의 접근과 내 모습에서 대강 눈치를 챘는지, 내게만 보일 정도의 희미한 미소를 입가에 머금었다.

"아니, 자네 같은 젊은이가 와 준 것만으로도 감사할 일이지. 아, 박건형 수석님. 이쪽은 김민혁이라고, 제가 아끼는 젊은이입니다."

김민혁이 정중하게 악수를 청했다.

"SJ컴퍼니의 김민혁 전무이사입니다."

"……퀄컴의 한국지부 수석연구원인 박건형이라고 합니다. 그런데 SJ컴퍼니라 함은……?"

"삼광전자의 멀티미디어 사업부를 분리해 만든 자회사입니다."

"아, 그랬군요. 그런데 김민혁 이사님……. 직책에 비해선 참 젊으십니다."

"하하, 어쩌다 보니 과중한 직책을 도맡아 처리하고 있습니다. 그런데 퀄컴은 미국 법인이라고 들었는데, 거기도 자랑스러운 한국인이 있었군요?"

은근슬쩍 민족주의적 합의를 끌어내려는 김민혁의 말을 박건형은 어색하게 받았다.

"하하……. 퀄컴은 한국 시장에도 지대한 관심을 보이고 있으니까요. 지금도 ETRI와 함께 공동 연구를 진행 중이고 말입니다."

이태석이 자연스럽게 덧붙였다.

"SJ컴퍼니는 제가 특별히 관리하고 있는 곳이기도 하죠."

"아하, 그랬군요."

"그리고…… 또 한 분 소개를 드려야겠군요. 남경민 책임님."

이태석의 중개를 받아, 남경민이 다소 경직된 얼굴로 인사했다.

"반갑습니다. 저는 SJ컴퍼니의 남경민 책임이라고 합니다."

"박건형 수석입니다."

거기서, 이태석이 다시 개입했다.

"그러고 보니, 박건형 수석님께선 나이스트 출신이셨죠?"

"아, 예. 거기서 박사 학위를 수료했지요."

"여기 계신 남경민 책임도 마침 나이스트에서 석사 학위를 수료하셨거든요."

나는 이태석의 말에 조금 놀랐다.

'박건형의 출신뿐만 아니라 남경민의 인적 사항도 꿰고 있었나?'

남경민과 박건형 사이에 학연이 이어져 있을 줄은 몰랐는데.

나로선 공교로운 일이었음에도 불구하고, 이태석은 이 변수를 능숙하게 풀어냈다.

박건형은 이태석의 말에 놀란 얼굴을 했다.

"이거 공교로운데요? 아, 혹시 ETRI의 연구 총괄이신 오세윤 박사님을 알고 계십니까?"

"예. 제 대학 시절 은사님이십니다."

"하하, 이거 참. 맞아, 그리고 보니 오 박사님께서……."

툭.

이태석은 내 어깨 위로 손을 얹어 가볍게 두드리곤, 미소 띤 얼굴로 고개를 숙였다.

"그럼 회포를 푸시지요. 저는 잠시 자리를 비운 터라 실례하겠습니다."

대화에 방해가 되지 않는 어조로 말한 이태석은 내 턱을 손가락 끝으로 톡 건드렸다.

"그럼 나중에 보자꾸나. 네겐 여기 계신 아가씨들을 부탁하마."

이태석은 자연스럽게 물러났고, 나는 그 모습에 쓴웃음을 짓고 말았다.

'그는 처음부터 이런 상황을 염두에 두고 있었던 건가.'

나름 대처를 해 왔다고 생각했는데.

'……결국 이태석의 손바닥 위였군.'

아직은 젊다는 식으로 치부해 버리고 말았던 그의 진면목을 나는 잘 몰랐던 셈이었다.

그사이 김민정과 박세나도 이야기를 나누고 있었다.

"세나는 아빠랑 온 거니?"

"응. 너는?"

"너…… 언니라고 불러야지."

"언니? Sister? Why?"

"아니야, 됐어. 어쨌건 나는."

김민정은 나를 힐끗 살폈다가 김민혁을 향해 고개를 돌렸다.

"오빠 따라서 왔지. 저기 있는 사람이 내 오빠야."

"오빠. Oh, older brother. Hmm. By the way, What is your relationship with 성진?"

조금 긴 영어가 나오니 김민정은 당황했다.

"Relationship? 아, 관계, 어, 음. 프, 프렌드?"

우리의 복잡한 관계를 그 짧은 영어로 설명하긴 어렵겠지.

그 말에 박세나가 눈썹을 씰룩였다.

"Friend……. Are you a girlfriend?"

"걸 프렌…… 아니! No! 네버!"

김민정이 질색했다.

그렇다고 정색할 것까진 없지 않나.

그때.

사회자가 앞으로 나와 마이크를 들었다.

"이 자리에 모여 주신 귀빈 여러분, 반갑습니다."

사회자는 이어서 몇 번의 공치사와 형식적인 인사를 늘어놓은 뒤, 청중들이 지루해지기 전 본론으로 들어갔다.

"……이휘철 회장님을 박수로 맞아 주시기 바랍니다."

이휘철이 중앙 단상으로 걸어 나오는 걸 보며 나는 생각했다.

'그놈의 인연인지 뭔지는 알 바 아니지만…….'

그래.

결과론을 배제하더라도, 당초부터 이런 자리를 주선하고자 하는 내 계획과 의지가 밑바탕이 되어 있었다.

'운명이니 뭐니 따위엔 휘둘리지 않을 테다.'